福建省文艺发展专项资金资助项目

邱美煊 ———— 著

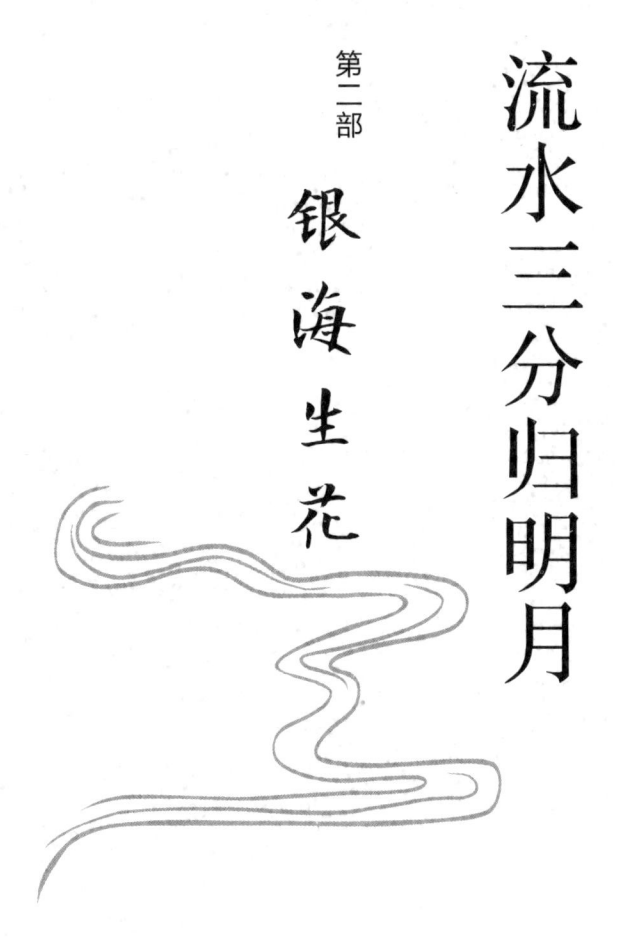

# 流水三分归明月

第二部

## 银海生花

海峡出版发行集团 | 福建教育出版社

图书在版编目（CIP）数据

流水三分归明月．银海生花/邱美煊著．—福州：福建教育出版社，2023.10
ISBN 978-7-5334-9659-3

Ⅰ.①流… Ⅱ.①邱… Ⅲ.①长篇小说－中国－当代 Ⅳ.①I247.5

中国国家版本馆CIP数据核字（2023）第071230号

# 银海生花

## 第 一 章

从昏迷中醒来的林承晖使劲睁了睁眼，扭头一看，船舱外夜幕笼罩，紫褐色的天空中散着几粒星。一阵浪涌过，整艘船被海水抬起来，舱门因为巨大的力量发出痛苦的呻吟。

林承晖喉咙干涩，太阳穴处胀鼓鼓的。他使劲擦了把脸，从床上坐起来。舱门外有来回走动的皮靴的声音，似乎带着几分慌乱，说话声嗡嗡，更让人听不真切。他睡的这个舱位十分狭小，除了能放下一张单人床，剩下的过道只允许一人通过。床头的小桌板也被收起来，灯泡里的灯丝努力吐出一点光，像老太太的眼睛。

观察了一阵，林承晖掀开被子下床，一阵强烈的眩晕突然从太阳穴处散开，他踉跄地抓住附近的扶手，适应着充血引起的失明。

他仿佛被遗忘在这个狭小的角落。这艘船上的人他一个也不认识，一个也没见过。

到了台湾，就更孤独。

甲板上果然到处都是人，林承晖倚着栏杆望着天边的那轮月，耳边隐隐传来小提琴演奏的声音，断断续续的，一支完整的曲子被海风吹得稀稀拉拉。不过他也不知道这是一首什么歌——在音乐方面，他向来没有什么天赋。几个穿着绿呢绒的军官背着他围在一起，各个面带笑意，彼此之间的交谈声音却算不上很大；时髦的小姐姨太太们，露着两条胳膊，倚在离他不远处的栏杆边上抿嘴调笑。一阵海风刮过，一位戴圆帽的女人惊呼一声，抬起挎珍珠小包的手按住头顶上的帽子——在这个时候戴帽子实在不明智，却又必不可少。一顶搭配得好的帽子能为一身衣服增添光彩。大体上是美的，偶尔的狼狈和慌乱便不算得什么——她们坚信苦难只是暂时的，船总有靠岸的时候。

甲板上，来来往往的都是军官、服务生还有拿着乐器的乐师，之前抢着上船的老百姓和那些排队登船的士兵，林承晖左右都没发现。直到他走到一个更宽的位置，孩子的哭声才从脚底传来，不过，这声音马上与近处的小提琴声糅合在一起，直至再也听不见。

没有人会关心挤在下层的人正在经历着什么。音乐和酒食让他们相聚在一起，犒劳着彼此那根紧张的神经。

巨大的船桨在水面划出一道道浪花，林承晖单手托腮，眼睛失神地望向漆黑的闪着银线的海面。翻腾的海水有一种特殊的魔力，或尖或平的流纹排列在一起，看上去没有走出多远，实际上厦门早已成为身后一个远得看不见的点，他终究脱离了大陆，这片生养了他二十七年的土地。以前听有人说离家的人会捏着一撮故乡的土带走，出门在外好歹留个念想。他一撮土都没有。更没有念想的资格。

林承晖背过身，海风太大，吹得他眼睛生疼。

夜色愈浓，思虑愈深。

母亲和大哥杳无音讯，珈灵被留在了那里，吴伯驹已经过来了，只是不知道他会被安置到何处。昔日那些熟悉的面庞在脑子里转着，或哭或笑，或悲或乐，但通通透着一股令人心悸的虚无。

"你怎么一个人在这？"身后忽然响起一个浑厚有力的声音。

林承晖默默转头，只见甲板上走来一位身着国民党少将军服的中年男人。那人端着一只高脚杯，杯里的葡萄酒在月光的映照下，折射出醉人的罗兰紫。

"徐……徐长官？"林承晖看了又看，才迟疑着确认。许多年没有见面的人，在这样的时候反而能见上一面。

徐闻培手上还戴着考究的白手套，他朝林承晖点点头，把葡萄酒递过去，三下两下脱了手套装进口袋里。林承晖微微一笑——以前在部队的时候就从来不见他戴手套，这么着急脱下来，想必是憋得慌了。

"你没带家属来？"徐闻培接过林承晖递来的酒杯抿了一口。他之前明明从别人那里听说林承晖和一个医院里的小护士结了婚，怎么此刻他身边半个人都没有？

"找不到的还是找不到……纵使在身边的，也带不来……"林承晖的声音有些哽咽。

徐闻培听了这话，有点微怔，过了会儿拍了拍林承晖的肩膀，语重心长道："有些话，我本不该对你说，但是有些事迟早会来，听我一句劝，长痛不如短痛的好。"

林承晖紧抿着嘴唇，越发沉默。

"党国的这次撤退，名为战略性撤退，退守台湾，伺机反攻。但这其中的胜算有多少，你我都是上过战场的，多少都应该心里有数。共产党现在是民心所向，大势所趋，说句不好听的，咱们这哪是撤退，分明是逃命罢了。只是为了留着点有生力量，再苟延残喘抵抗一阵子。"

徐闻培望着那处透暖光的窗户，里面人头攒动。他冷哼一声："咱们中国人呐，都讲个以和为贵，鬼子那是欺负到家门口来的，非打不可。现在咱们自己人对着打，算怎么回事儿啊？呔！世事无常！"许是喝了酒，酒精上涌，又吹了海风，面对这个久未联络的部下，倒是一点不设防，一股脑儿地把自己在底下听到看到而憋了许久的那些心里话，都倒了出来。

林承晖听着徐闻培的醉话，倒不觉得他是醉了。林承晖握紧冰冷的护栏，嘴里一阵苦涩。

徐闻培的酒杯空了，倒也不走下去拿，两个人就这样站在甲板上。

"你小子没找到家里的人？"徐闻培把空酒杯倒过来。他见林承晖不作声，便找了别的话题想把场子热起来。

林承晖轻叹一声，摸了摸栏杆，头一次对徐闻培说起自己家里的那些事。他说了和哥哥在厦大就读的时光，也说了母亲这些年为他做过的衣裳，还说起了自己情窦初开遇见的那位姑娘，宋珈灵和他的相遇，飞行学校……连他自己都不知道，原来自己已经经历了这么多，总觉得那是短短的一段时光，却没想到，离家竟十载有余。

所谓美丽的皆短暂，绚烂的皆一瞬，原来是因为幸福的时候，皆忘记了时光，回首才发觉一切犹如白驹过隙，昙花一现。否则行军打仗的时候，又怎么发觉日子难挨，怨气四起，皆是不幸福，才盼望着早点过去啊。

"……我留了一封信，然后上了这艘船。"林承晖将这一切讲完，月光落在了他身上，朦朦胧胧的倒像是给他加了件银光闪闪的外衫。

徐闻培听着听着，眼皮倒是渐觉厚重，不知不觉地靠着栏杆睡着了。

林承晖笑笑，想把他叫醒，刚举手，又听闻船舱内传来的隐隐笙歌，悲从中来。日本人被赶走了，他们却还是离开了家，离开了生养几十年的地方。说狼狈，也的确狼狈。

他抬头看了一眼悬挂在天上的月亮，想起从前那些失眠的夜里他也是这样呆呆地看着，但从来没有感觉到如此虚无。自己从军这么多年，到头来竟是为了逃离家乡，为了一个看不见未来的未来。

说到底，还是讽刺。

如果那时候他没有走，和母亲他们一起留在厦门，即便过着到处逃命的日子，也比现在有家归不得，有爱而不得来得幸福吧。就算，他不会遇见宋珈灵。他被自己的想法惊到了，怔了好一会儿，他这短暂的前半生的快乐过半都来自于宋珈灵。但现在，他的快乐正在随着这艘船在黑茫茫的大海中越行越远。

他闭上双眼，任由痛苦随着海水一涨再涨，一点一点地淹没他的意识。有那么一瞬间，他感觉到自己完全被淹没，却也不曾想过呼救。原来，在自己无能为力的时候，死去也是一种解脱。可又有那么一瞬间，他不知道从哪里生出来一股奇怪的意志，用双手坚强地划着，努力穿过那黑茫茫一片。

月光渐渐收拢，几片云从泼墨的黑夜里挣脱出来，带着些顽皮地遮住清冷得凛冽的月亮。夜从浓变淡，本是一团黑雾之中一圈月白，结果那白渐渐和黑融合，像是墨汁倒入了清水，又如宣纸染了墨迹，最后也分不清谁吞了谁，谁又被谁遮了，两团色变成了一团，黑与白都成了灰蒙蒙一片。

冰凉的雨丝裹着海风打到林承晖的脸上，钻进他的嘴里，漾出一股咸味。拉着被大雨打醒的徐闻培，他跑到了甲板下面的客舱。

客舱餐厅里的酒会结束了，只余几个穿戴整洁的服务生收拾着餐碟酒杯。其中一人见了徐闻培，连忙上前递上一条也不知道从哪儿抽来的毛巾，说："徐将军，您快擦擦，小心着凉。"

站在徐闻培旁边的林承晖愣了愣，自顾自地从柜子上拿走了最后一条白毛巾，擦着被大雨打得湿漉漉的头发。因为过去行军作战的缘故，只要稍一长长，他就会去剃头师傅店里剪短。他头发硬，一个脑袋摸起来扎手，不过这段时间忙得脚不沾地，脑袋上的头发便无法无天起来，一逮着机会就疯狂地长，哧溜溜伸到他的额前，吸饱雨水之后水更是直往领子里钻，胸膛后背一过，贴心窝的凉。

服务生见状皱了皱眉，但看林承晖是和徐闻培一起进来的，虽不知道他是什么军衔，却也不敢造次，只拿了桌上一块擦过酒杯碗碟的抹布，蹲下去擦两个人身后走出的那块水渍。

林承晖直觉自己给人家添了麻烦，又胡乱擦了一阵，赶紧退出餐厅。

到了自己的船舱，从箱子里拿出干衣服，触摸到柔软的衣物，他又想起了被留在大陆的宋珈灵。这衣服还是在南京的时候，珈灵给他熨的。

想了想，还是把干衣服装进包里，只把外面湿透的外衣脱掉挂着，穿着晕湿的衬衫便钻进被窝。

头刚沾上枕头，耳边就传来一声沉闷的轰鸣。

台湾到了。

林承晖没有立即起身，他忽然感觉，这趟航线，或许有生之年也买不到回程的船票。

他不想下船——下船之后会面对什么，他没有十足的把握。外面渐渐起了喧嚣，一个又一个人声，像是绣花针刺穿白布，划开这寂静的夜。他从床上坐起来，将行李箱从箱柜里拿出，理了理衣服，像过去那样端坐着，准备着，等待着。

他的船舱和外面的世界，像是隔了一层。只要那扇门不打开，他就能像现在这样一直坐着，乃至坐成一尊雕像。

未知，令人恐惧。

又或者说，他心中已不再有生的希望。

"笃笃笃——"

"林上尉，船靠岸了，您起了么？"外面的声音依然是服务生发出的，林承晖看着面前紧闭的舱门，犹豫了半响还是伸出手去。

开门出来，看着码头那边黑压压围了一圈又一圈的人，随口问道："这是台北？"

"不是，听船长说是基隆。"服务生笑道。

林承晖没接话，顺着人流往前走去。

下船的时候，他看到酒醒了的徐闻培，二人在人群里微微点头又各自分开。

天空还下着雨，林承晖上了码头，只见一群穿着旗袍的官太太簇拥着中间那位雍容华贵的蒋夫人。太太们摇着白手帕和下船的军官们挥手，蒋夫人走上前，和其中几位位高权重的将军握了手。他混在军官的队伍里，偷偷瞥眼瞧了瞧蒋夫人。那位夫人穿着一身绛紫暗花旗袍，微微侧过头，熟络地跟一位军官搭着话，两条露出来的胳膊饱满莹白，眉眼尽舒，笑意涟涟。

她的逃命，也是贵族式的。

士兵们早已在前头上岸，两排的学生冒着雨给他们发放慰问品。林承晖和其他军官以及一些学术专家和他们的家眷，跟在后头。学生们见了他们，比见那些士兵更激动，青灰的脸上两只眼睛毫无生气，声音却大得像喊魂。

在人群的洪流之中，他回头望了望，船还停在港口，蒋夫人和徐闻培握了手，学生们的欢呼声在耳畔此起彼伏。

有那么一刻，林承晖恍惚生出一股错觉来，这不像是撤退，倒像是打了什么胜仗似的，这些人在这列队欢迎的阵势，可笑又可叹。

他收回了目光，低了低头，和人群一起前进。

就这么一路走着，一直到天亮，他们才到了停着军用车的空地上。学生们将军官以及那些公职人员送上了车后，便唱起了闽南民谣，咿咿呀呀，软语慰人，都是乡音，对林承晖来说，是个美好的慰藉。同行的也有闽南人，一个大男人，咿咿呀呀地哼着南音，是《红鬃烈马》，唱的是寒窑哭夫的桥段。吊着嗓，听着像是哭丧，也像是招魂。多数人听不懂，但是能感觉到那份撕心裂肺的惨，有些人跟着流眼泪，也有些人听不下去："唱唱唱，唱你个死人头！"林承晖此刻又饥又寒，只想快点到国民党给他们安排的营地，好好睡个觉。

天越来越亮了，雨也停了，淡蓝色的天随着关闭的车门，被阻隔在了外面。就这样，车子在路上颠簸着，比船上更叫人难受，水坑一个接一个，一车人都死死地掐着车皮上的几条细铁杆，虎口磨得生疼，饶是如此，也有几个抓不住的人在车里滚了一身灰泥。

黑暗的车厢里，林承晖听着大家沉闷的呼吸声，不知怎地就想起宋珈灵，想起她曾有一次打开部队发给他的军用肉罐头，然后给他做了一道肉末茄子。肉密封在罐头里，一直等到被人想起来的时候才会打开，打开之后，便是使命的终结。此刻的他们，就像被塞进罐头里的一块块肉，只是不知他们的使命会终结在何地。

在这样胡思乱想的念头里，林承晖察觉车子慢慢停了下来。

车门外面生锈老旧的插销发出混沌的一声响，外面明亮的光线像是摊开的白布一般，最终全部在眼前展开。军官们陆陆续续地下车，集合在写着海陆空的三个不同窗口，等候上面的分派。

林承晖下意识地朝写着"空军"方向的那个窗口走去，但未等他走到窗口，身后就来了两个身着军服的人，一人一边将他架起来带走。林承晖试图挣扎了一下，但是无奈发现即使是自己这样经验丰富的军人，一人对战两个训练有素的特战士兵依然十分吃力，更何况对方有备而来。

"得罪了，林上尉。"其中一个高出他近十公分的大块头开口道。

"你们要带我去哪里？"林承晖抬眼看着他，脸上划过一丝焦躁。他才刚刚上岸，他们的速度果然很快。

"基隆空军司令部。"另一个稍矮一些的士兵回答道。

几个人把林承晖扔进了一辆汽车的后座，上车前还不忘给他的双手戴上镣铐。突如其来的状况让他措手不及，他想到了吴伯驹之前给他的警告。

司令部离这里不远，大块头士兵开了一会儿便到了。下车后，林承晖快速浏览了一圈，发现从正门走出来的冯添，眼神一冷。

"好久不见啊，林上尉。"冯添笑道。

林承晖瞥见冯添肩膀上的军衔，一声不答。

他升官了，那周正呢？

冯添撞了一鼻子灰，冷哼一声，过路时狠狠把林承晖撞开："啧啧啧，好一块茅坑里的石头——又臭又硬！"

两个士兵朝冯添敬了军礼，然后继续带着林承晖朝前走。

三人一路行至司令部昏暗的审讯室，才停了下来。

林承晖被两个士兵压在审讯台对面的椅子上，昏暗的审讯室内只有一束从窗口处透进来的微弱的光，照在他如死水一般沉寂的脸上。从抗命那一刻起，他就已经意识到会有这一天的到来了，也不是没有恐惧的时刻，只是眼下孤身一人他属实是没有什么可怕的了。

他的双眼死死盯着最后一点光，直到外面走进来一位身着军装的人。那人看到林承晖，脸上的肌肉微动，挥手叫退了两个押解林承晖的士兵。

"承晖，你这次做得实在是太令我失望了。"他坐到审讯室台子面前的椅子上，手掌一一拂过台上的刑具，却未拿起任何一件。

"陈教官……"林承晖见到面前这人，眼神有些晦暗不明，但是此刻千言万语皆堵在心口，一张嘴，只吐出了这三个字。他曾经的教官，如今已被任命为基隆空军司令部的总指挥。

"你违背军令劫持飞机，纵使周正有意替你瞒过去，可冯添那小子还是报了上来。我若是不叫你吃点苦头，怕堵不了悠悠之口啊。"陈熠说得缓慢，但是字字句句都砸在林承晖的心上。

"教官……"林承晖又叫了一声，觉得喉咙口有一团火，怎么吐都吐不掉，说出这两个字的声音又小了几分。他抬眼看了看两鬓已经花白的陈熠说："让您为难了。"

"这样吧，罚你半年俸禄。停飞三个月。写一份深刻的自我检查。"林承晖领命去了。

冯添并不乐意看到这样的结果，叫嚣着要以叛国罪处林承晖以死刑，至少要坐牢，才能服众，要不就是寒了全军将士的心。陈熠很生气，以顶撞上级的名义，罚冯添打扫三天的厕所。

没想到，冯添直接把这事儿捅给上级。冯添以为，林承晖这样不讲军纪，热衷小家庭的人太多，是导致党国失利的重要原因——他对蒋委员长东山再起的事坚信不疑。

陈熠也很为难，被国防部叫去问了几次话——关于林承晖为什么要突然去长汀机场，并且逗留一晚的事儿，他也不清楚。他就是很简单地认为，林承晖作战勇猛，有文化有谋略，是不可多得的人才，他希望多保存实力，万一要反攻大陆，最需要的就是人才。但他绝不会因为这事儿搭上自己的前程，国防部追着不放，大有把他牵扯进去的架势，这让他感到窝火。他撂下一句："人交给你们，爱咋处置咋处置去！"就回去了。

陈熠猜林承晖这回凶多吉少——轻则二十年以上的监禁，重则枪毙以儆效尤。这个时节算是多事之秋，初到岛上，正是要肃清纪律、严正风气的时候。林承晖算是撞枪口上了，更何况还有个冯添像疯狗一样紧咬着不放。

等了三五天，终于等来了消息——提拔冯添当了特务科的科长，带一队人马回厦门，伺机搞破坏活动；又过了三五天，林承晖的处分也来了，陈熠紧张得两手颤颤，信封撕了好几次，没撕清楚。等他看完，马上就放下心来——只是革了空军校尉的头衔，去花莲的营所里当教官。按照他的经验，林承晖在上头一定有人罩着。要不以他的情况，要脱身甚是困难。而且看处理的手段，堪称艺术——先给举报的加官晋爵，调到别处任用，一来满足了他举报求立功的心思；二来断了他继续抓着不放的机会；然后给了林承晖一个看似严厉，其实宽松的惩罚，去了天高皇帝远的地方，以后冯添想再找茬，都难找到人。

陈熠盯着文件看了许久，想不出谁有这等手段，在牙缝里挤出一句话："老狐狸！"然后心有不甘地补了一句："他娘的！"后一句是对自己说的，他想，如果自己也这样长袖善舞，应该不止是今天的成就。

他自然是给足了林承晖人情。"你这次犯的错太大，从今天起，你不能再做空军飞行员了，你的军衔也要降等。我给你找了个别的去处，你去那里吧。"陈熠说，"军令部盯着不放，我费了许多心思。唉！党国还是需要你这样的人才啊！"

说完，又叫进来了那两个士兵。大块头拿出钥匙，解开了林承晖的手铐。

不知道是不是被铐得久了，林承晖一时竟有些站不起来。一直到陈熠走出审讯室，消失在他的视线里，他才发觉自己已泪眼蒙眬。

他心里知道，屡次闯祸屡次化险为夷，后面肯定有高人相助。但是，自己一身耿介，向来不爱溜须拍马，上司自然不会拼死力保。想来想去，只有张书雅能帮忙了。当时在重庆街头，小汽车坐着，身后十几个兵随身护卫，想去所嫁之人是达官显贵。

想着自己潦倒不堪，茕茕孑立形影相吊，那真是有云泥之别。他忍不住想起宋珈灵——如果能带着她一起来，就算是坐牢也满足了。他又忍不住想起了母亲和哥哥，百感交集。

林承晖还来不及回忆，就被送上了车子。这次不是那辆舒适的汽车，而是和来时一样的军用卡车。密闭的空间叫他陡然生出一股悔意来，但这悔意很快被另一股愁绪取代。

举目四顾皆是一片黑暗，像是预兆着他的未来。

车子停在一个名叫花莲的村落，这村落不大，人口也不多，出了军营不到二十里，就是一片汪洋大海。林承晖被那两个士兵按照陈熠的命令，送到了这里。从此以后，他将被空军除名，军衔降等，变成一个普通的教官。

那片他曾经翱翔过的天空，再也不会给他飞行的翅膀。

按照上面的安排，这次迁台而来的士兵一部分留在了基隆，而花莲村也成了其中一个军事基地。一位姓尤的少校被任命为这个军事基地的一把手，林承晖则被安排做副手，主管新兵的训练。

因为军衔的关系，林承晖分到的宿舍比那位少校差很多，离着士兵们的营房很近。他进了屋，放下自己的行李箱，躺在收拾好的床铺上，他想起在审讯室见到的陈熠教官。其实这样的安排，已是那位贵人所能尽的最大努力，为他争取到的宽大处理。哪怕冯添再如何小人，到底也管不到这里，只要自己安分守己，便能得一个善终。

只是，他这样的人又有什么资格奢望善终呢？

他翻了个身，盯着眼前变得污秽不堪的墙壁看了一会儿，只觉得眼皮愈发变重，合眼睡了个昏天黑地。多年的行军打仗，早将他原先贵公子的身子养得皮糙肉厚，一点没了过去认床的娇脾气。先头在这儿安排的人，也知道将士旅途劳顿，将他安顿好之后，识趣儿地没来打扰。

这一觉醒来，天像是换了张脸，白了又黑，一场轮回。

林承晖睡饱了，便想出去走走，认识一下以后他要训练的兵，顺便探探路，看看接下来该怎么安排。

平房外面是用铁栅栏围起来的士兵训练营地，营地里星罗棋布地散落着木头搭的屋架，士兵们正三三两两地把茅草往木架子上放。林承晖透过还未被茅草全部遮盖住的木架子，发现里面一排排放着的床位——皆是竹子搭起来的，这和他在南京军营的待遇简直是天壤之别。他本以为他住平房是因为这儿临时造不出一座军区，却没想到平房倒是好的了，那些背井离乡的士兵们，住的只会比他更糟更差。

他从台阶上走下来，走到那些士兵们中间，几个士兵知道他以后就是他们的教官，纷纷敬礼。他问什么，士兵们就答什么。知道茅草屋是上面的安排之后，他也无可奈何了。环顾四周，除了一座座木架和茅草搭成的屋子，只剩远处一片茫茫大海，而他身后的村庄离营地还有三四十里远。

袅袅炊烟从他平房后头的伙房烟囱里飘过来，给这什么也没有的营地带来一丝暖意。炊事员从后头的厨房出来，正准备招呼大家开饭，就见到了林承晖，忙敬了个礼。

林承晖倒是不拘这些，看大家伙儿都饿了的模样，便吩咐炊事员去准备开饭。

他进了屋，听到外面熙熙攘攘的声音，便觉得日后的生活怕是要苦一阵子了。这些兵大部分都是被当壮丁抓来的，没经过正经的军队训练，这要是让他练起来，恐怕要费好些心思。

就在他思忖着接下来的安排之际，刚刚喊放饭的炊事员敲了敲门，端着餐盘进来给他放下，出去时又带上了门。林承晖瞅了一眼餐盘里的晚饭：一碗米饭，一碟青菜，一份萝卜骨头汤，汤上零星飘着几滴油珠，像是后面滴进去的，怎么看都和那汤水格格不入。

听到肚子的响声，他这会儿才有点后悔那夜船上的酒会没去大快朵颐。都道食不厌精脍不厌细，这会儿艰苦的环境，他哪有挑剔的条件啊。

他随意扒拉了几口饭，又喝完了那碗没两块骨头的汤。吃完了这顿，他端着碗盘走出去，瞥了眼在吃饭的士兵们，却一下子呆住了。

这座军营设施太过简陋，伙房都只是一个临时的小屋，桌椅俱全的餐厅是连想都不敢想的。这会儿大家都席地而坐，炊事班的几个人给大家发了碗筷，然后五六个人一组围着一盆汤，一盘菜，就这么将就着吃了。林承晖走上前看着他们碗里的汤，别说排骨了，便是萝卜也只有小小的几块，油珠子更是一点儿也见不着。五六个人吃的那盘菜和他一个人的也差不了多少，分明就是放白水里煮了一遍就端出来了。他下船前就听徐闻培说过，这次委员长撤退是有预谋的，几乎把整个国家都搬来了。怎么到了他这儿，就变得这么穷苦了？

他想不明白，自己在部队这么多年也有条件艰苦的时候，但是即使是从前在浙江打仗，吃饭也不至于这样清汤寡水，甚至可能连填饱肚子都成问题。

他看着眼前这些士兵们，有些脸上都还稚气未脱，便觉得于心不忍。思考再三，还是决定去找他的上级——尤少校问个清楚。

"报告！"

"进来。"少校个子不高，身材瘦削，皮肤有些黑，姓尤，名健永，福建泉州人，和林承晖算半个老乡。尤健永瞥了一眼林承晖，问："什么事？"

"请问尤少校，部队培养士兵是用来做什么的？"林承晖字正腔圆地问。

"自然是行军打仗，你在部队待了这么多年，连这点都不知道吗？"尤健永将手中的文件往桌子上一扔，音量也随着提高了几分。

有耳尖的士兵听到房中的动静，食指一伸搭到嘴巴上示意大家安静，俨然一副看好戏的神情看向尤健永的房内。

"没错，部队培养士兵是行军打仗的，那么请问少校，一个个连饭都吃不饱,哪里来的力气去打仗?"话刚说完,林承晖便走了出去,却看到一群人捧着饭碗齐刷刷地在看着他。他随手叫了个离他最近的士兵,士兵不敢相信地指着自己的鼻子确认了几遍才放下手中的碗站起来要走向他,林承晖又道:"把你的饭碗一起拿过来。"

　　士兵不明所以地拿着饭碗跟着林承晖走了进去,又按照他的指示将碗放到了尤健永的桌子上,没等尤健永反应过来,林承晖开口道:"请少校看看士兵们吃的食物,他们能吃饱吗?没有强壮的身体做支撑,他们拿什么做高强度的军事训练?"

　　尤健永瞥了一眼,白花花的瓷碗中除了已经见底的米饭就只剩下几块萝卜碎,他挥了挥手让士兵将碗端出去,又走到林承晖的面前,说:"林承晖,你的心情我理解,你关心下属我也理解。但你不能因为这样就对着你的长官大声说话!"

　　"报告长官,我不认为有错!"

　　"我不管你错没错,在部队就得有部队的纪律!自己去外面跑操去,衣服没湿透别让我看到你停下。"尤健永背过身去,手一抬指向门外面。

　　林承晖用力地向尤健永敬礼,转身出去绕着基地一圈一圈地跑。五月初的海风带着阵阵凉意,林承晖在星光的陪伴下不知道跑了多少圈,先前还在吃饭的士兵们也早早地放下了碗筷,跟在他后面一起跑。

　　他们不知道林承晖是个什么样的人,不知道未来会面对什么样的苦难,但就在他为了他们和少校争吵的那一刻,他们已经足够有理由相信,只要有他在,就一定会有人站在他们面前为他们遮风挡雨。

　　尤健永看着窗外那群人,摇了摇头,又回到桌前继续工作。

　　不知过了多久,林承晖停了下来,吸进去的风放肆地挤压着他的肺,他已经感觉到自己喘不上气来了,却还是颤颤巍巍地敲响了尤健永的门。

　　尤健永看着喘着粗气的林承晖也不作声,两个人就这样静静地对视,谁也不服谁似的。半响,尤健永终于按捺不住,说:"这次是给你个教训,别再有下次。"

"我只希望少校可以对自己的士兵好一点。"

"哦?那你倒是说说我要怎么对他们好?"尤健永挑了挑眉,看向他。

"别的不说,只希望他们能吃得上一口饱饭。"林承晖稳住气息,用自己最大的力气说出了这句话。

尤健永冷笑一声,抬手往后面的小木桌一指:"我就能吃得上饱饭?"

林承晖顺着他的手一看,居然是和士兵一样的清汤寡水。

因为短期内无法解决伙食问题,林承晖在吃饭的时候也不敢去看他的士兵们,总觉得心里面惭愧。这些士兵背井离乡原是为了混口饭吃,没承想在这儿吃得竟这么糟糕。舍得一身剐,豁出一条命,本就是为了搏个前程,挣个未来,可这未来,如今怎么看怎么昏暗。

今日的太阳比往日都猛烈,他也心疼这帮已经站了一上午军姿的士兵,便吩咐他们原地休息。

自上次的事情以后,他倒是得到了大家的支持,训练的时候不管说什么,他们也全都听进去。原本以为,这支临时拼凑的零散队伍训练起来难度会很大,但现在看来,他们倒成了自己唯一的安慰了。

他也找了个台阶坐下,这几日来,他一直在想吴伯驹。那日因为愧疚心理,一时忘了问老司令吴伯驹的去处。本以为到了台湾,两个人又同是空军,很快就能通上消息。可惜人算不如天算,他被贬到这个地方,和吴伯驹完全断了联系。他曾想过以吴伯驹的身份,混个好官职应该不难,可自己如今处于敏感时期不方便出去打听,只好再等等,看会不会收到他发来的消息。

"全体立正!"回忆完老战友,他从台阶上站了起来,冲着松散的队伍喊道。

底下三三两两的士兵从地上站了起来,额头上满是被晒出来的汗珠。最后头的一个士兵身体晃了晃,没站稳。眼看林承晖就要朝他走过来,也不知他是不是害怕受罚，竟一时支撑不住，晕了过去。

步入盛夏的天气，渐渐热了起来。台湾地处南方，这一日日站军姿的训练，叫这些新兵蛋子都有些吃不消。那日以后接连有人倒下，队里配的军医一时忙得团团转。

有些士兵在被抓壮丁的时候本就受了伤，换了新环境水土不服，营养又跟不上，一个月里死了好几个，惹得人心惶惶。

林承晖带着其他士兵亲手为他们入葬，锄头锄开泥土，叫他觉出某种憋闷与不甘。

六月的暑气已叫人烦得透顶，又有士兵因为生病而时冷时烧，团部下令军医每日都要发放喹啉丸给士兵，防止疟疾传染。

吞下这日固定配送的喹啉丸，他抬头看着窗外刺眼的阳光，想起过去在厦门，每年都会有一个长长的夏天。

那时候他在厦大的校园里，在凤凰花下，读着张书雅教给他的德文。那时候的日子，总是慵懒悠长，无忧无虑，如今回想起来还有一丝酸涩。

# 第 二 章

林承曔的饭馆开了没多久，内战便爆发了。生意刚有起色，就听说国民党节节败退，转眼就丢了长江天险。与林承晖失联已久，他们也只能担心而已。到处兵荒马乱，他们已经自顾不暇。

厦门的空气里，硝烟味越来越重了。

民国三十八年（1949年）立夏，人民解放军第二野战军第四、五兵团挥师入闽，于9日解放了崇安，随即挥戈直取建阳、建瓯、水吉、南平、浦城、松溪、邵武等 12 县，为第三野战军进军福建打开了北大门。

厦门作为最早的通商口岸，被国民党视为重要阵地，为此蒋介石特命东南军政长官公署副长官汤恩伯进驻厦门岛，统一指挥刘汝明和李良荣兵团。汤恩伯利用厦门纵横交错的天然海沟，修筑起多道堤坝，和水闸相连，形成了完整的水网地带。而海沟之间，是一片类似沼泽地的泥滩，一旦陷入，将寸步难行。用国民党的话说，这就是"死亡地带"。面对解放军的强烈攻势，国民党决定集中兵力死守厦门，大战一触即发。

但汤恩伯排兵布阵的举动瞒得了外面，瞒不过住在岛内的居民们。自打四月底南京解放，国民党的领地便一步步缩小，南方这边的局势不大稳定。做小本生意讨生活的人，眼下更是惨淡，上街叫卖的声音，林承曛怎么听都有股哀怨的味道。没过几日，他还是决定关门，争取赶在打仗之前带着一家老小往外逃，躲在漳州和龙岩交界的山村里，除了偶尔赶集市采购些东西，尽量不露面——就在这几个月，林承晖花了不少心思找他，甚至找到了他们的饭馆，但是大门紧闭；留下的书信也没有回应。兄弟就这样在寻找中错过了。

1949 年 9 月，林承曛第一次走上漳州街头，漳州街头如今满是解放军，但是漳州人民似乎一点也不害怕。林承曛能感觉到一种不一样的气象，就像是春风过处，草木返青的新生气息，街头的人来来往往，贩夫走卒和士人官宦，都很友好，彼此亲切交谈，微笑着问候。这股生气，和几个月前的厦门形成了鲜明的对比。

林承曛对解放军的印象是模糊的，这些年他一心过自己的日子，从来不愿意与军队往来——一方面是因为弟弟已经投笔从戎，一家老小的生计都要自己承担；另一方面也是因为自己性格所致，温和谦逊没有野心的性格让他心甘情愿与世无争过着日子。只要家里人一个不少，军队又关他什么事？闽西有许多共产党员活动，他也是不甚了了。远亲不如近邻，动荡的年代里，和周围的人打好关系才是保全的办法。

这日,他出门采买生活用品,走得累了便停在一家面摊前点了一碗清汤粉。等面的中途,隔壁桌四个身着中山装的人讨论着时局。

"汤恩伯仗着美国佬的军舰,竟然放话说厦门守个三五年没问题,狐假虎威,臭不要脸。"四人之中较为年轻的小伙子吸溜了一口汤粉,嘴里的话含混不清,但足以听出怒意。

"小陈同志到底是年轻,这么沉不住气。"戴着圆框眼镜的中年人放下了筷子,朝着另外三人笑了笑,道,"昨儿个将军同我说,孙子兵法里提过,攻城是代价最高的作战方式。如今我们已将厦门岛三面包围,汤却还这么说,只怕里面有诈,我们不能轻举妄动。"

"你又来了,你也知道我是市井出身,不懂你们说的那些兵法谋略。我就是不明白,如今解放厦门就差临门一脚,为什么我们却迟迟按兵不动?"年轻人把面汤喝完,抹了抹嘴角,问道。

"时机。"中年人吐出这两个字,见年轻人依然一脸疑惑,便解释道,"首先,我们要用最少的伤亡,最快的速度来解放厦门,不能让党的好同志们白白牺牲;还有就是,你们要记住,打仗不是为了攻城略地,而是要收复人心。就算是为了这厦门的美丽景色,也不能轻易炮轰,炮打的不一定是城,还可能是人心。"

在旁边闻得一二句的林承曌陡然一震,连点的面条早就端上来了都未察觉。他忍不住转头多看了那四个人几眼。

中年人瞧见了他,刹那间,两人的目光竟然撞上了。林承曌一怔,飞速地转回了头。

"大家都吃完了吧。老乡,这边结一下账。"那人不打算追究,站起来冲面摊老板招了招手,紧接着掏出几张纸币递到老板手里。

老板接过那钱,又掏了两张还回去。

那纸币和林承曌所见的不同,他忍不住站起来开口问道:"这不是银圆券，也能付钱？"

面摊老板把钱揣进怀里，上下打量了林承曚一眼，正准备开口解释，就被人按下了，一旁的年轻人一脸好笑地看着林承曚。

"这位老乡，应该是刚来漳州吧？"

林承曚点了点头，也不说话。

"过段时间漳州解放后，就统一货币了。等到整个福建都解放了，银圆券就要废除了。你这几日找找看附近的中国人民银行分行，尽快将手头的银圆券兑成人民币吧。"中年人耐心地解释完，还替林承曚指明了分行办事处的位置。

目送着四个人远去的背影，林承曚摸了摸口袋里的银圆券，有些犹豫不决。

老板收拾着桌上的碗筷，嘴里不自觉地哼着他没听过的歌谣：
"解放区的天是明朗的天，
解放区的人民好喜欢，
民主政府爱人民呀，
共产党的恩情说不完。
呀呼嗨嗨，一个呀嗨，
呀呼嗨呼嗨，呀呼嗨嗨嗨，
呀呼嗨嗨一个呀嗨……"

自打林承晖走后，宋文谦和刘茹对女儿的看顾便松懈了许多。宋文谦本以为从今往后一家人的日子能平平淡淡地过下去，但随着福建逐渐解放，攻占厦门成为党内最紧急的任务。两人过去就在厦门做地下党工作，这次果不其然又被调回了厦门。

八月的天气又热又湿，宋珈灵在旅馆收拾了一阵，便坐下来休息，擦擦额前的汗。她已有孕三个月，虽父亲之前一再强调不留这个孩子，但她还是坚决要留。

这个孩子,是她和林承晖唯一的纽带。她心里确实有这样的期待——当这个孩子出生的时候,林承晖是不是就能回来了?

宋珈灵在旅馆休养,夫妇二人却不得不在外面奔忙。以前在厦门开的那间医馆,如今早在炮火中化为了废墟。多番问询下,二人才借着昔日人脉,在繁华的中山路一间商铺楼上租了间屋子。

宋文谦每日定时出去和联络人员接头,刘茹便借着照顾宋珈灵之便,和附近菜市场的大妈大婶搭上了关系,大致了解了厦门如今的情况。日子没过多久,九月下旬,漳州解放的消息便传了过来。漳州紧靠着厦门,解放军从北西南三面呈半月形包围了厦门岛,岛内国民党的兵防演练很快密集起来。

夜里,宋珈灵听见一阵窸窸窣窣的声音。阁楼的老鼠最近越来越猖獗,刚开始她还会被吓到,现在她可是雷打不动。然而未等她重新入眠,房间的灯便忽然亮了起来。宋珈灵一惊,伸手挡了挡,问道:"谁?!"父母绝不会不喊她的名字就进来房间。

门口走进来两个便衣,架着被打昏过去的宋文谦,而本和宋文谦待在一个房间的刘茹此刻却一点声音也没有。见此状,宋珈灵眉头紧锁,胸腔里生出一股森然的冷意,一只手不自觉地抚上了肚子。

"好久不见啊嫂子。"跟在便衣身后走进来的人,摘下了军帽,朝宋珈灵行了个礼。

宋珈灵放下手,眯眼瞧了半晌,才想起,这个人是那次林承晖降落在长汀和她有过一面之缘的冯添!

"你对我父亲做了什么?"宋珈灵厉声问。

"真没想到,像令尊令堂这把年纪的人,竟然还会做地下情报工作。看来共匪是真的没人可用了。"冯添走到宋珈灵的面前,一只手抬起了她的下巴道:"真是个美人呢,难怪林承晖即使劫机也要去接你。可惜啊,襄王有意,神女无情,林承晖受的苦可就多喽!"

"你说什么?"宋珈灵听到林承晖的名字,立刻从床上下来,目光如刺。

冯添瞥见那微微隆起的肚子,目露惊讶道:"你,你有了?是谁的?"

宋珈灵护着自己的肚子撇过脸去,道:"冯长官,我和林承晖已经脱离关系。我的父母都是普通老百姓,您今日私闯家宅,怕是不妥吧?"

"普通老百姓?"冯添重复了一遍宋珈灵话里的词语,"若说像令尊这般有能力的人是普通老百姓,只怕真正的老百姓睡觉都会害怕吧。这一个月,死在他手里的军警特务不知道有多少。若不是抓到其中一个叛徒顺藤摸瓜,只怕他要直捣军统。"

"少校,那个女人已经处理好了。"一名便衣特务晃进来,此人一脸的麻子,瘦削的干脸上戳着个蒜头鼻,见到宋珈灵,眼睛幽幽一亮。

宋珈灵瞪一眼那特务,忙抓着冯添的手臂问道:"什么女人,我妈呢?!你们把她怎么了?"

冯添将自己的手肘从她的手中扯出来,状似惋惜地叹道:"令堂一时激动,撞到了柱子,如今怕是已经上了奈何桥。节哀。"

"你!你……"宋珈灵眼前一片漆黑,喉咙一热,呕出了一口鲜血。

解放军在连续二十天渡海作战演习之后,终于在10月中旬,伴着《夜练船歌》的调子,开始计划好的"声东击西"。

当日下午三时许,91师炮兵群的炮火投向了鼓浪屿。这声炮响,拉开了厦门解放战役的第一幕,登陆部队不顾伤亡,不断朝着鼓浪屿发起强攻。

汤恩伯不知这里面有诈,还当解放军准备攻取鼓浪屿后再直攻厦门岛。他将一个师的部队都投到了鼓浪屿,同时将原本放在厦门岛腰部的机动部队往南调。

这头战火炮轰、杀声震天,隔岸的林承暻坐在桌前数着刚兑换的人民币。一张又一张纸钞,在他手里被数了一遍又一遍,这些人民币最后被他整整齐齐地叠好,放进粗布上衣的内侧口袋里。他从桌旁站起来,走到了客店楼顶的天台。

  此刻天色还未彻底暗下来，远远的，他瞧见漳州渡场千帆竞发，载着解放军的船只不断朝着厦门的方向驶去。

  隔着一湾汹涌澎湃的大海，他瞧不见那些枪林弹雨的血腥，但却能察觉到其中的暗潮汹涌。

  晚饭，林承曔吃得很不安稳。钟婉莹抱着林佑安坐在床边，哄着孩子喝下一碗米粥。李佩瑶觉得头疼，早早睡下了。

  这一夜，厦门附近的几个县市皆彻夜未眠。

  林承曔不知自己坐了多久，直到拂晓，灰蒙蒙的天上飘落下银色的细雨，街上也有了响动。前方捷报不断传来，解放军突击部队在厦门岛北半部全线突破，并迅速向周围扩张。

  厦门，接下来将会和平很长一段时间了吧……

  解放的第二天，林承曔一家又回到了厦门。中国人讲究安土重迁，任何地方都可以居住，但是故乡却始终只有一个。在漳州待了这么些天，虽然风平浪静，但他依然想念生他养他的厦门。趁着解放军进城的这段间隙，他带着妻儿与母亲回到那间早就关了的小饭铺，因为炮火的袭击，饭铺已经没有刚刚装修时的光亮。他拿出这些年攒下的一点钱，和钟婉莹将里里外外修缮了一番，一些老旧的桌椅拿去给木匠师傅修葺，倒是还能用。

  一番整修之后，原本宽敞的小楼，变成了二层的小屋，一楼用以会客和做饭，二楼前头采光好，留给母亲和佑安住，隔出来的小房间则给他和妻子。

  战争过后的厦门街头，家家户户都紧闭门窗。林承曔想出门买点蔬菜粮食，却在走到中山路口的时候，发现国民党士兵坐在华侨银行骑楼下的地上。地上散落着他们被摘下的帽子和帽徽，一排拿着长枪的解放军站在他们身后，整齐得像一棵棵刷了漆的白杨。

  林承曔没有多看，拉紧外衣，往前快步走起来。这个点，和平码头估计刚捕上新鲜的水产，他想去买两斤带鱼，给奔波劳碌的母亲妻儿尝尝鲜。

刚拐过一个路口，他瞧见一个十来岁的孩子支着架子在卖蚵仔煎。旁边街头站着一个解放军战士，忽然朝这个孩子走了过来。

"小孩儿，啊个四咋卖？给额整一个。（这个怎么卖，给我来一个）"一口质朴的陕西话说出口，那小孩拿着长竹筷的手竟然停了下来，愣愣地看着他。油锅里翻滚着被炸得酥脆的蚵仔煎，林承曌瞅了一眼，忙提醒道："哎哎，要焦了。"

小孩动作熟练地把炸好的蚵仔煎放在铁架子上，眉头微皱地看着面前这个解放军战士，像是在思考他方才说的是什么意思。

"他问你这个多少钱。"林承曌过去在厦大读书时，同屋的室友里有个陕西人，因此倒是听得懂一些陕西话。

憨憨的解放军战士瞧有人替他解了围，略带感激地看着林承曌。

小孩拿过一张油纸包了蚵仔煎，递过去，嘴里用闽南话说："不要钱，您吃吧。"

解放军战士没明白，只得继续求助林承曌。等弄懂了小孩的意思后，他立马摇摇头，赶忙从军服口袋里掏出一张一元的人民币，硬是要给钱。到最后，小孩没有拿钱，解放军战士也没有收下蚵仔煎，两人就这么僵持着，站在摊边。

林承曌看解放军着实为难，向那孩子道："你就收着吧，不然他不要你的了。"

等他从和平码头提着两条带鱼回来的时候，在家附近进出口行的楼下，忽见几个形迹可疑的人。正怀疑着，那些人就拐进了小巷里。

几个背着竹筐的解放军战士路过他身边，领头的士兵一脸着急地问道："这位老乡，请问哪里可以买到木柴。我们着急买木柴煮饭，但是街上的店全都关门了。"这人一边问一边到处看，脚上一双草鞋也没了后跟。他们背上的竹筐都装着大米，林承曌想他们大概是炊事兵，忙道："这会儿没人开门做生意，我家就在前方，不如去我家生火做饭吧。"

领头的士兵有些为难道："这样会不会太过打扰你们。"

"不会不会。"林承曒摆摆手。反正就是一顿饭的事，他们做完也就走了。

见他这么说，几个炊事兵都没有再推辞，跟着他往前走去。

在家门口等着他回来的钟婉莹一下子见到这么多士兵，一时有些呆了。她第一时间以为是林承曒犯了什么事，被押解回来，心扑通扑通乱跳，差点儿背过气。待炊事班长向她解释完后，她才明白过来，连忙将人往厨房领。

炊事兵们借着林家的柴草，生火做饭，班长从包袱里拿出了两张柴草票，每张十斤，递给了林承曒和钟婉莹。

"这柴草票你们收好。厦门以后会建立柴草供应站，你们可以拿着这些票去换。"班长道。钟婉莹拿着两张票左右看了看，才明白这是什么意思。

"你们尽管使。阿曒哥和我没想着要你们的柴草票哩。"钟婉莹说着就把票往班长手里塞。林承曒想起今日那个买蚵仔煎的士兵，脸上露出一丝微笑。

"大嫂，这是我们的规矩，不能白拿你们的东西。"

"是啊，要是你不收，我们回去还会被罚呢！"

炊事兵们烧好了饭，其中一个解放军战士出去了一会儿，叫来了一群同样打扮的人，把锅里的米饭都盛到容器里。然后这群人就像蚂蚁搬家一样，抱着手里的东西鱼贯而出。

厨房从热闹归于寂静，钟婉莹那颗悬着的心在最后一个战士走出去后，终于放了下来。她呆呆地望着那些人的背影，突然觉得这些当兵的人，也并不像之前听说的那么可怕。单凭他们承诺要还柴草的事，就看得出和之前传的抓人去当兵的肯定不是一伙人。

"呀，锅里还有。"林承曒揭开锅盖一看还有小半锅米饭，马上去拦住那些战士。却听到门外的炊事班长喊道："老乡，那是给你们留的，谢谢了！"

林承曒正欲说话，就见一个解放军急匆匆地赶过来，道："不好了洪班长，前头出事了。在鸿山脚下发现国民党特务杀害我们的同志。"

班长听见此事，顿时面色发紫，把手中的饭递给其他人，然后就跟着那人往鸿山方向走去。

　　林承曝虽然心下好奇，又回头看了一眼身后的钟婉莹，没有上前打听。

　　夜幕笼罩下的鸿山，黑暗，深邃。

　　"冯添，卑鄙！"宋珈灵的脸上沾着血迹，眼里布满了血丝。

　　冯添像是末路穷寇，不仅语气不再像当初那样装腔作势，就连眼神也变得狰狞凶狠，像是想试图抓住一根救命稻草。

　　"说！厦门联络点在哪儿?！"冯添又是一棍打在浑身是血的宋文谦身上。

　　"不要！"宋珈灵扑过去挡在父亲身前。

　　"珈……珈灵，快……跑……"宋文谦努力地张了张嘴，只在宋珈灵耳边挤出了几个字。

　　"不，爸，爸……"宋珈灵的双手沾满了宋文谦的血迹，那血从各个伤口里不断地流出来，染红了他们所坐的这一片地。

　　宋文谦自打被冯添抓住后，就日日经受折磨。为了他嘴里的情报，冯添总是在严刑拷打之后，命军医来给他上药，待皮肉愈合之际，再次上刑。如此反复，却只得一些零星琐碎的假消息。时间被宋文谦用软磨硬泡的功夫，一日日往后拖，直到厦门之战打响，他也没从宋文谦嘴里得到什么。

　　至于宋珈灵，他查了好几次也只查到她护士的身份，其他边边角角的消息，根本没有什么价值。冯添知道这人没有多大用处，但也不敢贸然将其放走，这些日子只是将宋珈灵软禁起来。然而今日，随着一波一波的解放军入城，大批国民党成了俘虏，若不是提前收到消息，只怕他的藏匿点也要暴露。

　　"臭老头，还不说是吧?！"冯添眼睛瞪得老大，他一把拽开宋珈灵，提起宋文谦的衣领吼道。

　　宋文谦闭着眼睛，奄奄一息。

　　冯添见他不理不睬，全然没想他可能已断了气，只自顾自地拿起军棍抽打。宋文谦是他被调到军统就职以来遇见的最硬的一块骨头。军棍一下又一下地打在宋文谦的身上，棍子和骨头之间发出一声声闷响。过去在审讯室，宋文谦还会发出几声叫唤，可是现在任凭他怎么抽打，宋文谦就像是被施了法一般，一动不动。

宋珈灵哭得两眼肿得老高，肚子也隐隐痛起来。宋文谦看上去已经失了生气，但是冯添疯狂叫骂的样子，让她也不敢再轻举妄动，就怕冯添狗急跳墙。

半晌，月光照到这儿，宋珈灵看着地上已血肉模糊的父亲，终于停止了哭喊。她目光空洞，眼角一滴泪，将落未落。

与此同时，外面闻讯而来的解放军战士则将整个鸿山都包围了起来。

冯添从疯狂的举动中回过神，转头便发现解放军的一小队人马已将他围了起来。为首的人冲冯添喊道："放下武器。"

"哈哈哈哈哈哈——"冯添看清楚了来人的军服后，爆发出一阵狂笑，不知是在嘲讽自己还是老天。他瞧了一眼瑟缩在角落里的宋珈灵，又看了看全部指向自己的黑洞洞的枪口，突然从腰间掏出了一把新式手枪，利落地朝着自己的太阳穴扣动了扳机。

宋珈灵的尖叫声与从枪口处喷溅出来的血和无尽的黑夜融合在一起，响彻山谷。

解放军战士听闻尖叫声冲了上来，昏暗的屋子里弥漫着厚重的血腥味，他们还没来得及想象到底发生了什么，只看到躲在角落里的宋珈灵哭晕了过去，赶忙上前去将她稳住，带离开这里。

宋珈灵再睁开双眼的时候，脑海里还残存着冯添自杀的画面，不禁又一次发颤。短短几个月的时间里，她一而再再而三地失去了她最爱的人，先是林承晖，再到母亲，现在连父亲也没了。

不知不觉，脸颊又被泪水打湿，她也不去管，只用力地咬着被角不让自己发出声来，空荡荡的屋子只剩下听了叫人心悸的"呜呜"声。

这时，一位解放军女战士从屋外端着汤药走进来，宋珈灵停住眼泪，下意识地卷起被子往墙角处躲去，直勾勾地瞪着她。

女战士仿佛没注意到她的神情，将药放下，笑着问她："你醒了?"

宋珈灵撇过头去，并不搭理。女战士也不恼，拿起药吹了吹递到宋珈灵面前，却还是没有得到回应。女战士又道："我知道你现在不好受，想哭就哭吧，我也是女人。跟随部队从军打仗这么多年，什么我没见过，但也不敢说什么都可以接受。"

宋珈灵听了这话，才敢放声痛哭。

女战士放下手中的药，拍了拍她的背："放心吧，你是烈士家属，解放军会将你安顿好的。"

宋珈灵在女战士的劝解下才终于感受到一点点安慰，喝下安胎药后又躺了下去。肚子里的胎儿还在平平静静地成长着，未出世的他，完全不知这世间的风云变幻，短短几日，一个人也可以变得一无所有。

宋珈灵闭上双眼，一只手缓缓地伸到肚皮上摩挲着。恍惚间，她似乎又感觉到了丈夫躺在她的身旁。

从前，宋珈灵最爱现在这样宁静的夜色，夜幕笼罩大地，远处灯光依稀，分不清方向的风吹过来，无论白天的事务多么纷繁难解，它们都会沉积在这无边夜色里。也只有这个时候，她可以忘记一切，沉浸在自己的世界里。

但现在，她感受到了一种孤独。

# 第 三 章

在家休息了几日，林承曔寻思着得去谋个生计，和钟婉莹商量了半天也没个头绪。饭馆如今一时半会儿是开不起来了，至于学堂更不必说。他怀念之前教书的日子，但是这世道，还不知道能不能一直太平下去。

厦门解放后，周边商户因为对局势不了解而不敢开门，街上只有一些进步学生和年轻人。林承曔站在新华书店门口看着解放军进来，周围的群众顿时都让到了街道两边，自发唱起"解放区的天是明朗的天"这类时下流行的歌曲。

他夹紧腋下的书本，想站到前面去看看，然而刚挪脚步，就见另一群人往另外一边冲。林承曔定睛一看，才发现新华书店对面的空地搭起了一个棚子，棚头上写着"柴草供应站"几个字。他不由得将手伸进口袋里一阵摸索，翻出那两张柴草票，随着队伍站到了最后一个。

临到他时，供应站的解放军战士一看那票，二话不说给他兑了二十斤木柴。得知他只有一个人，还让两个小战士帮忙一块搬回去。

见到这么多木柴进家，钟婉莹一下傻了眼，差点喜极而泣。做饭的时候，又不自觉地哼起了那首《解放区的天》，这歌朗朗上口，唱起来毫不费劲。

吃罢饭，钟婉莹这才想起来问林承曔找工作的事。林承曔嗫嚅含糊着想混过去，说是有点眉目。

钟婉莹见他不愿多说，也不再追问。

午后小憩，林承曔拿了本书坐在门口的椅子上看，林佑安绕着门前的那棵榕树和别的小孩玩起了捉迷藏。

如今，这片土地也算得上国泰民安，那林承晖，到底在哪儿呢？这些年来，托了那么多人，又走了那么久的路，却一点可靠的消息都没有。烽火连三月，家书抵万金，他和林承晖之间连一封信也没有来往过。

这样想着，他慢慢闭上了眼，肚子刚被填饱，又被午后的暖阳慰藉过，他想睡一会儿，在梦中他离这些愁绪才能远一点。

"您好……请问您是林承曔先生吗？"

林承曔还未睡熟，原本洒在他身上的阳光，被几个人遮挡了去，叫他不得不睁开眼。

面前站着一男一女两个解放军战士，他们之中还有一个身量中等的女人。那女人大约三十出头的年纪，头发被汗水打湿了贴在前额上，她穿着碎花布裙，隐约可见隆起的大肚子。一个解放军帮她提着皮箱，另一个女战士替她扶着后背，怀孕的女人看着他，目光炯炯。

她似乎是认识他的，然而任凭林承暻怎么想，怎么回忆，都认不出来眼前这个女人是谁。

"我就是林承暻，你们是？"

"这位是宋珈灵，先前和你弟弟林承晖有过婚姻的。他的父亲宋文谦同志是我党的重要情报人员，不久前已经光荣牺牲了。"提着皮箱的男战士上前一步，解释道，"她向组织上申请寻找你，我们就把她给带来了。"

宋珈灵一听这句话，冷笑一声："这位大哥，怎么就是我主动申请寻找了？先前是你们说会安顿好我的生活的，现在随便找个这种地方把我扔了？"说着她擦擦额前的汗，朝林承暻上下打量了一番："你是谁？"

林承暻也打量着面前这个女人，心里满是疑惑。

她也不认识自己，那为什么先前一直看着他呢？

"你好，我是林承晖的哥哥，林承暻。"林承暻一边介绍一边伸出手来。解放军战士说的事情如果是真的，那自己收留她也算是对弟弟有了个交代，但如果不是，揽下来这件事对自己确实没什么好处。

宋珈灵站在原地，对林承暻的介绍无动于衷。"阿晖可从来没跟我说过有你这么个哥哥——你们是随便找个人来骗我的吧？——还阿晖的哥哥，一点都不像，说什么瞎话！"说罢，宋珈灵脸上越发哀戚起来，两行眼泪瞬间滑下，"行啊，我算是看明白了。林承晖丢下我们母子去台湾吃香的喝辣的，爸爸妈妈又被坏人杀了，你们起初说得好听，现在也不要我了。我一个孕妇，我要怎么办……"

女战士站在宋珈灵的旁边，有些为难地绞了绞衣衫："同志……他真的是林承晖的哥哥呀……"

29

宋珈灵一抹眼泪，尖利地喊起来："就算是林承晖的亲哥又关我什么事？！他一个负心汉，搞大了我的肚子就跑，我们的夫妻情分，早就尽了！"

女战士听了这话，越发不知所措。就他们的调查情况来看，林承晖确实已经去了台湾，和宋珈灵已经断绝联系许久，尤其是林家，从抗战开始到现在，与林承晖之间没有任何书信往来。但尽管如此，宋珈灵本身不是党员，又曾经和国民党军官有过婚姻关系，他们再收留，有些说不过去——他们害怕宋珈灵和国民党还有什么瓜葛，留在身边终究是个隐患。把她交给林承曎，一来撇了自己的风险，二来对烈士有了交代，算是两全其美，而且依旧在自个的眼皮子底下，可以随时注意动向。

"阿曎哥，这是怎么了？"钟婉莹围着围裙从厨房里出来，见院子里站着几个陌生人，有些疑惑。她朝林承曎看过去，林承曎也摇摇头。

"同志，你们这是？"

女战士听到钟婉莹问话，像是抓住了救命稻草一般，冲着她笑了笑，将现场的状况又解释了一番："这位是宋珈灵，她父亲是我党组织人员。她父亲光荣牺牲后，我党一直在照顾她，后来打听到她在南京的时候和林承曎的弟弟，也就是林承晖有过一段短暂的婚姻，肚子里还怀着他的孩子。我们经过再三考虑，还是觉得将她送来你们这边比较好。她一个女人家，还怀了孕，和你们在一起也好有个照应嘛。"

钟婉莹转头看向宋珈灵，只见她满脸泪痕，不再像之前一样声嘶力竭。她虽然不认识宋珈灵，但既然已经确认是林承晖的妻子，他们照顾她就是理所应当的："放心吧同志，既然确定是弟妹，我们就会好好照顾她的，也算代阿晖向她赔不是了。"

两位战士听了钟婉莹的话，脸上才露出来一丝喜色，他们向钟婉莹和林承曎道过谢便转身出门去了。宋珈灵望着他们的背影，大声地喊："你们把我丢在这个鬼地方就走了？让我以后一个人怎么办？有没有一点责任心啊？"

还没等她说完，两位战士已经消失在她的视线之中了。她警惕地朝着门口看去，直到确认他们不会再回来了，才瘫软着身子要倒下。钟婉莹忙跑过去扶起她，林承曔看到她的肚子也忙递了把椅子过去，说道："你，你坐，你们先坐会儿。我，我，我先进去叫一下我妈。"

原本在屋里歇着的李佩瑶被大儿子慌慌张张的话弄蒙了，扶着林承曔的手三步并作两步地从房间走出来。刚出房门就看到钟婉莹边上坐着一个哭得不成样的陌生女人，虽说没见过，但眉宇间却有一种似曾相识的熟悉。或许是太想念阿晖了吧，李佩瑶还没走到她面前就流下了眼泪。

"你，你是谁？"李佩瑶看着宋珈灵的大肚子，声音里透着一丝颤抖。

"伯母，我叫宋珈灵，是阿晖的妻子，先前他还在重庆的时候，我们就已经在一起了。"宋珈灵擦了擦脸上的眼泪，撑着身子努力让自己站起来，炎暑的天气热得紧，她的后背已经完全汗湿了，黏糊糊的，难受得很。她的双手抚着肚子，深吸了一口气才道："我本不该来打扰你们，但是我已经没有去处了。我的父母已经牺牲了，阿晖现在也不在我身边，这个孩子，我想着应该让你们知道。"

林承曔转身进屋又拿了几把椅子，让李佩瑶和钟婉莹都坐下，好奇的林佑安也跟着上前来，听了一会儿发现自己听不懂便跑出去和别的小朋友玩了。

"这，这到底是怎么回事？"钟婉莹听着宋珈灵的话，一时有些云里雾里。她知道丈夫一直惦记着亲弟弟，她对这位弟弟的印象皆来自婆婆和丈夫的三言两语。她本想着等战事结束，应该就能见到了吧，没承想没见到弟弟，倒是先见了弟媳。

"我和阿晖是在医院认识的，那会儿兵荒马乱，阿晖寄信回家都没有收到回音，所以没有告诉你们。后来我的父亲来南京找我，将我带了回去。阿晖接到命令要飞往台湾，他临走时来家里找我，但我父母不同意我去台湾，所以他只能一个人走……我的父母身份特殊，这次为了厦门解放，便回来搜集情报，没想到后来会被……被特务给迫害了……"宋珈灵说到这里，哽咽了一会儿，然后又继续说下去，"母亲当场断气，父亲经受了一个多月的刑讯逼供,最后被活活打死。我被软禁了起来,一直到厦门解放后才解除。组织上感念我父母的忠诚,又怜我是个大肚婆,便将我救了下来。我本想着就一个人带着这个孩子生活吧,但转念一想,肚子里这个孩子是我和阿晖的,若能找到你们,叫他认祖归宗也好……"

钟婉莹想起第一眼看到她时,她脸上的不情愿和眼里的光,又听了她的故事,也跟着落了泪。一旁的林承曌反而显得冷静,对她的身份还抱着一些疑问:"既然是你有意前来找寻我们,为何方才又说是那两位同志随意找个去处打发你罢了?"

宋珈灵抬起头看向林承曌,他刚好背向太阳,这一眼倒叫宋珈灵又开始流眼泪。林承曌以为她是因为自己的质问才哭,心里忍不住开始发虚,只好低下头去不敢看向宋珈灵。

"他们救我的时候只知道我是烈士亲属,对我也是百般照顾。但后来查到我和阿晖的关系,估计他们就动了把我送来这里的心思——我如果不把关系撇清一些,权当是他们强制送我来的样子,日后就怕留下后患。"

林承曌点了点头,当时她的一番话着实让人高兴不起来。

"我那儿子,他……他……"李佩瑶不敢问出那句话,她害怕听到的不是自己想要的答案,她的坚持会在这一刻不再有意义。

"伯母您放心……"

"还叫伯母呢!要叫'妈'!"钟婉莹心直口快。

宋珈灵有些忸怩,怯生生地叫了声:"妈。"

这可把李佩瑶给乐坏了。虽然林承晖没回来,可平添了个媳妇,未来不久还将再添一个孙子或孙女。战乱刚过,流离失所的人家多得去了,一家人能聚在一起,总归是多了一丝希望。一旁的林承曌看着这三人,思来想去,还是觉得要多留个心眼——如果宋珈灵是别有所图呢,说不定是为了抓他弟弟来的?——左右林承晖不在这里,黑白是非都是她一个人说了算。她在这个节骨眼上出现,实在太过巧合。

"阿晖不是一般的士兵,是空军上尉,他若是战死了,按道理是会登在报上的。但是我把那阵子记录国军伤亡将士名单的报纸都翻出来看了一遍,都没有找到他的名字。听特务说,他已经到台湾了。"宋珈灵看出李佩瑶一直在担心林承晖,主动道。

"对了,你不是说阿晖有书信留着吗?能给我看看吗?"林承曙听到宋珈灵说的话,依然半信半疑。这些年他和林承晖断了联系,突然出现一个弟媳,无凭无据的还真叫他难以信任。

宋珈灵打开皮箱,从夹层里找到那封未能寄出去的家书,递给林承曙。

钟婉莹见林家母子都被小儿子的信件吸引去了目光,忘了宋珈灵还是个孕妇。她觉得心中一时不是滋味,忙招呼宋珈灵进屋里去坐。

一行人这才进了屋,关上门,将那酷热挡在外面。

林承曙打开弟弟亲笔写的家书,只觉双手颤抖。

吾兄曙台鉴:

　　丁丑一别,八年音书渺渺。吾虽身寄戎马,心常念母及汝也。常寄鸿雁于桑梓,经年无尺牍传佳音。更深梦回,每每泪湿衣襟。吾可谓不忠不孝也!母寿高而不侍,以寸身萦母忧,是为不孝;国将破而未举,以残命而惜生,是为不忠。念及于此,歉疚殊深。尝以驱逐鞑虏为己任,而未料今日兄弟阋于墙!为国运操戈,是为男儿;今同室相残,非我本意。现局势渐明,党国残存末路,闻委员长有训不日迁驻台湾。弟盼兄能携母同往,吾以茕茕之身,事亲于膝下,聊度余年。

　　敬请兄常求讯于报端,如有见讯,于港口相见。

　　恭请母上金安,并请时绥。

民国三十八年三月廿六夜三鼓<br>弟晖叩首

李佩瑶听着林承曒念的内容，心里发苦，可她却无能为力。战场那种地方，随时都可能送命，真不知道他是吃了多少苦，才走到这个位置上的啊。这封信写于三月，如今都过去半年多了，那时，他怕是等在港口等了好久吧？

"孩子，苦了你了。"李佩瑶擦了擦眼泪，拉着宋珈灵的手道，"你这肚子，怕是有七个月了吧。"林承晖没有回来，但至少她找到了他的骨肉。

"差不多了。"宋珈灵看到李佩瑶伤心的模样，想到自己肚子里的孩子，忍不住悲从中来，湿了眼眶。

"这是我们老林家的孙子，也是阿晖的血脉，阿曒、婉莹你们可要好好待人家。"李佩瑶语重心长地同长子长媳交代，继而转头又对宋珈灵道，"好孩子，瞧瞧你，这是吃了多少苦啊。你一定累了吧，在这儿歇下吧。阿晖既然和你成了亲，说明是认定你了，那你便是我们林家的人。只要你愿意，饭桌便永远有你一双碗筷，屋里永远有你一张床。"

面对第一次见面的婆婆，这番肺腑之言叫宋珈灵的眼泪忍不住流了下来。

钟婉莹怀过孕，知道孕妇最好不要哭，忙上前来劝道："弟妹，你还怀着身子呢，千万别哭啊。来，到我那屋休息会儿，我回头给你收拾一张床榻出来。"

"谢谢大嫂，我，我想……"宋珈灵停下来不走，想把自己的想法说一说，"组织上给了我一笔抚恤金，加上我当过护士，家学渊源也是医药，我想着能不能在你们隔壁盘下一间屋子，前头开个小诊所，回头等这个孩子生下来，孩童哭闹恐扰了婆婆安静，住在隔壁，我还能时常带他去看看婆婆和大哥大嫂。大哥大嫂也有孩子，这屋子本就不便，珈灵有手有脚又有讨生活的本事，怎能让我这个大活人来挤占你们的生活，成为你们的负累。若是承晖在这，肯定也是不许的。"

这番话周到又熨帖，将钟婉莹作为儿媳和长嫂不便说的顾虑都说了出来，又叫林承曒和李佩瑶不至于愧疚。

"也好，你先休息休息，我和你大嫂一会儿帮你看看这儿有没有什么合适的房子要租售。不急着这一时，等孩子生出来再说也不迟。"林承曒尊重宋珈灵的意见，同时也看了妻子几眼，见她神色如常，便放下了担心。

"是啊，孩子，这几日不如就住这，陪我这个老婆子说说话。"李佩瑶见三人都已商定，便也不再多说什么了。

"还有一事。"宋珈灵说完这句话，声音忽然小了下去，"如今蒋介石虽然败走台湾，肯定是还想要卷土重来的。眼见着厦门漳州这里，运输汽车进进出出，满城都是解放军，沿海密密麻麻都架着大炮，跟台湾的仗可能还得继续打。阿晖在台湾，我留在这里，万一打起来，说不准哪天就有新变数——国民党军官前家眷的身份是坐实了，在组织上有备案，是怎么赖都赖不掉的。眼下全因我父母的关系得到组织庇护——可人走茶凉是常有的事，以后怕是没人肯再为我出头。我已经一再强调我与阿晖已经脱离关系，一是为着不让阿晖的身份连累到你们，二是不这么说，我可能保不住这个孩子。"

林承曒听了她这番话，连连点头——宋珈灵的顾虑让他吓出一身冷汗，虽然经过民国时期著名的文绣溥仪离婚案，离婚对女性来说已算不得多惊世骇俗的事。他觉得宋珈灵心思玲珑剔透，想得远。他一直待在农村，哪有这么复杂的心思？心下对她有些提防。他转念一想，林承晖一个人去了台湾，迫不得已扔下这对母子，宋珈灵现在这个时候还愿意将孩子保下来，大概也是一份对丈夫的执念吧？

"倘若真有这么一天，我不担心我自己的安危，只希望大哥大嫂能将我肚子里的孩子抚养长大，我不求他有什么大出息，只要他健健康康平平安安就好。这是阿晖留给我的最后一丝念想，我得守住他。"宋珈灵埋下头去摸了摸自己的肚子，笑得越发温软。

人如浮萍，飘来飘去，谁也不知道最终会落在何处，她的命运早在不知何时被一群不认识的人捏在了手里，只等着他们什么时候想起来她罢了。

"你……"钟婉莹正欲开口说话，林承曒却望着她轻轻摇了摇头。

现在的宋珈灵，孩子已经成了她生命中最重要的部分。从林承晖走的那天起，她就在逼着自己，决不允许自己在生孩子之前崩溃。

这大抵便是母亲的本能吧。

钟婉莹拉着她的手，道："妹妹，你也别想这么多，但凡我在，就算拼了这条命也一定会让你和孩子平平安安的。你是孩子的妈，以后要看着他长大的。"

宋珈灵张了张嘴，看着钟婉莹的脸，到嘴边的话又不忍说出口了。有人护佑，对她来说已经是一件难能可贵的事情了。

林承曌大概是看出了她的心事："你心里有话便说吧。"

宋珈灵抬头看了他一眼，又转向钟婉莹，温温吞吞地开了口："虽然嫂子这么说，但是我陪阿晖这么多年，战场上兵不厌诈，这也是难免的事情。我是真的害怕保不住这个孩子。"

钟婉莹是没经历过战争的人，但脑海里却浮现出在老家结识的从东北逃难而来的李蕙兰，有那么一瞬间她觉得，宋珈灵和李蕙兰是那么的相像，身上有许多说不完的故事。而她，每天计较着那点柴米油盐，却也是别人奢望不来的幸福。

林承曌拍了拍妻子的肩膀，房子里没人再说话。

"嫂子，别难过。若是这件事不好办，再想想办法就是了。"林承晖的身份特殊，她也猜测不到以后会发生什么事，只能走一步看一步。

钟婉莹轻笑："你看，怎么还叫你安慰起我来了。你放心吧，这件事情你不叫我们帮忙我们也会帮的，不管怎样，你也是林家的儿媳。"

"阿晖现在不在，我们理当要照顾好你的，更何况你现在挺着个大肚子。"林承曌也道。

林佑安还在院前和孩子们玩耍，时不时发出的笑声让林承曌有种从今往后都是太平盛世的错觉。宋珈灵说的战场上的两军再交战，在这笑声的冲击下像是个遥远到望不见的未来。可转念一想，自己的弟弟就是消失在这遥远到望不见的未来之中了。

宋珈灵在钟婉莹的搀扶下上了楼，住进了大卧室。从今往后，她要作为林家的一分子，生活在这里。

"孩子，你爸爸是在这个家长大的，以后你也要在这里长大……"她的声音很轻，像是一片下坠的羽毛，飘飘荡荡地，不知道传到何方，但却叫人听了舒服惬意。和肚子里的孩子对话，总能让她的心平静下来。

林承晖也许会有很长一段时间回不来，如果有奇迹的话，也许他明天就会回来，就像那天他突然来找她一样。宋珈灵倚靠在二楼的窗台上，摸着肚子，看着外面树荫斑驳，心里带着某种坚定的期许。

他会回来的，他一定会回来的！

家里又添了口人，不，是两口人。林承曒忽觉生活压力又大了几分，可他的工作还未有着落，而儿子林佑安的转学却迫在眉睫。

次日用过了早饭，他便拉着儿子到了林家所在区的那所小学，在窗口问过之后，才知道转学要降一级。佑安是个聪明的孩子，林承曒舍不得他浪费一年，便向窗口的同志问了校长办公室，登记了名字后，带着孩子进去了。

这所厦港普华小学建于光绪年间，算起来也是所名校了。在过去炮火连天的年岁里，一直屹立不倒，除了日本人来的那次，学校就不曾因为别的事儿停过课。如此看来，这位校长倒是个崇文之人。

林承曒在校园里兜了两圈，一边寻找校长室，一边看看学校环境。最后还是一个刚下课的老师给他指了条道儿，他才在教学楼后头的矮房子里找到那间校长室。

室内光线不强，书架上堆满快要被翻烂的书籍，有些书的装订线都从书脊之中漏了出来。校长的办公桌是一张老旧的四四方方的课桌，上面左边放着一盏台灯，右边则是堆得满满的教案，从上到下，从新到旧，仿佛一个时代的更迭。

校长埋头在文件里，仿佛没听见林承曒的敲门声。

林承暻见状不得不拉着佑安走进来。

"你……"校长唯一的光线被林承暻遮挡住，这才抬起了头，略带疑惑地问。

林承暻一点也没想到，这是个女校长，虽然戴着西洋眼镜，但他还是能认出这人镜片后那双狡黠的眼睛。

陆晓浓。

"陆……晓浓？"林承暻迟疑着发问。

陆晓浓扶了扶耳边的眼镜，看到林承暻的脸竟一时半会儿不知如何反应。

"好久不见……"她从椅子上站起来，岁月待她也不算好，这些年来，她也变得老了，沉稳了，身材也因为案牍劳形而有些走样。自从抗战胜利，她被上面派到这里当小学校长，小学物资匮乏，她便自掏腰包为孩子们改善伙食，教材老旧，她带着老师亲自编写全新的教材。打仗的那些年，她为了学校的教育事业死活不肯和父亲安排的相亲对象结婚，一直拖到了现在，便耽误了。

"真巧。"

是啊，真巧。林承暻从来没有想到过他们再相见会是这样的局面，她看起来还是和从前一样，只不过眉宇间多了一分成熟，比起从前身上那股浓浓的大小姐气息，反倒是现在更显示出她的魅力。

他又偷偷打量了她一番，方才意识到两人现在的身份差距，将目光收了回来，落在了自己布满皱纹的手上。他踌躇地搓了搓手，把佑安拉到身前来："你当上了校长，这很适合你——佑安，快叫姑姑。"

"姑姑。"早熟的林佑安嗅出了父亲和这位校长之间不寻常的气息，从父亲犹豫的开口，他就觉得有几丝异样，此刻这声姑姑叫出口，才绝了他别的想法。

"怎么是姑姑？"陆晓浓笑道，若是能透过眼镜片看着她的双眼，可以发现她的眼神中带着三分凄凉，七分惆怅。

"这是我儿子,你就是我妹妹,自然得叫声姑姑的,这是礼数。"林承曝嘴上很坦荡,心里却发虚——这些年,他不止一次想过,如果两人结婚了的光景。他甚至听到自己空空洞洞的心跳。

"哦?儿子都这么大了,什么时候结的婚?"陆晓浓坐了下来,手里握着钢笔在文件上刷刷刷地写着什么,头也不抬地问道,林承曝看她握笔的手轻轻颤抖。

"好久的事了,那年我和妈逃到龙岩,认识了佑安她妈,就这样成了亲,有了佑安。"林承曝听出了陆晓浓话里有话,但又说不清她是什么意思,只好一一作答。但还是觉得不够——他看到陆晓浓一直没有嫁人,总觉得是因为自己的缘故,又想到当年拿了"分手费"的恶毒,心里很是愧疚。其实是有些自作多情了,陆晓浓受过最西式的教育,自然不会在情感上拿得起放不下,要说真有,也只是小小的遗憾。

"时间过得真是快啊,当初我还以为你不会成亲呢。"陆晓浓抬起头来,看了他一眼,摘下眼镜,拿出手帕来擦了擦镜片。

"我也没想到。"林承曝说,"母亲去长汀寻承晖,一路上颠簸劳累,全靠我家……我家那位照顾。"停了半晌,又补充说:"去了那边,也全靠他们一家张罗照顾,才能活下来……"

"那你就以身相许了?"陆晓浓笑着,像是开了个玩笑。

林承曝没有接话,他也不知道该怎么接。林承曝有点沮丧——这像是他的痛处,除了会认几个字,自己并没有值得称道的地方:经商不行,算不过那些老奸巨猾的生意人;体力不行,甚至拼不过秀兰那样的农村妇女;决心不够,跟弟弟林承晖相比也算优柔寡断。可以说算是一无是处了。

陆晓浓马上知道自己失了言——这多少有点挖苦林承曝无能,无法自理的意思。陆晓浓只是有点难过,自己虽然不全是因为他才独身至今,但终归自己慢了一步,所以在嘴上逞了强。她猜想过他可能已经结婚,但是没想到孩子这么大了。感觉自己才跟他断了婚约,他就续上了新情缘,显得自己特别没魅力。听上去，他的爱人还是个村姑，看孩子的情态也像，一脸未经开化的无所适从，满满的是跟厦门的隔阂。

陆晓浓为了掩饰尴尬，喝了一大口水，被呛着了，咳个不停。

林承曔见此情此景，忍不住问了一句："怎么了？"但也马上意识到自己的关心可能过了头。

"嗯？"陆晓浓摘下眼镜，因为视力微弱，眯起眼睛看向林承曔。

"我是说眼睛，眼睛怎么了？我记得你以前不戴眼镜的。"林承曔指了指她手上那副西洋眼镜，转移了话题。

"那年我去了上海，第二年上海就沦陷了，我和父亲躲进地下室。地下室里无事可做，我便点着蜡烛看书，一看就是一年，硬生生地把眼睛给熬坏了。"陆晓浓擦干净了镜片，重新戴了上去，便又低头准备写文件，刚写了几个字，像是想起了什么似的，又问道："有什么事儿吗？你今天应该不是来找我叙旧的吧？"

"哦，差点叫我给忘了，我来找你，是想问问转学的孩子可不可以不降一级？佑安他很聪明，我不想他因为转学耽误一年。"林承曔说完，摸了摸儿子的后脑勺。

陆晓浓看了眼林承曔，又看了看林佑安，略略思索了一会儿，说道："你也知道，学校的规定是要降一级的，即使我是校长也不能擅作主张。"

林承曔有求于人自然不敢要求太高，更何况那个人是陆晓浓。他抬头瞧了一眼她，只见她神情严肃地盯着佑安看，也摸不清她到底什么想法。他又站了半晌，却不见她有任何动静，已经打算放弃了，却听见她开口："如果这孩子够聪明，能够跟得上我们教学进度的话，也不是不能破例。你回去准备一下，我明天安排人给他进行入学测验。"

"谢谢，真的非常感谢。"林承曔点头哈腰地道谢——这是打他从龙岩回来以后才养成的习惯。厦门的街景变化不大，可是却让他感到陌生，他出门办事再也不是当年那个林家大少了，而是一个为了生活疲于应付的中年人。

陆晓浓有点诧异，愣愣地看着他。那个曾经意气风发的少年郎，虽然待人有礼有节，对家仆也是仁厚有加，可那点少年的骄傲劲儿，在举手投足之间，在清澈的眼眸里面，根本藏不住。如今步入中年，竟然也开始变得和常人并无两样。还是说，其实那会儿，他本不过就是个常人，只是被她对他的爱美化了而已？

"等一下。"见到林承曔走出门，她忍不住叫了一声。

"还有事吗？"林承曔茫然地转过头来。

"你，现在还住在老地方吗？在做什么行当？"陆晓浓说完这句话，自己都嫌自己多管闲事。这么多年来，她还是和以前一样，只要见了他，总是忍不住要再问问。

"先前打仗逃难，后来听说厦门太平，但回来老宅已经被毁了，便重新找个地方买了新房子。前些日子又打起来，我们便去漳州避难，厦门解放后才搬回来。孩子入了学，我再去找工作吧。"林承曔道。

"你……你们逃到龙岩的时候，是怎么活下来的？"陆晓浓在上海那会儿尚且都要躲进地下室一年，真不知道他当时带着老母亲逃到龙岩那个穷乡僻壤是怎么过生活的。

"哦，那得多亏遇见了佑安他妈，还有那群热情的客家人。我起先卖布，后来和佑安妈合计着办了个学校，帮老乡们带带孩子，勉强糊口而已。"林承曔提起他的学校，还有点不舍，心里面总想着回去看看。

"办学校？你还办过学校？"陆晓浓的兴趣一下被激了起来，"这么说来，你是有教学经验的？瞧我这记性，你在厦大的时候还修过国文系的课，教小孩子什么的对你来说肯定不是什么难事儿。"陆晓浓眼镜片后的眼睛一闪一闪的。林承曔望着她，拿不准她这句话是什么意思。

牵住佑安的手，不知不觉间竟有了点湿气。

"我有个想法，你要不要听一听？"陆晓浓抬眼问道。林承曔本想拒绝，但一想到儿子，又坐了下来。

从学校里出来，林佑安在小路上边走边踢小石子，林承曝在后头看着儿子，脑子里回想着陆晓浓方才那句话。

——"你要不要来我的学校，做国语课代课老师？"

他喜欢孩子，也喜欢教学，但是去陆晓浓的学校，总叫他觉得有些不对。他倒不是怕婉莹不相信他，只是当初他和陆家的婚事传遍了整个厦门，如今他若是去了曾经未婚妻的学校做个老师，怕有的人传闲话，会叫妻子难做人。

更何况，现在的陆晓浓已经不是当时的陆晓浓了。

这么想着，就走到了家门口。

钟婉莹和李佩瑶坐在家门口，一个织着毛衣，一个躺在椅子上晒太阳。

"回来啦。"见到丈夫和儿子，钟婉莹放下手中的活计，回到里屋端出一碗水。

林承曝和陆晓浓说了一上午的话，倒是真的渴了，接过那碗水，咕咚咕咚着一饮而尽。

"佑安的事，说得怎么样？"她接过空碗，等着丈夫的回答。

"我去找了校长，她让佑安明天过去参加入学考试，通过就让佑安入读。"林承曝三言两语就将今天的结果说完了，并不打算将陆晓浓的事情说出来。

"太好了，你饿了吧，我去给你煮碗面，来，佑安，跟妈进来。"钟婉莹听到了满意的结果，拉着儿子就去了厨房。

看着妻子的背影消失在眼前，林承曝像是舒了一口气，他坐到原先钟婉莹坐过的那张椅子上，拉着母亲的手道："妈。"

"说吧，是不是又遇上事儿了？"李佩瑶把自己大儿子的行为看在眼里，不需他开口，便能知道这孩子在想些什么。

"我今天去了区小，遇见了……遇见了晓浓。"林承曝第一次如此扭捏地说出这件事，"她，她回来了，而且还是那所学校的校长。佑安的入学就是她办的，她还说……还说，希望我去她那儿当代课老师。"

李佩瑶听完，沉默了好久，一直到树上的云雀叫了一声，打破这层寂静，她才开口道："当初，本就是我们家对不起他们，如今又要叫她来帮咱们了。曝儿，你心里面怎么想啊？"

"我知道这是个好工作，又体面又称心，只是……我怕……"林承曝想把心中的那点顾虑说出来，但是又觉得这辜负了陆晓浓的一番好意。

"你怕旁的人说些闲话，叫婉莹难做人是不是？儿子，咱们有手有脚，体面的工作是工作，不称心的工作也是工作，工作说到底是为了活下去，若是体面的工作叫你活得不称心，咱不如不要。我们欠陆家的情，已经够多了。"李佩瑶语重心长地开解自己这个容易钻牛角尖的长子。

"吃饭啦。"屋里面的钟婉莹叫了一声，又派出了儿子过来催两位长辈去吃饭。

林承曝只得将这份纠结的选择放回去。

饭后，林承曝借故出去走走。远处的太阳已经没了半个身子，他就这么盯着，将自己的前半生回想了一遍。渐渐地，夕阳已经消失在他的视线中，取而代之的是皎洁的月亮。他还是这么盯着，回忆最终定格在了陆晓浓的脸上，她消失了这么久，回来便进小学当了校长，她破例让佑安去考试，甚至让自己去学校代课。

她就站在自己的面前，轻描淡写地诉说着她这些年的经历。

这种感觉就像是命运给他们开了一个玩笑。

但这个玩笑有多大，他不知道。

# 第 四 章

这几日军营里三天两头有人打摆子，林承晖害怕自己也染上。团部命令军医送来的喹啉丸，他一天不落地吃，但心里还是止不住地怕。过去在南京，各方面的资源都是充足的，现在大家闹饥荒，就算有药，吃下去仿佛也只为吊着口气。出门看一圈，每个人的脸都泛着青绿。

一穷，往往就要生病。

军营宿舍的床铺是硬木板铺上一层棉被，躺着很不舒服。白天训练极累，晚上不但要忍受闷热，还要忍受蚊子在耳畔盘旋，发出嗡嗡的声响，这让他想起了过去躲在战壕里听到敌军战斗机的螺旋桨旋转的声音。

都不是什么让人高兴的声音。

墙角的蚊香已经点了好几盘，这几日忘了叫人来清理，那些余灰便堆积在那里，不知不觉间倒成了房间里昆虫帮的山头。

林承晖翻来覆去睡不着，总觉得被子里有什么虫爬来爬去，他循着蚊子的声音，伸出一掌，"啪"的一声拍在了自己脸上。房间里此刻摸不到灯的开关，林承晖借着窗外的月光仔细端详了一番手中那只死蚊子。静静躺在他掌心里的那只生物，不久前还嗡嗡作响地叫人心烦，此刻却连动都不会动了。血从它黑色的身体里流出来，顺着林承晖掌心的纹路扩散开去，直至干涸。

林承晖把死蚊子抠出来扔了。手掌心的那点血迹黑红，脸上定然也少不了。他本就睡不着，加上嫌弃那蚊子血，索性爬起来去洗脸。

夜色下的军营静悄悄，只有偶尔传来的有节奏的鼾声。

林承晖开了门，顺着月光走到旁边洗漱的水龙头处，打开水龙头，凉水净了一遍手，再使劲儿擦着方才被蚊子叮过的脸颊。可惜军营的洗漱池没有配一面镜子，否则林承晖就能看到此刻自己的劲儿有多大，饶是行军打仗多年养得皮糙肉厚的脸，都被他磨红了。

彼时，月光如水，满天的繁星坠在远处黝黑的山冈上，鼻间尽是烈日晒过后的草地的土腥味，阵阵的风流夹杂着丝丝热气，扑到林承晖滴着水的面庞上。

白日的种种烦恼，终裹得他难以入睡。

他在台阶上坐下，一只手撑着头，瞧着天上那轮月亮。

这轮月亮恐怕是他和所牵挂之人能共同看见的了。小时候，母亲常逼着他背诗，他不懂为什么古人那么爱写月亮，若是写到月亮，必定就会写到思乡。他那时还和大哥嘲笑这些诗人矫情，如今到了自己身上，这才明白，原来有的情感是真的存在的，不是他人矫情，而是自己过得太顺太幸福，那时那地体会不了。现在真正体会到这种心情的时候，才真叫人愁煞。

夜越深，思念越浓。

就在他准备回去的时候，远处茅草房里走出来一个人，先头还以为是自己眼花或者是那人出来小解，却在看了数眼后发现那人走得离营地越来越远。

林承晖悄悄跟了上去。

他跟得不紧，那个士兵也没有四处张望，只径直地往前走。朝前面看去，原本蔚蓝的海面现在却是一片黑暗，海浪声一浪高过一浪。等他意识到那士兵要做什么的时候，士兵已经半双腿没入海浪中了。

他不敢大声叫喊，生怕惊动了军营中的其他人，只能用尽全力朝海边跑去——海面上士兵的头一会儿没入海中一会儿浮出水面。他潜入海中，双手奋力向前游动，翻腾的海水让他来来回回好几遍，任凭他怎么努力都追不上那个背影。

"不想死就给我停下！"林承晖抹了把脸，大吼。海浪立刻将他的声音拍散。

冰冷的海水肆意裹挟着士兵，将他卷入了一个没有出路的漩涡之中。他回头看了一眼林承晖，发癫似的往前游去，不知是不是太慌张，那颗头颅慢慢地沉了下去，只剩下偶尔伸出水面的手在挣扎着。

林承晖顾不得满鼻满嘴的咸苦，憋着一口气用力地向前游，终于在士兵完全沉没前揪住他的衣领，将他慢慢地拖拽回去。士兵躺在海岸上，身下的海水涨了又退，退了又涨，却不见他有任何醒来的动静。

林承晖拍拍他的脸，喊了几声仍不见反应，于是开始按压他的胸腔，进行人工呼吸。不知道多少回之后，士兵终于将呛进肺里的水吐了出来。林承晖唤了他两声："醒醒，醒醒。"

士兵听到声音慢慢睁开眼睛，看到林承晖坐在一边，猛地坐了起来。大概肺里面还积着一些水，他又急于讲话，一张嘴就狠狠地咳："教……教官，别杀我，求求你别杀我，我这就回去。"他说着，跪在地上，满脸灰败。

林承晖已明白他心里的想法，自己在轮船上的那日，又何尝不是跟他一样？"我记得，你叫韩……"

"韩福生，教官，我叫韩福生。"听闻他的语气，韩福生往脸上抹了把眼泪，回答道。

"韩福生，"林承晖若有所思地点了点头，"有勇气下海，怎么还害怕被杀？"

"报告长官，是我一时糊涂，我以后不会了，我保证！"听长官这么一说，韩福生连抬头看他的勇气都没有了。

"为什么这么想死？"

韩福生双手捂面，平复了好一阵的心情才终于开口："不是想死，是想回家。"

竟真的有人打算游泳回去大陆的吗？

这个发现顿时让林承晖激动起来，他怎么就没想过去走走这条路子！是啊，之前是说过不准想家，否则军法处置。可那都是被人抓到才会被处置的。台湾离厦门不是很远，坐船过来的时候他就知道的，半夜三更从这里游泳过去，神不知鬼不觉的，只要肚子吃饱有力气，就不怕半路上那点浪头，况且他还可以借着他的官职，光明正大地要到救生衣……他甚至知道从哪里下海更好，韩福生选的这个地方还不行，浪头太大，要不是他出手，韩福生八成就被海水冲跑了！

"你是哪里人？"黑暗中，林承晖的声音有一丝颤动。

海浪刷刷地冲击着沙滩，迅速占据着林承晖的意志。

当什么教官呢？要什么荣誉呢？回家才是最重要的！

坐在一旁的韩福生透过月光看向林承晖，却不太能看清他的神色，便也摸不清他什么想法，颤颤巍巍地答道："湖南的。"

"你别紧张，我只是想单纯地说说话而已。"林承晖盯着脚底下，被水打湿的沙子下藏着几颗海螺，他弯下腰去捡起来，放在手心上摩挲着，"你有几岁了？"

"今年十九。"韩福生擦擦眼泪，仍盯着林承晖的脸。

虽然他是个少年，但身体却太单薄，被海水打湿的旧军装粘在身上，又瘦削又狼狈。如果要游泳过去，还得等待时机。

"怎么来的？"林承晖把海螺丢回海里，又踢了踢脚下的沙子，松软的沙子还不如坚硬的碎石，至少有个发射的方向，或多或少，也能飞出去几米，而细碎的沙子踢出去，只四散着掉落在鞋子的四周，有的顺着鞋缝钻进去，走起路来硌得脚痒。

"坐船，从上海来的。"韩福生换了个姿势，像个犯人一样蹲在地上，双手交叉抱着双臂。

林承晖皱起眉头，无奈道："我说了你不用紧张……"

"教，教官，尤少校说过，在军营，不，不准想家，若是想家，军法处置。更何况，我刚刚还……还……这是死罪。"韩福生想了想，还是将自己的担忧全盘托出。

"他是怕你们扰得军心涣散才这么说。"林承晖不以为然道，"但是有时候说出来会更好。"

韩福生瞧着眼前这位平日里不苟言笑的教官，觉得他的眼神没了往日里的严肃，在这月色下，有种别样的柔软。这种感觉令他的胆子大了起来，一屁股往沙子上坐下，开口道："大概是民国三十五年，我听我妈说，蒋委员长要补充士兵，军政部还颁布了《兵役法修正案》，将原来三丁抽一、五丁抽二的规定，改为三抽二、五抽三。我们村百户人家被抓走壮丁 36 名，永兴冠山保百余户人家被抓壮丁 87 名。而我就是其中之一。那时候，我还不到 15 岁，妈为了保护我，带着我躲进山里，每天借着上山挖野菜的时机给我弄点红薯和野菜吃。时间一长，还是被他们找到了。被抓走后，他们也承诺我，只要我安心到前线去打仗，一定会对我妈好。我想着我妈为了这个家劳心劳力的，心疼她，便答应跟他们走了。"说起这些，韩福生的眼泪止不住地掉，在山上住的那段日子是他最痛苦的记忆了，母亲为了他还不知道受了多少苦。"后来，我跟着他们一起进入壮丁的队伍，我才发现，要是我当初不答应，反抗得狠，十有八九会被打着赶着上路。这和路边的牲畜有什么区别吗？"

林承晖越听越沉重，抓壮丁的事，他在军官里面也听到过，但从来没去想过会是什么方式。他自己是自愿入伍的，有文化有本事还挣得了一身军功章，自然没人敢这么对他。如今从韩福生嘴里听到的，却是另一番叫他觉得浑身战栗、毛骨悚然的战争画卷。

"我们走了两天两夜，从村里一直走到新兵招待所。招待所的环境很差，四周都是高高的土墙。那些押解我们的士兵整日看守我们，不准我们出去，还给我们吃发霉的糙米。有两个外乡来的想翻墙出去，被士兵抓回来，一个被打死了丢出去，另一个被打到屁股都烂了，喂了两天药，也死了。那些士兵怕我们再逃，就勒令我们亲眼看着他们行刑。我们都吓得再也不敢存逃跑的心思。"韩福生的眼泪落到沙地里，沙子都湿了一片，"长官，你说人命怎么这么不值钱呐？"

林承晖默默地听着，半晌，他问了一句："家里除了你妈，还有什么人没有？"

"还有个妹妹，我妈把我藏进山里之前，把妹妹送去了大姨家，也不知道这会儿她过得好不好。"韩福生寻着记忆里妹妹的模样，却发现是一片空白，他惊觉时间这只无形的手搅动得太快，他连回忆都来不及保留，就已失去得彻底，"现在过去这么些年，我怕我早就没有……"

韩福生不敢说出那个字，只要自己不说出来，好像它永远都会在似的。

但若是他真的相信它还在，为什么刚才还要跳进那无边大海里。

林承晖看着他这模样，心里忍不住一阵唏嘘，安慰道："想哭便哭吧，哭出来，可能就没那么想家了。"

韩福生愣了一会儿，抽噎着谢过林承晖，思乡的愁绪，一股脑地倾倒出来："刚来这儿的那会儿，大家还会在屋里说想家，后来因为尤少校的命令，大家都不敢在屋里说，怕被人举报去，白白受罚。白天还好，训练任务重，但一到晚上，就怎么都忍不住了。刚才我听睡在我隔壁的李双全在梦里喊着想娘亲了，便忍不住跑了出来。原本只是想自己一个人冷静一会儿，但我想了想这些年自己的遭遇，再想到我妈和妹妹，想着我也许回不去了，也许我妈早就不在了……我越想越害怕，就想回去看一眼，才……"韩福生停下来擤了擤鼻涕，问，"教官，为什么在这里，连想家都有罪啊？"

林承晖不知道如何回答，心下只剩哀凉。每个人都在想着要回去，可是回去又能怎样呢？母亲和大哥也不知道有没有收到他的信，他一个人跑回去，身无分文，满是狼狈，万一他们还不知道信的事，他要如何去找人？

还有宋珈灵，也不知道他们一家还在不在原来那个地方。

如今的大陆，大概早已是另一番景象了吧？

"哭完了，就回去吧。今天的事情我不会说出去的，但你得答应我别再有下次了，"林承晖朝身后指了指大海，现在对于他们来说，都不是逃跑的时候，这件事情还得从长远来看，"明天的训练任务还有很多，别把身体哭坏了。要真的想知道家还在不在，我们就等着有一天光明正大地回去看，当个逃兵算什么？放心吧，等明天太阳升起来的时候，新的希望会生出来的。"

韩福生像是大海里即将溺水的人抓住了一块浮木，双脚蹬着，拼命想往上爬。

母亲，妹妹，家乡，海峡，这一切在他脑子里转了又转，绕得他眼冒金星。

等到他擦干了眼泪，从地上站起来的时候，已经恢复了白日里的沉默。

49

林承晖拍了拍他的肩膀，没有说别的话，便往前走了。

"长官，"韩福生忽然叫住他，问道，"我们会回去的，对吧？"

林承晖停下来，夜风吹过他的脖颈，穿着单薄的衣衫站在靠海这么近的地方，直叫他冻了个激灵。听到部下的这句问话，他便明白这人又活过来了。当下，也顾不得感受什么更深露重，转头冲他行了个军礼，郑重道："我们一定会回去的！"

哭了一晚上的韩福生，此刻，露出了发自内心的一笑。

这笑比方才的哭更有感染力，连林承晖都不自觉地跟着他笑。回身往军营方向走去的时候，他依然忍不住傻笑着，顺手摸了摸自己的后脑勺，觉得自己怕是中了邪。

其实他知道，不过是给彼此一份希望，哪怕很渺茫、很微弱，但只要有希望，那一点点的微光也能照亮一个濒临绝望的人的小小世界，叫他继续往前走，即使前路依然混沌黑暗，纵使白昼依然在看不见的远方。

希望，就是黑黢隧道里的一簇火苗，不大，但足以支撑着走出这幽暗。

回到屋内，林承晖将被子抖了两下，重新铺上，然后躺下来。

平房的天花板原来刷了一层白漆，但是前阵子下了雨，再加上这几日闷热，墙皮鼓起了一个又一个包，像是骆驼身上的鼓包，看得林承晖心烦。

他知道自己今天有些失态，放在往常，他是做不出这样的事来的。但是看见韩福生，他就感觉像是看到了十年前的自己，虽然他们被裹挟着卷入战争的方式不同，但都是被时代与命运愚弄了一次的人。

他隐隐觉得，韩福生是懂他的，他大概也能懂韩福生。

漂洋过海到了这个地方，日日吃糠咽菜，身体饱受摧残，还不准人想家，怕是阎王爷都没有这么不讲道理吧。他觉得心里发苦，苦得要吐出血来。

"再等等吧，妈，大哥，珈灵……"他喃喃自语，低吟着几个名字，慢慢睡了过去。

林佑安的入学考试非常顺利，林承曔像是为了躲避什么似的，以找工作为借口，让钟婉莹带着儿子去办手续。

厦港普华小学离林家有点远，为了不耽误孩子念书，钟婉莹决定让佑安在学校吃午餐。这样一来，她倒是省了个要照顾的人。待一切手续办完，又和儿子告别，钟婉莹正准备走出校门，不巧和下车回校的陆晓浓撞了个正着。

陆晓浓和上次相比，换了一副金丝边眼镜，还剪了当下时新的齐耳短发。下边穿一条熨得笔直的长裤，外面罩着一件灰色的列宁装外套，她还在领子边上绣了一朵小花，添了几分妩媚。本来她当了校长之后，为了管住一个学校，整个人就变得严肃又中性了，这会儿还抹了淡淡的口红，倒是多了几丝女性的柔美。

钟婉莹不知道这就是校长，只看着那辆车开进了校园。二人就这样擦肩而过，像是两条交叉的线，于某个点汇聚，又向各自的方向前行。

陆晓浓回到办公室随手翻开书架上的一本手抄版闽南民谣，上面还浸着墨汁的清香，一字一句都叫她想起小时候家里的女佣逗她时，常会唱两句给她听的场景。这词，佩姨原也是会唱的吧？

想到林承曔的母亲，她停了下来，看了看皇历，又翻了翻自己手头的行程安排表。

昨天她同林承曔说的那个提议，没有得到林承曔的回应。她原以为在对方这般落魄的时候，应该会欣喜若狂的，到底是她低估了这位前未婚夫。只怕这位死要面子的大少爷，连把这个消息告诉家人都不敢吧？

可这年头想在厦门找个体面的工作，怕是不大容易啊。

钟婉莹回到家，就见宋珈灵一个人在厨房包汤圆，连忙上去扶着她坐下："哎呀，弟妹啊，你这没俩月就要生的人了，做这些干吗，快快歇着，让嫂子来。"

"婆婆昨夜说想吃点甜的，我看着厨房里有糯米粉，便想着给做点汤圆。"

宋珈灵有点不好意思地答道。

"妈也真是的,想吃应该告诉我啊,怎么能让你一个孕妇下厨房呢?"钟婉莹将剩下的面团搓成长条,切成小块,再将一个个小方块放到手掌心里,双手揉成白胖的圆球。

"不不不,婆婆不知道的。她午休醒来,我看她闲着也是闲着,就让她出去转转了。"宋珈灵知道这家的大哥大嫂都是热心肠的人,唯恐自己礼数不周,让人家觉得自己好吃懒做,于是便见着什么活,就抢着干,却没料到这更加重了钟婉莹的心理负担。

"珈灵,珈灵。"李佩瑶忽然从外面进来,外面还跟进来了一个婶子。那婶子穿着一件深色的毛线衣,袖口的皮袖套都隐隐有磨破的痕迹,年龄乍看去比李佩瑶小了十多岁。

"妈这是……"

"这是隔壁阿红婶,她儿子退伍了,被分配到了福州军区,想着把她接过去享享福。刚刚出去转弯,和阿红婶聊得开心,我索性请她来家里一起吃顿饭。"李佩瑶嘴上这么说,心里是想着阿红婶去了福州后,房子肯定空着没人管,将她拉来一起聊一聊。

钟婉莹听了这话,收拾了一下手中的活计,笑盈盈地说:"这有什么难的,阿红婶您先坐一会儿,我先给您倒杯茶,晚上尝尝我的手艺怎么样?"

"好好好。"阿红婶眼睛眯成一条缝,透过那一点点光看着眼前这几个人,儿子进部队没多久,就遇上了战争,大家都在顾着逃难,自己已经很久没有遇到过这样的人家,能坐下来喝茶聊天了。

宋珈灵看着阿红婶,脑子里想起来些什么,拍了拍手上黏糊糊的糯米粉,道:"阿红婶,去了福州,您可就有享不尽的福啦!"

阿红婶听闻宋珈灵这话,脸上泛起一阵红晕,却又不好表现得太明显,只好将话题转向了别处:"说是这么说,但我也烦心得很呢。我要是去了福州,这房子也没个人打理的,怎么说也是祖上传下来的家业,就这么荒废在我手里岂不是对不起祖宗？"

宋珈灵正想要找个机会和她说这个事，没想到她倒是先开了口。珈灵拿起桌子上的茶壶给阿红婶和李佩瑶分别倒了一杯茶："这事说来也巧，阿红婶您看我怀着身子也好几个月了，再过不久就要生了，婆婆家虽然好，但到时候肯定也是不够住的，我就想找个地方搬出去。您这不正好也要到福州享福去了嘛，房子空着也是空着，您看方不方便卖给我。实在不方便，租也行，一来也算是对您祖上有个交代，二来您也每个月多收入一些，您看可不可以？"

李佩瑶看着宋珈灵满意地笑了笑，先前她还怕珈灵领悟不到自己将阿红婶领上家门的意图，但现在听到她这番话，知道她是懂事的，对她的偏好又多了几分。但在房子这件事情上，自己可从来没想让她一个人出钱。珈灵已经成了林家的人，在儿子没回来之前，她没道理让儿媳一个人负担这往后的生活。她转过身去拉着阿红婶："是啊，阿红婶，你就说个数吧，我们一定让你满意。"

"佩姐，刚才只听你说有两个能干的儿媳，这仔细一看，个顶个的水灵。这说话也中听，叫人听了高兴。"阿红婶看向宋珈灵忍不住笑了起来，"姑娘你快别站着了，坐下坐下。我跟你们直说了吧，这房子啊，我是不会卖给你们的。"

这话听得宋珈灵心里也没个底："那租呢？按月算，年算都可以的。"

"我刚才门口遇到佩姐才聊了没几句，就被她拉着上门来吃饭，没想到还遇到了你这么个姑娘要买我的房子，难怪那戏文总爱说什么无巧不成书。"阿红婶看着有些着急的两个人，解释道，"听我说，我是这么个意思。我儿子现在在福州，他刚娶了媳妇儿，到时候我这婆子铁定要在那儿帮着儿媳带孙子，孩子没个三年五载的长不大，我就算是想回来，也得等好一阵子。但是这房子空着也是空着，现在你又这么想要搬出去住，看你也是一番孝心，所以我就琢磨着不如就让你们住着，也不用给我什么钱，平日里帮我扫扫屋子就成。"阿红婶是个爽快人，说话直来直去，也不跟她们拐弯抹角，径直把自己的想法倒了出来。

李佩瑶听愣了，从厨房走出来的钟婉莹也呆了，宋珈灵先谢了阿红婶的好意，继而问道："阿红婶，你的好意我心领了。但我想盘下这屋子，不只是为了方便以后住着，我在军营里做过护士，家里过去又开过医馆。我想着盘下屋子，在前屋开个诊所，也好有点收入。"

"呀，姑娘，你想开诊所啊，可你这药品不好搞啊。"阿红婶也不直接拒绝，单刀直入地提了一个致命问题，"我听我儿子说，现在国内百废待兴，外面几只大老虎还盯着咱们呢，中药还好说，一些西药啊，没有点人，弄不到的。"

"这您放心，我既然想好了要开诊所，自然是会去找门路的。"宋珈灵倒是不怯，大大方方地回答道。她既然决定在厦门落户，那么借着父亲过去的人脉，把老宋医馆重新开起来，也不是不可能。

治病救人，悬壶济世，阿红婶对这本就没什么意见。她原先是想把屋子留下来，一来对得起祖宗，二来回头回厦门的时候，也能有个落脚地，但这会儿她改变主意了。儿子会生孙子，孙子也会长大，女人呐，不能一辈子靠什么回忆啊过去啊活着。现在早就不兴竖贞节牌坊了，她还守着那堆旧物做什么，不如放开手去做一直想做却做不了的事。"姑娘，我知道你的心肠是好的，婶子我也不跟你叫价，这屋子我还是给你住，前头诊所也给你开。但是婶子有一事相求，你一个人，总得需要帮手不是？我觉得我还不算太老，你教教我医护知识，让我也帮帮忙。"

"阿红婶，你，你不是要去福州照顾儿子儿媳吗？"钟婉莹在一旁忍不住问道。

"咳，都是二十多岁的大小伙子了，军营里有食堂，他又有了媳妇儿，哪里还需要我这个老婆子给他烧火做饭啊。不去了，我还没到知天命呢，佩姐啊，我和你这二儿媳有眼缘，要是不嫌弃，我认她做干女儿行不行？"阿红婶这一前一后的想法扭转太快，叫三人皆是有些消化不来。宋珈灵还是愣了好一会儿，听到这干女儿三字，才回过神来，冲着阿红婶笑道："阿红婶是个实心眼的人，只怕阿红婶不要嫌弃我才好。"

阿红婶听了这话，便知道珈灵是默认了，高兴道："还叫我什么？该叫干妈。"

"哎，干妈。"

说完便是一阵笑，宋珈灵和阿红婶笑，钟婉莹和李佩瑶也跟着笑。谁也没想到，原是房屋买卖的事儿，最后却成了一场认亲仪式。而先前包好的汤圆，此刻躺在砧板上，圆滚滚的身子倒是应景。这些团子刚被做出来，恐怕还不知道自己一会儿就要下锅，在这场认亲仪式中派上用场。


# 第 五 章

林承晖自打上次救下韩福生后，平日训练时对这个士兵也多了几分关注。他被分派到这里也已三月有余了，但是基地的条件除了后头建起来的伙房和武器库，士兵们休息的营地却一点也不见好。

供应的吃食依然清汤寡水，一个月里能有一次见得肉腥都算好的。为此，他去找了尤健永好几次，但都被这个领导以各种理由打了回来。

花莲的日子清苦，尤健永作为统管这片基地的领导又怎会不知。

他在被派来的那天就走遍了方圆十里。在林承晖因为舟车劳顿而瘫倒在平房里大睡的时候，他发现了军营附近是一片荒地，若是好好开垦，撒上种子，等个三五月，便能叫士兵们吃上新鲜的瓜果蔬菜。

这个想法叫他燃起了希望，在林承晖还在质疑他对士兵不好的时候，他早就写好了开荒种植申请书提交上去，可惜被上面驳了回来。

撤退到台湾，本是国民党的一个战略，他们都以为在这儿不会待太久，与其把时间花在费时费力的开荒种地上，不如好好训练士兵，早日反攻。

尤少校听到团部对他想法的回答，心里面苦笑。守着一个小岛就想着反攻大陆，要真是这么容易，也不会一步步地被共军打到只得龟缩在这儿了。

得不到命令，又接二连三地有士兵因为气候和伙食等因素染病死去，一时间，军营里人心惶惶。尤健永背着手去军营里转悠，耳边总能听见一两个讲家事的人。

要真是一个两个的倒也罢了，只是身处集体中，一两个挑起了头，这种情绪便马上会如瘟疫一般，感染所有的士兵。

先前的命令在恶劣的环境下，已经没有了任何威力。

尤健永冷哼一声，绕回了自己的办公室。

隔日，他宣布了一条新命令：凡是揭发议论有关大陆和家庭的人，可另得一碟荤菜；被揭发者，军法处置，即刻枪毙。

命令一出，底下一片哗然。韩福生站在最后一排，牙齿紧紧地咬起来。

七月底，办公室闷得像密封的玻璃瓶，叫人透不过气，尤健永签了几份文件，便从柜子里拿出了上面发下来的军饷。开门把后勤部的士兵叫进来，让他们拿着军饷和名单去发放。

后勤部的士兵们拿了钱和名单，欢天喜地地跑了出去。

尤健永换了一套常服，掏了掏兜，将那皱巴巴的二十元钱捏在手里，趁着外面士兵们为军饷欢呼的时候，他悄悄顺着墙根走了出去。

正和士兵们讲话的林承晖瞥见他的动作，心里有些疑惑。

"报告教官！韩福生说他的军饷都被老鼠咬了。"一个胖乎乎的士兵冲林承晖规规矩矩地敬了个礼，忍不住笑出了声。站在一旁的韩福生低着头，手里攥着几张被咬得稀烂的纸币。

"怎么回事？"林承晖无心再去想尤健永，忙问道。

韩福生心里难受，半个字都说不出来。胖士兵拍了他两下，韩福生还是支支吾吾的。

"小韩说他想把军饷攒起来等回家的时候娶媳妇，让他妈妈和媳妇都过上好日子，所以平日里一分都舍不得花。他拿了一块破布把这些钱包起来，放在竹床下面的桶里。今天发军饷的时候，发现破布被咬碎了。"

在场的士兵原本觉得这事儿新鲜，但是听了其中缘由后，皆不忍再去取笑。

他们当中年轻的十七八岁，而大一点的也不过才二十三四岁。他们没有读过多少书，甚至搞不明白为什么要打仗就稀里糊涂地被抓到了这里，但心里却都明白正是因为打仗才使得他们和家人被迫分离的。每日训练时，他们也都是抱着就算真的有一日上了战场，就算有一日他们死在了战场，他们也算是回到了日夜思念的家乡的决心在努力。而不是在这个他们连听都没听说过的地方，就这样将他们的念想消磨殆尽，直至死去。

林承晖看着韩福生："损失大吗？"

韩福生抬头看他，声音闷闷地发出了一个字："嗯。"

"这是我这个月一半的军饷，拿去吧。下次不要放在床底下了。"林承晖从口袋里掏出一把纸票子数了数，把其中的一半塞到韩福生手里。横竖现在自己是孑然一身，留着这些钱也没多大用处，就是等着回去给母亲尽孝，和珈灵有个家，总感觉那也是遥不可及的未来。

他不想留在这里，但连手中的纸币都在提醒他和海的那边没有关系了。

这么想着，他索性将手中的钱全部都给了韩福生，转身走了。

士兵们没想到会是这个结局，都觉得韩福生走了大运。他们当中不少是因征兵而被抓来的壮丁，过去在行军途中没少受国民党军官的盘剥。如此几句话就从长官手中换得一沓钞票的，他们还是第一次见。

韩福生看了看手里的钱，心中划过一阵酸涩——林承晖大概也是想家的吧，不然为什么没有揭发自己呢？

市区离这儿不远，尤健永想去市里的商店买些种子，自己先种着试试。军营每天都是清水白菜，一眼看上去每个人都面色青绿，可开荒的提议上面不给批，他如今也管不了这许多了。他的命令能威慑一时，可更深的问题还是要解决——生活过好了，嘴巴自然而然就能收紧些。

车子刚刚开进闹市区，就被堵住了去路。

前头似乎有人在吵架，闹哄哄的，群众像是一盘吹散的砂石，在他眼前跳跃。眼看人群围得越来越多，他坐在车里看不清楚，便拿了公文包开门下车。

只见几个军警手执铁棍，和一群老百姓打在一起。不远处一个头破血流的妇女抱着怀里的孩子，被群众护着。

其中一个军警像是发疯一般，挥舞着棍子，连连朝着一个中年男人的肚子捅去。

尤健永还未来得及阻止，就听见一声枪响，一颗子弹擦过他的耳后，射中人群里一个停下来驻足观望的男人身上，这人当场暴毙。

围观的群众发出一声声尖叫，四散着往外跑，场面变得更加混乱了。

尤健永眼疾手快地抓住一个老百姓问情况，那老百姓一看是当兵的，支支吾吾地说不完整。但从这三言两语里，尤健永还是知道了个大概。

用枪响打退了民众的军警，吹了吹枪口，从地上爬起来，喘着粗气。狼一般的眼神环顾四周，在尤健永身上停了一会儿。

原来这是基隆市的几个缉私队员，今日奉命出来查处违法摊贩。而这个拖家带口的妇女因为贩卖卷烟，一时来不及收摊逃跑。双方在拉扯之间，军警打破了妇女的头，惹得群众不满，才有了先前尤健永看到的那一幕，军民厮打在一起。如今在枪响后，群众皆四散开去，妇女被押解上车，整条路，只余下被无辜击中的男人尸体。

尤健永努力压住自己心头的那点热血，劝慰自己少管闲事，这才抬脚朝前走去。

等到了商店，他顺利买到了一小批种子。

回去的当晚，军营里一切正常。夜深人静时，尤健永一骨碌从床上爬起来，顺手扛着自己从市里买来的锄头和一袋油麦菜种子，从房间偷偷摸摸地出来。

前几日老是下雨，今天像是老天给他安排好了似的，月明星稀。他一路小跑着到了那片荒地。找了块石头，将那袋种子放上去，撸起袖子，抡起锄头开始挖地。

凝结的土地被翻松，尤健永累得满头大汗，身上的破衬衫被他脱下系在腰上，夜晚的风习习地吹，一身热汗的他毫无睡意。虽然仅凭他一人之力开出半亩田已经很难，但是来日方长，这块田总会变得更大的。想到这，他擦了把汗，锄头压了压松好的泥土，然后又悄悄回到了军营，提了两桶水出来，一一浇在松好的土上，再一个个地撒上种子。

现在是夏天，到了秋天，油麦菜就丰收了。

林承晖发现这几日尤少校心情似乎不错，骂人的次数也少了。但长官的心思，他也不是很放在心里，便没有去深究。

自打那次他无意救下韩福生后，便知道韩福生肯定不是个例。尤健永下的命令又过于严苛，他细细想过韩福生的话，觉得眼下恐怕只有让他们累一点才能叫他们暂时忘记想家的情绪。

军营的校场里有一些建房子剩下的碎石块，他每到晚饭后就命令这些士兵们去搬运。从这头搬到那头，又从那头搬到这头，一直把他们累到倒头大睡才作罢。

尤少校这般严苛，林教官又突然这般折磨，士兵们本来心里就苦，这会儿却连苦都说不出来了。这群兵里面，唯有和林承晖交谈过的韩福生懂他的目的，每次等到林承晖喊解散的时候，他总会向林承晖投去复杂的目光。

林承晖偶尔忍不住想家的情绪，也会偷偷爬起来搬石头。他不像韩福生那样爱哭，他总觉得那样毫无用处，不如转移注意力。

他又回想起韩福生的背影，不得不佩服他漂洋过海也要回家的勇气。

这晚，林承晖被外面忽然响起的军号惊醒，不得不起来去看发生了什么事。等他推开门的时候，外面已经乌压压站满了人，尤健永在所有人的前头，浑身湿漉漉的，连头发丝都沾了水。

林承晖扫了几眼，看到尤健永旁边跪着一个人，心里立马涌上不祥的预感。

"叫什么！"尤健永踢了那士兵一脚，脸上青筋暴起，想来是被气狠了。

"报告长官，我是17师296团第3营第3连的马沛丰！"那士兵抬起头来，虽然脸上都是水，但目光却是一脸的坚毅。

"你是李长青的部下，大晚上的跑去潜泳做什么！花莲离基隆总部可不是一二海里远。"尤健永继续问道。

"报告长官，我……"那个叫马沛丰的士兵从一开始的坚毅开始露了怯，听到这声质问，知道自己的想法也许藏不住了。

"你想家了是不是？"尤健永忽然温柔起来，蹲下来看着那个士兵的双眼，道，"你想着游回大陆去，看看家里人是不是，说出来，我也许能满足你。"

他的声音像是带着某种魔力，马沛丰被吸引了。冰冷的海水叫他冻得刺骨，想家的情绪也叫他发狂，这会儿有人说可以送他回家，他一下子失去了思考的能力，想也不想地就拼命点了头，生怕下一秒尤健永变脸。

"呵。"尤健永得到想要的回答，顷刻间就换了一副神情，他从腰间掏出那把1915年产的英国韦伯利1号MarkⅥ型转轮手枪，抵在了马沛丰的太阳穴上，一脸严肃地对众人说道："我说过，军营里不准想家，更不准叛逃，你们是党国的军人，从入伍的那一刻起，你们的命就已经是党国的了！军人的归途只有一种，便是战死沙场。而这个人，在我们努力为了目标前进的时候，他却想着家，想着回去。他背叛了党国，是叛徒，更是罪人。"他转了转轮，手指蓄势待发。

马沛丰忽然挣扎起来，尤健永朝旁边使了个眼色，两个士兵立马上前来将他按住。

"长官！长官我错了！饶了我，饶了我吧！"马沛丰边喊边哭，他崩溃地扭动身躯，祈求尤健永，如同一只蝼蚁。

"绑起来！"尤健永冷笑一声，让人将马沛丰按在地上再用麻绳捆了两只手背在后面。

事情的严重性超出了马沛丰的想象，眼前这个拿着枪的人，真的会将他打死，然后扔进大海。

林承晖站在台阶上，听着尤健永的话，他清楚地知道自己此刻的立场，即使内心哀恸不忍，可凭他的能力，也无法改变马沛丰必死的结局。

天亮，枪响。

鲜血淋漓。

一条活生生的人命，就这样陨在了这里。

而他被判处死刑的罪名，竟是所有人都会犯的——思念成疾。

鲜红的血跟随第一道曙光洒到了林承晖的脸上，他有些怔住了，不应该是这样的，不管是先生的教诲，还是父母的教导，从没有人告诉他，想家也是一种罪过。

尤健永还在高声训诫着士兵，他低着头沉默，马沛丰的血顺着海水流到他的脚下，原本的鲜红已经淡了许多，可这比战场上的流成河的鲜血更叫他觉得刺目。人性面对极权的镇压，最后无非得到两个结果——反抗，或者顺从。而反抗的后果，便是将性命放在赌局上做筹码，一旦走错一步，便会失去所有的一切。

他的眼睛被那一片血红夺去了，耳畔听不见尤健永对士兵们的警告。他只知道，即便只有万分之一的可能，他也想要去尝试，他攥紧了拳头，冷冷地看向尤健永，问："他不是我们军营的人，少校没有理由杀他，为什么要这么做？"

尤健永微微抬起头，眯着一双眼看了他一会儿，又转向士兵们："以后若是让我发现，我的军营里有人叛逃，他，就是下场！解散！"

在场的没有一个人敢动，甚至大气都不敢喘一下，他们害怕自己遭遇马沛丰一样的下场，即便是想家，那也得先活下去。

"你没有资格这么做！"

林承晖的话又一次响起，尤健永又瞥了他一眼，转身就走，没有要理会他的打算。

"少校没有家人吗？"

尤健永停下脚步，转过身来，俨然一副"你继续往下说"的神情看着他。

"少校想家的时候，会不会也觉得自己是罪人？"

尤健永冷哼了一声："我说是罪，那就是罪！"他又一次掏出手中的枪朝在场的人都瞄了一遍，最后落在林承晖的脑门上。"还有想回家的，现在，站出来，我，给你们机会！"

士兵们被尤健永吓得开始打颤，尤其是韩福生，他总感觉自己逃跑的事情被发现了，而尤健永的这一番话就是拐着弯说给自己听的。他站在人群中间，用力地咽了下口水，眼前一阵阵发黑。

林承晖解散了士兵，韩福生走在最后一个，时不时回头看一眼林承晖。

长长的海岸线上只剩下马沛丰的尸体，海水不停地打在他身上，冲洗着他衣服上的血渍。太阳穴上的枪眼已经不再渗血，黑乎乎的，像一块已经结痂的疤。

林承晖站在旁边看了一阵，还是决定把尸体送回海中。

在活着的时候，他就想越过这片海，逃离这个地方。

林承晖两手夹住他的腋下，一步一步将他拖进海水。当冰凉的海水托住他的脚，尸体也随之浮了起来，顺着波浪漂进海里。

这一日的训练，大家都被昨夜的那一幕处决给惊住了，每个人都铆足了劲，训练任务竟然完成得比平日快得多。

尤健永依然关在他的办公室里，正准备着手给李长青写一封具体情况说明书。

这人本不是他的兵，按道理他应该把人押送回原处的，可是这几日军营里面有人蠢蠢欲动，这叫他不得不担心。这一担心就令他逮着了一个机会。昨夜他在给他的菜地施肥，隐隐感觉海岸那边有点不对，便扔了桶跑过去。

只见海滩上躺着一个湿漉漉的人，他当下就有了几分肯定。

待尤健永走得更近一点，那人就从沙地上爬了起来，身上被礁石划破的伤痕，立刻在月光下暴露出来。

马沛丰回头一见到他，拔腿就跑。

尤健永冲上去和他扭打在一起，一直打到了海里面。要不是因为对方长时间的潜泳，体力消耗过大，尤健永也不一定能将他制服。

从将他带到校场，到所有的士兵都出来之时，尤健永心里就有了决断。无论这人是谁的兵，这次他一定要好好利用起来，杀一儆百，绝了自己军营可能会发生的事。

只是，只是……

虽然下了狠手，也不怕鬼魂，马沛丰临死前的挣扎，却一直在他眼前反复涌现。马沛丰一定是很恨他的，如果不是他阻止，马沛丰兴许能游过去？

从台湾到大陆，原本就不是很远的路。

大陆的海岸也像他们这样有士兵把守吗？如果他们这边有人逃回去，会不会也被抓起来？

尤健永想着想着，外面的天就亮了。

当陆晓浓叩响林承曝家大门的时候，林承曝一家正在饭厅里吃着晚饭。

面对这位不速之客，林承曝明显觉得有些晃神，他有一股直觉，事态要朝着他不可预料的方向奔去了，并且他还控制不住。

见林承曝站在门口半天不动，钟婉莹放下碗筷走出来，询问原因。

陆晓浓和钟婉莹打了个照面，两人皆是一惊。

心里都想起了白天在学校擦肩而过的那一幕。

"阿曝，这位是？"钟婉莹瞧了瞧丈夫的神色，就知道这里面有什么内情。

"这是佑安学校的校长，这次佑安能顺利入学还多亏了她呢。她啊，"林承曝想了想，心里的措辞组了数遍，"她是我青梅竹马一块儿长大的妹妹，叫陆晓浓。我们小时候常来往的，后来他们家搬到上海去了。"

"原来是陆校长啊，快进来坐吧。"钟婉莹虽然深信林承曝，但是凭借女人的直觉，她也知道这二人的关系怕不是这么简单。

陆晓浓见到钟婉莹的时候，心里是带着点惊讶的。她原以为林承曝这样读过大学的人，就算不喜欢她这种一肚子洋墨水的新派女人，也该喜欢那个弱柳扶风的张书雅。可是见到钟婉莹，她才发现，一直以来倒是她看错了。林承曝哪怕读了再多的托尔斯泰，哪怕看完了达尔文的进化论，哪怕喜欢曹禺的《日出》，他的骨子里，始终都是那个传统的中国孝子。他出生在老派的家庭，母亲软弱，父亲强势，一朝父亲倒下，他便要接过责任去奉养老母，撑起整个家族。他可能从来就不是不喜欢自己，也不是喜欢自己，甚至张书雅，在他心中也是一样的，都不是他的选择，他需要的是，有人选择了他，这就是他的命运。这是一开始就已经注定了的事。说到底，都是可怜人罢了。

要是当初真的嫁给了他，说不定现在自己早已经变成一个整日为柴米油盐奔波的普通女人了。如今国际上都在鼓励妇女解放，纽约三角内衣厂的一百多名女工用大火中丧失的生命才获得妇女节的权益，她怎么可能放弃。倒不是说做人家的儿媳便一定要作威作福，一点活都不干，但叫她放弃自己的事业，围着锅炉，围着孩子，围着丈夫，她是万万做不到的。

"晓浓来啦？"李佩瑶听到了三个人的谈话，也走了出来。

"佩姨，好多年不见了，您身子骨还是这么好啊。"陆晓浓站起来拉着李佩瑶的手，这声"佩姨"叫得李佩瑶五味杂陈。

当初若不是家道中落，只怕如今叫的这声，应该是妈才对。对这个从小看着长大的孩子,李佩瑶心里是说不出的喜欢,如今见她这般成功,倒也是打心底里为她高兴。成不了一家人,当个干女儿看也是可以的。

"你这孩子,都当上校长啦。让佩姨瞧瞧,工作很累吧,看你比过去瘦多了。"李佩瑶伸手摸了摸陆晓浓的脸,两人热络得把林承曝夫妇晾在了一边。

"没有,年纪大了,自然就瘦了些。"陆晓浓的母亲去得早,她从小就把李佩瑶当自己亲妈,这会儿说话也没多大忌讳。

"这会儿了,生了吧?姑爷是哪里人啊?"李佩瑶估摸着陆晓浓要三十岁了,三十岁在她那个年代算是半老徐娘了,屁股后头就算没有一串娃娃,怀里也该抱着一个了。

"没呢,还等着佩姨您给我介绍一个。"陆晓浓年少时去国外留学,学到了不少国外的作风,去了上海后也陆陆续续接触了一些人,种种加起来着实让她觉得婚姻累人,便把自己埋进了工作里,都不怎么想去考虑什么终身大事。但面对李佩瑶这样老派的长辈,她又不能把话说得这么直,只好迂回地答。

"你看你,挑吧。再挑下去,就成老姑娘了。"李佩瑶握着陆晓浓的手,拍了拍,有些嗔怪道。

陆晓浓想赶快结束这个恼人的话题,便单刀直入地说明来了来意:"佩姨,其实我今天来是想跟您说个事儿。"

听到这话,一旁的林承曝也竖起耳朵。

钟婉莹本以为这姑娘只是来和婆婆叙叙旧的,便进厨房收拾碗筷去了,顺便叫林承曝泡点茶拿出去招待客人。可等她忙完出来,陆晓浓却把目光放在了她身上,这叫她一时有点茫然。

"嫂子,我想跟你商量个事儿。"陆晓浓拉着钟婉莹坐下。

林承曝坐在另一张椅子上,一只手抓着裤腿。

"前些日子,我听承曝哥说他在找工作,我知道承曝哥以前学业出众,又是厦大的高才生。这阵子我去市里开会,市局给我派了个任务,想在我们小学多开设几门课程。但我们这学校孩子多老师少,实在是抽不出人来教新课,所以我想让承暽哥来做个代课老师。但是承暽哥这人吧,总是瞻前顾后,考虑良多,我想着,还是跟嫂子您说比较好。"陆晓浓字字句句都是来这儿之前对着办公室满架子的书,练了一遍又一遍的。一番话说下来,倒是叫人没法拒绝了。

钟婉莹果然被她给绕了进去,看着林承暽道:"这是好事儿啊,你咋都没跟我提起来呢。哎,你真是……"

"嫂子莫怪承暽哥了,还是由我来说吧。我都这把年龄了,也不怕你笑话,"陆晓浓大有把这层窗户纸捅破的架势,再次惹得林承暽有点跳脚,"过去我们兄妹相称,小时也罢了,大家平日里也就说几句玩笑话,但姑娘长大了,若还和男子一块儿玩,免不了传些闲话。那会儿好多人以为我要嫁给承暽哥做媳妇儿,谣言总是一传十十传百,我们两家那会儿在厦门又都是有头有脸的人家,传着传着,就跟真有这么回事似的。后来我和家父去了上海,承暽哥和佩姨去了龙岩,我们两家人没了联系,这事儿才渐渐平息。也怪我,那会儿年纪小脸皮薄,不好意思出来辟个谣,就叫大家以为我是真要嫁他了。当年那帮乱传消息的人,这会儿还都认得我们,我知道承暽哥是怕去了我的学校帮忙,到时候惹出和当年一样不好的传言,叫嫂子你难做人。"

话说到这份上了,该考虑的不该考虑的,陆晓浓全说了进去。

"这样吧嫂子,我和福民小学的胡校长关系还不错。我可以推荐承暽哥到他那儿去上课,然后我能借此跟胡校长借个老师出来顶替。这样既绝了谣言,承暽哥也有了工作。"陆晓浓说的这些提议,全程没看林承暽一眼,皆是盯着钟婉莹说的。她的眼睛透过金丝边眼镜直射人心,仿佛将钟婉莹的那点儿心思都看了个透。

一番肺腑之言,又说得这般真诚,钟婉莹找不出任何拒绝的借口,倒是面对人家这般周全的考虑觉得欠了一个大大的人情。

"什么谣言不谣言的,兄妹便是兄妹,咱们管旁的那些不相干的人说的话做什么。既是一起长大的,我信阿曝,便是信婆婆,自然也是信你的。这份工作,你替我们考虑得再周全不过了,甚至是我这个素未谋面的嫂子,你都句句净是回护之意。我若是真叫你给阿曝找个别的学校,倒显得我心虚善妒。好妹子,你阿曝哥的事,就交给你了。我一切放心。"钟婉莹也不是吃素的,道了谢,也把这兄妹关系给坐实了,叫陆晓浓放手去做,林承曝安心接受。她不会疑心,这后院更不会着火。

李佩瑶听着,隐隐察觉到陆晓浓背后那点心思。这么多年都过去了,陆晓浓还是和年轻时候的性子一样,但可惜现在家里的情况已经容不得她这么做了。如今两个儿子都结了婚,都有了家室,陆晓浓再这么一闹,多少不合适。

林承曝见这两个女人你来我往地就把他的工作给定下了,不由得擦了把冷汗。

送陆晓浓出门的时候,她转过头来冲他笑道:"你看,最后还不是这样。"

这句话听得他心中一怔。

过去陆晓浓想要什么,他若不给,她总能想尽办法地让他不得不去给她找到。最后拿到她手上的时候,她总会歪着头看着他,一脸胜券在握的表情说:"你看,最后还不是这样。"

这么一想,他就觉得那种无力掌控局面的挫败感深深袭来,叫他再一次发觉自己面对这个女人有多无能为力。


走出林家,陆晓浓看着月上柳梢,和林承曝作别。

前面停着好多黄包车,隐约吆喝着在揽客,她原本想叫车,回头看了一眼还站在门口的林承曝,便放弃了这个念头,憋着一口气往前走。

直到挨近黄包车,再回过头去看,竟几乎黑漆漆一片了,这种地方的人家,极少舍得在门口接个电灯。林承曝到底没有跟上来,每次都是她来找他,最后又自己独自离开。

其实他不跟上来也理所应当，家里有妻儿了，单独送她出来又是什么事？但她心里又有一丝不甘——他竟一句多余的话都没跟她讲。

"哼！连我新剪的头发也没有看一眼！"陆晓浓跺了跺脚，今天她还去把皮鞋重新上了油。

他真的中意钟婉莹那样老派的女人？——这么几年，连孩子都生出来了。她当初求不来父亲带林家母子俩去上海，待他们再见面的时候，他果然就已经重新找了一个人结婚了。林承晖那一颗心，当真是她怎么捂都捂不热的。想着，她又忍不住怅然若失。

# 第 六 章

台湾迎来了夏末的最后一个汛期，黑压压的乌云积攒在一起，形成一个巨大的幕布，雨落下来，冲着校场上的飞沙走石，冲着营地的茅草屋。忽而风起，军营木架子上的那些茅草被刮了起来，在雨天里飞舞着。

大家原本在雨中站着军姿，没有命令，没人敢抖落身上的雨滴。那些雨像是一根根细长的钢钉，一下又一下地扎在这片大地上，一下又一下地扎在士兵的心里。

林承晖没有喊解散，他看着远处漫天飞的茅草，对士兵们稳如磐石的军姿很是满意。

本以为这不过是一场普普通通的雨，若有不同，也就是来势比往常大一些。但是渐渐地，那些雨像是蓄足了力量，猛一下地，从钢针变成水柱，朝着这片土地气势汹汹地倾泻。

林承晖久居厦门，这下他明白过来了，这场雨是风暴的前兆。他赶紧打开身后的水泥房门，叫大家都躲进来。顺便叫人去把周围水泥造的屋子都打开，让大家避一避。就在他的宿舍被挤得水泄不通的时候，透过雨帘他看到了尤健永披着雨衣冲了出去。

林承晖看着他的身影，眉头紧紧地皱起来。

这么强的风暴，尤健永一个在海边长大的人，不可能不知道其中的危险。

"韩福生！"他冲屋里喊了一声。尤健永之前的行为他不认同，但眼下一条活生生的人命在眼前，他不能不管。

"到！"韩福生从人群里挤到他面前。

"吩咐下去，一会儿等雨势小一点了，叫炊事员熬一大锅姜汤，每个人都喝一碗。我出去一趟。"他脱掉湿透了的外衣，从衣架上拿了自己的那件雨衣，打开房门，面对扑面而来的水汽，一咬牙冲进了雨幕里。

尤健永在那声雷鸣后就回过神来，他看着那黑压压的天空，就觉得一阵不好。果不其然，倾盆大雨顷刻而至，他眼见着茅草被大风刮得飞起，眼见着士兵们一个个都躲到了屋子里，而远处，更大更多的乌云汇聚而来，朦胧的雨帘间，他仿佛看到了马沛丰死前的那张脸。

这是不是报应？

他回身瞥到墙角的锄头，便想起了他的菜地。

这么大的雨，他刚刚种下去不久，才发了芽的油麦菜，能活下来的几率几乎为零。

他不再犹豫，抓了雨衣就冲出去，赶到原来他开垦的那块荒地边，果然哪里还有什么油麦菜的影子。松软的泥土被大雨冲得七零八落，泥沙交织，浑浊的雨水里零星飘着一点儿菜苗。

双膝一软，尤健永跪倒在泥里，泥水顺着衣裤的缝隙涌进了他的身体。视线被雨幕挡住了，他分不清脸上是雨还是泪，只觉得喉咙干涩。

过了一会儿，他站起来，沮丧着脸往回走。

林承晖跟着他走了这些路，还没弄清楚他冒着雨冲出来的原因，尤健永就已经朝他走过来，一脚深一脚浅的，裤子上都是泥巴脏水，很是狼狈。

林承晖扶了他一把。

林承晖往尤健永身后看了看，雨水已经没过了那片地，水面上还漂浮着几片绿色的叶子，尽管昏天黑地，林承晖还是看清了那是油麦菜的样子。

两人什么话也没说，就这样一路往回走。

送尤健永回房后，林承晖转身要走，却被叫住了。

"今天的事，不许说出去。"

林承晖转头过去，却见尤健永不知什么时候换下了湿衣服，裸露在空气里的肌肤全是伤疤，一道又一道，从胸口处向下蔓延。他盯着那些伤看了一会儿，才意识到自己有些失礼，将视线转向了别处，无意间瞥见桌子上一份被退回来的文件，开篇几个醒目的大字——开荒种植申请书，又想起方才那几片菜叶子，不禁心中一动。

他对尤健永，从一开始就没多少好感，刚来的那天就见他对军队的伙食不大关心。加上亲眼见他杀伐果断地处理了别的部队叛逃的士兵，尤健永在他心里就彻底成了爱玩弄权术，喜欢居于高位决策他人生死的人，如今见着他对着这一片开垦过的菜地和被雨水冲刷走的菜苗沮丧，林承晖不由得重新审视起来。

雨一场接一场地来，下了一整夜，还没有要停的意思。

这场台风，带走了一切，也改变了林承晖心底里对花莲这个地方的不认可。

风吹来，雨珠飘来荡去，茅草落得满地都是，沾上了湿漉漉的雨水，只怕晒干得等好几日。林承晖走后，尤健永便发了高烧，军医给他打了一针，又开了点药。

士兵们喝下了热热的姜汤，又避雨及时，没有成片倒下。

林承晖担起了管理军营的义务。他问了后勤，仓库里除了烧火用的干草，有没有防水的伞布。后勤统计了一下，找出了一些还未裁剪开的伞布，不够的部分，他从军需费用里拨了一些出来。

又过了一夜，雨势终于小了一点。他叫来几个士兵去邻近的镇上采办些伞布回来，等士兵们一一应下后，他又叫来了韩福生。

"你，收拾一下，跟我去趟市里。"他命令道。

韩福生从林承晖开始把自己带在身边后，就知道这位长官是把他当自己人来看的，这会儿只觉得感激，别的想法统统没有。

二人带了两个布袋子和一些钱，就出了门。

横竖这两天是没法训练了，林承晖想着把士兵们住的地方休整休整，然后去买一些种子来开荒种地。上面虽然不同意开荒，但都到了这个节骨眼了，再不自救，难道等着入冬后一个个饿死不成。

更何况，这也是尤健永的一番心意。现在他已经倒下了，作为这些士兵们的监管，林承晖自觉有责任也有义务去做这些工作。

想到尤健永，林承晖透过后视镜看了一眼校场，车子开出去好几里远，什么都没看到。他盯着前方的路，淡淡地问："福生，你觉得尤少校是个什么样的人？"韩福生原本一路沉默地坐在他旁边，这会儿忽然被点到名，一时有些无措，茫然地问了句："啊？"

"你觉得尤少校是个什么样的人？"林承晖又重复了一遍。

"少校……"韩福生低着头看着自己的两只脚，认真地思考了起来，"少校，是个严厉的人。"

"你们讨厌他吗？"林承晖没有问"你"，因为他知道韩福生的性子不大记仇，只是有些胆小。

"我还好，至于其他人……"韩福生犹豫着不知道在这个长官面前，把战友们说另一个长官坏话的事说出来对不对。

"我以前不看好他。"林承晖坦然地说，"一直到我发现，原来他做的一切其实都是有原因的。团部下了死令，发现叛逃的一律处决，他怕你们因为想家会做错事，导致丢了性命，才叫你们不准在军中提起家里的事。而枪杀那个逃兵，便是给你们敲响了警钟，若你们逃了，被别的人抓到，便是这个下场。"

韩福生一边听一边点头，马沛丰被处决的时候，他也在场。除了刺耳的枪声和鲜血喷溅的声音，他什么也没听到。马沛丰倒下的时候，双眼瞪得很大，他只偷偷瞧了一眼，却叫他觉得这双眼睛无处不在，它在不停地告诉自己总有一天，自己偷偷逃跑的事情一定会被发现的，到时候，自己也是这样的下场——尤健永便是他的判官。

不知怎的，他又想起了从前被抓壮丁的日子，那些想要反抗被打到屁股开花的人的惨叫声萦绕在他耳畔，叫他感到一阵胸闷，喘不上气来。那些痛苦的回忆，他想忘都来不及，现在却又自动回到他的脑海里。

"到了。"林承晖见韩福生半天没有开口，明白他是害怕了，也不再追问下去。两人又陷入了沉默，好一会儿才到市区，回过头去却发现他还在发呆，便提醒了一声。

花莲村的人口不多，细细数数不过几十户，这其中做买卖的就更少了。林承晖曾因为买一些生活用品而去过，但那日他一个人顶着烈日在村子里走了一半的路，只发现一间杂货铺，并且卖的东西种类很少。

所以这次外出，他选择去基隆市区。

只是，等他下了车，却发现市区并不如他想的那么繁华，如今是傍晚时分，路边却没有一个摊贩。街上满是持枪的军警，冒着雨走来走去。他感到疑惑，便叫韩福生留在车上，独自一人下车去问。

一个持枪的军警见到他一身军服，立刻问道："哪个部队的？"

"我是花莲基地的，因为台风毁了营地，来市里采买一些紧急用品。"林承晖好声好气地回答道。

"兄弟，我看你是自己人，我才提醒你的。现在市里不太平，正在镇压暴乱分子，你还是先回去，过几日太平了再来吧。"军警目光看着来来往往的同伴，对林承晖小声劝道。

"暴乱分子？怎么会有暴乱分子？"林承晖在花莲完全没有收到任何有关的消息，听到这句，满腹疑惑。

"说起来也是咱们弟兄的失误，例行巡逻的时候，一个走私货物的妇女不肯跟我们走，就起了冲突。我们的人开枪射杀了一个市民，那人的家属拒绝接受'政府'的赔偿金，硬是召集了一伙人到行政长官公署请愿，卫兵招架不住，枪毙了几个领头的，接下来市里就乱了。"军警原本说得理直气壮，到了后来，语气也放缓了。

林承晖听到这说法，觉得有些荒唐，道："你们怎么可以对手无寸铁的群众开枪！"

军警本来心里面也有愧，但听他这质问的语气，在外巡视了一天的疲惫顿时取代了不忍，反问："台湾本省人和外省人的矛盾也不是一日两日了，若是任由他们这样接连闹事，'政府'还怎么管理了？！"

林承晖还想反驳，那军警却抛下一句话走开了。

"听我一句劝，这是摊浑水，赶紧走吧。"

坐在车里的韩福生见林承晖垂头丧气地回来，好奇问道："发生了什么事，长官？"

林承晖一言不发，只是将车子掉头，往花莲的方向开去。

一路上，两人皆是无话。

车子开到了又小又破的花莲村，林承晖凭着记忆去找那间杂货铺，却发现家家户户看见他和韩福生后，都关紧了门窗，仿佛他们是什么吃人的怪物一般。

他回想起刚才发生的事情，大概知道了这是怎么回事，但还是硬着头皮走到了那间杂货铺前。铺门口的牌子早就被摘下来了，柜台上的东西也少得可怜。

林承晖整理了一下自己的情绪，上前笑着问道："老板，你这可有卖蔬菜种子？"

坐在里间的老板抬头看了他一眼，见是军装，忙从位置上站了起来，点头哈腰道："有的有的，您看要什么品种的？"

"生长周期快的，容易养起来的。"林承晖看着货架上堆放着的杂乱的物品，有的都积灰了，想来这位老板的日子过得也不大好。

"那我给您拿上海青和油麦菜，您要多少？"老板翻箱倒柜地找布袋子，愣是没找到，韩福生见状，拿着自己带出来的布袋子递过去，救了这人的急。

"各给我装一斤吧。"林承晖说完，从口袋里掏出钱放在了柜台上，"这些够了吗？"

老板装满了两斤的蔬菜种子之后，看到林承晖放在柜台上的钞票，眼睛都看直了。"够了够了，老总，来，您的种子拿好。"

"请问这段时间还有什么人到您这里买种子吗？"林承晖接过布袋子，随口问道。

老板不明所以，想了想，答道："这一片的村民都会来我这儿买种子，不过像您这样器宇轩昂的军官，我还是头一回见，怎么了？"

"没事，这种子我先拿回去试试，要是种得好，我还来跟你买。"林承晖笑着把布袋子递给韩福生，没再和老板寒暄，转身出了门。

韩福生不懂林承晖问这话的意义何在，但也不敢问太多，他这么做自然有他的道理，只默默跟了上去，坐上车回了基地。

尤健永病了好几日，军医说他高烧不退，怕他可能得了肺结核，想向上面申请转到市里的医院治疗。林承晖立马打了个电话，隔天团部就派了一辆车来，将尤健永接走了。而他这一走，整个花莲村军事基地最大的官，就是林承晖了。

连着几日下雨不用训练，加上尤健永一走，士兵们便开始松懈了。有天，林承晖想起来去看看那片菜地现在是什么状况，刚要出门就听闻士兵们在聊希望尤健永不要再回来诸如此类的话。

他们对尤健永的怨念，只会越来越深。

雨后的空气混杂着青草和泥土的香味，让林承晖长时间紧绷着的弦放松了一会儿。地的问题不大，在旁边挖几个沟渠将水退去，过几日便可以开始耕种了。要说严重的，还是房屋。他巡视一番，让后勤部派几个人去分发伞布和铁钉，鼓励大家齐心协力一起把被台风弄塌了的房屋修好，还要修得比之前更坚固。而他自己则叫韩福生带上几个战友，跟他到军工厂去找找铁皮和木头，试着做几把锄头出来。

即便大都出身农村，锄头还是不大好做出来，磨蹭了两三天才做出来了一把稍微像样的能用的。林承晖拿着锄头开心地挥舞着，大家也不知道他开心些什么，推了一把韩福生，让他上前去问。

韩福生本不想打听这些，他总是相信林承晖有自己的想法，只要跟着他做便是了。但韩福生看着这几个天天睡在自己身边的战友们的渴望的眼神，还是狠不下心来拒绝，便开了口："教官，我们做锄头是要干什么？"

"种地。"

林承晖只说了两个字，又埋下头去干活。韩福生等人听得云里雾里的，扁了扁嘴也跟着一起干活。锄头做出来的时候，天也开始放晴了。

林承晖叫人将锄头搬到校场，将这些人分成了两拨，一拨继续修缮房屋，另一拨人跟着自己挖沟渠种菜去了。

这么折腾了几日，尤健永起先那块被摧残的农田，又重新种上了蔬菜种子。

干完农活，林承晖又开始带着士兵们训练，但强度几乎是以往的两倍。休息时，睡在韩福生隔壁的胖子承受不了这分量，不满地嘟囔着："种地都已经够累的了，还要加倍训练，真是不让活了。"

胖子已经有意识地压低音量，但还是被林承晖听了去。他也没生气，指着远处的地，道："这片地，原先就有人种过的。"

士兵们一听，心里疑惑。

这片土地不是荒地吗，难道有人偷种地？

"尤长官原来在这里种了一片油麦菜，那次下大雨，他的心血都白费了。"林承晖仍记得那天他冲进雨中的情景。尤健永不是没有把所有人的情况放在心上，只是他没有和任何人说——他第一次去办公室找尤健永改善伙食的时候，尤健永就已经在策划种地了吧？

"这一片开垦的土地，我们要好好利用起来，这是尤长官给我们留的路。他虽然在医院，但如果我们加紧播种，到了收成的时候，我们的伙食就能改善了。"

士兵们挺直了腰背看着他，一时间没人吭声。

林承晖解散了队伍，随意找了个地方坐下，士兵们三三两两地围起来，将信将疑地讨论着林承晖刚才所说的话。尤健永当初枪毙马沛丰的场景，直至此刻都在他们的脑海里挥之不去。

林承晖随他们议论，舆论这件事本就只能顺其自然，他相信总有一天这些士兵会理解尤健永的这一面。自从上次发现尤健永种地的事情后，他反复想了当时枪毙马沛丰的事情。如果是站在普通人的角度，这件事确实处理得毫无人性可言，马沛丰的死，彻底将会成为他们这群人的禁忌；若是站在尤健永的一边，整个事情就莫名透出了几分说不出的无奈来。

人的生命是最具威胁性的东西，尤健永深谙杀掉一个逃跑的士兵，对他们这群人会产生怎样的后果。一声枪响，如一盆冷水，泼在了每个蠢蠢欲动、想要游泳回大陆的人的心上。这是保护自己手底下这些兵疙瘩的最好办法。

现在，韩福生虽对尤健永的印象已有所改观，但仍不敢告诉身边的人他的事情，决定将这件事烂在心底。他看了一眼林承晖，知道他带着自己去买种子，带着他们一起种菜，又告诉他们尤健永的事情是什么用意，便凑到人堆里和身边的战友们讨论起来。大家说着说着，像在挖掘秘密一般，将尤健永之前平日里的所作所为都讨论讨论，但还是没人猜得出他是什么时候去种的地。

有人来问林承晖，林承晖也摇摇头。

林承晖继续带着他们操练、种地，日子也就在这样的忙碌中度过了。他身体极累，自然再无暇去想那些陈旧的过往。眼下只要不打仗，他甚至觉得他和这里地道的农民过的生活，也没什么不同。

尤健永得的到底不是大病，转到市医院去治疗了一个月后，便很快好了。他向团部申请回基地，能够空一个床位出来，又少了笔医疗开支，医院和团部都高兴地大笔一挥，批了他的出院申请。

坐着团部安排的小汽车回到花莲的军事基地，尤健永一时有点恍惚。

他的士兵和他的副手，都站在基地门口，乌压压的一群人，排成了豆腐块的方阵，齐刷刷地盯着他的这辆车，叫他有点怀疑司机是不是开错了。

"错不了，尤少校，看来您在部队有口皆碑，深得民心呐。"司机转头冲尤健永笑道。

下车的时候，尤健永跟踩在棉花上一样，只觉得轻飘飘的，面对面前这一群精神抖擞、军姿标准的士兵，他竟然觉得像在做梦。

"来，准备。"站在队伍左边的林承晖见尤健永呆住的模样，像是早有预料，嘴里下了个口令。

"少校，欢迎回来！！！"

声势震天。

哪怕是已经驶出去几十米远的司机，都觉得耳朵被震住了。

由此尤健永的好名声，便从花莲传到了市里。一时间，别的基地长官都有点羡慕，纷纷打来电话想求问是不是有什么绝招。

尤健永一开始自己也是云里雾里的，还当是自己这大病一场，叫他们起了恻隐之心，开始懂得换位思考了呢。

直到秋分时节，农田丰收的时候，林承晖才带着他去解谜。

他回来之后，本想放弃那片农田，让它自生自灭。可是当林承晖带着他踏上那块种满了上海青和油麦菜的土地的时候，他心里的火焰又燃了起来。

身后站着一排士兵，都等着他下达收割的命令。

他蹲下来，摸着其中一棵长得旺盛的油麦菜，那些辛苦忽然都值了。

"你是怎么发现的？"他转过来，对着林承晖问道。

"刮台风那天，您一个人冒着雨跑出去，又垂头丧气地回来，我送您回房间的时候，无意间看到了您桌子上的开荒种植申请书。我就知道了，您肯定不是为了自己。"林承晖老实地回答道。

"上面不管我们，叫我们自生自灭，可我能不管吗？这些人，他们，一个一个的，既然被交到了我手上，我就得对他们负责啊。"尤健永说着说着，竟然有点哽咽。

队伍里的士兵，有的年纪小的，被感动得说不出话来，只跟着偷偷抹泪。

"现在这个季节了，应该都不会有大台风了，这些菜够我们吃一阵子的。离入冬还早，若是我们加把劲开荒，就算是入了冬，日子也不会难过。"林承晖道。

"是。来，小魏小李你们负责收油麦菜，小陈张逸，你们去收上海青。今晚，加餐！"尤健永把那些感慨的话都咽了回去，顺应民心地下了这道大家梦寐以求的军令。

队伍里被点到名的人都兴奋地跑过来，一个拔，一个拿着布袋在后头跟着收。

等到了晚上，炊事班的战士做了满满一大盆的青菜炒面，人人都吃了个肚皮滚圆。

林承晖看着高兴，尤健永看了欣慰。

"谢谢。"站在办公室里瞧着外面一派和谐的场景，尤健永轻轻地说。

"彼此彼此吧。"林承晖淡淡道，继而想起了一直被他放在心上的那件事，"少校，基隆这次……"

"军警执行任务的过程中，伤了无辜群众，市里闹了好一阵子。台北那边派了人过来镇压了几天，现在快恢复正常了。"尤健永坐到他那张办公椅上，简单地解释了几句。他以为林承晖是收到什么风声，便没有过多地渲染城内的恐怖气氛。

林承晖听见这官方的说法，便知尤健永对他还有所顾忌，有些涉及过深的东西，尤健永不愿意和他交流。

既然如此，就不给自己找不痛快了。

日子在耕种与收获中一天天过去。

台湾炎热的夏季随着大陆那边传来的开国大典的新闻，迅速转凉，顺利地入了秋。战士们刚上岸那会儿的热情，也和这天气一样，被泼了一瓢冷水。

尤健永看着刚提起来不久的士气就这么低落下来，心里有点着急。

午休时，他把林承晖叫进来，问他对当下的局势有什么看法。林承晖站在他面前，高大的身影遮挡了室外大半的阳光，但却迟迟不出声。

"我常以为，历史是可以被改写的。"尤健永给自己和林承晖各倒了一杯水，像他这样传统的闽南人，过去是嗜茶如命的，但来了这里，也不得不暂时放下多年养成的习惯。

"我读书的时候，也常这么想，后来才发现是自己太天真。"林承晖接过这杯水，拿在手里，看着玻璃杯里不断冒出的水蒸气，尤健永的样子在他眼前渐渐模糊。

"是啊，团部应该也早就知道吧，这是一个根本不可能完成的任务。"尤健永循着自己旧日喝茶的习惯，下意识地低头观茶色，在看到杯子的时候才反应过来，茶叶早就喝完了，这不过是一杯最普通不过的开水。

"这几个月的训练可以这么顺利，长官您觉得是为什么呢？"林承晖放下杯子，向尤健永抛出了一个问题。

尤健永有些诧异地抬头看他，眉毛挑了一下，似乎是经过深思熟虑的，说:"民心。"

林承晖听到这个回答,不置可否。

"我明白你的意思,"尤健永解释说,"你帮我在战士之中树立了威信,让他们尊敬我,因此他们也比之前更加努力地想要证明自己是优秀的战士。"

林承晖拉开办公桌前的椅子坐下,外面被他遮挡住的阳光重新照射进来,落得一地金黄,像是黄鹂的羽毛,让人心头一软。"若长官您是视人命如草芥的人,他们也不会这样积极。"林承晖说得直白,"马沛丰的事,一直是大家的阴影。是后来开荒的事,才让您真正拥有了他们的信任——长官您得为他们着想。"

尤健永轻笑一声,时隔多日,马沛丰的事对他们是一个极严重的威胁,对他也是如此。林承晖说的话还让他想到了更多。

他的申请上不去,是不是国民党真的打算放弃他们了呢?

"承晖,你有信仰吗?"尤健永沉默了半天,问。

"您是在问我们是不是还衷心于这里——即使眼下的状况这么艰难?"

尤健永叹了一气:"算是吧。"

"得道者多助,失道者寡助,这个道理,少校应该比我更清楚。"林承晖站起来走到窗口,看着窗外躺在校场上休息的士兵。

他陷入了回忆里,眼前仿佛出现了他最后一次见到苏亦辉的场景——那张干瘦斯文的脸令他终生难忘。和苏亦辉的最后一次见面,他一度被苏亦辉视死如归的气概折服,但最后还是选择站在国民党这边。他忽然觉得,自己虽然投身战场,但是对战争始终缺乏更深刻的理解——抵抗日军时,他只是因为恨日本犯我而战,却不是为了建设"自由平等"之国而战——他也失去了最后一次将脱轨的人生扳回正途的时机,从而开始了这场漫长的不知何时可以见到亲人的别离。

林承晖神色淡定地看着尤健永:"天下大事,要顺势而为。太阳东升西落,河水滔滔东流,都是大势所趋。现在什么局势,您应该比我更清楚。"

"你！"尤健永一直都知道林承晖对他是有意见的，对上面的命令，他不敢反抗得过分，对下边的士兵，他也只能从生理的饥寒去考虑，却禁止他们有想家的心理需求。尤健永不忍心将林承晖送去绿岛，更担心他胡言乱语的会闯下弥天大祸。"以后这样胡说八道的话，万万不可再说！"他很严肃道。

林承晖站得笔直，纹丝不动。尤健永瞧着林承晖高大的模样，心里面有些慌乱："上尉林承晖，出言不逊，罚跑两万米。"

林承晖勾了勾嘴角，露出讥讽的神情，倒是也没反驳地乖乖领罚去了。

# 第 七 章

校场上尘土飞扬，林承晖顶着日头，一圈又一圈奔跑着。士兵们早都醒了过来，一时闹不懂什么情况，都干站着看热闹。韩福生看着心里不是滋味，干脆招呼那些看热闹的人到另一边的训练场上练习刺刀。

尤健永透过窗户看着外面林承晖固执地在跑，以及带着士兵们朝另一个校场去的韩福生，他忽然没那么生气了。入秋的天气，午后还是晒得人头皮发痒，尤健永推开门走出去，叫住了正带着人走的韩福生："明天休假，你们到附近的镇上走走吧，想去远一点可以开基地的车出去，晚饭前记得要回来。"尤健永下完这个命令，就回了屋里，留下一群士兵面面相觑。

"不是吧？"

"刚刚那个人是尤少校？"

"太阳打西边出来了？"

大家开始七嘴八舌地议论起来，一直到林承晖停下来喊："再吵下去就都别去了。去沙地练习匍匐前进，结束后到射击场等我。"

"好了好了，大家都先去训练吧。"韩福生在人群里帮着林承晖稳住大家。

虽然不明白是什么导致两个领导起了冲突，但是作为下属不该问的别问，不该听的别听，这一点本分，韩福生做得还是不错的。林承晖看向韩福生，彼此之间不着痕迹地点点头。

林承晖跑了快两个小时，终于跑完了这两万米。

下午两点的太阳，最是毒辣，顶在他的正上方，像个哨兵，监视他的一举一动。他感觉后背全被汗水湿透了，放在过去要是被宋珈灵看见，估计要问他是不是去海里洗了个澡。他想起少年时跟林承曍在海边跑步，那段无忧无虑的时光是照进他生命缝隙的一缕阳光。

尝试着走了两步，身上那种黏腻的感觉叫他浑身难受。跑步的时候，耳边还能有点风，一停下来，注意力回到身体上，才惊觉浑身上下的每一个毛孔都在散发着热气，每一滴汗珠都在叫嚣着冲破肌肤，在烈日下蒸发后又拼命冒出更多来，因太阳而生，又因太阳而亡。

他瞅了眼射击场，陆陆续续已经有士兵完成了匍匐前进，排着队去扛枪等候他的指导。想到刚才尤健永的话，他若有所思，慢慢朝着射击场走过去。

他对共产党没有恶感，始于苏亦辉，那个在军营里与他有过短暂交集的共产党员，那个被他放走的中国同胞。他无所畏惧面对死亡的样子，让他感到震撼——这是他一直以来都缺乏的，他上过战场，经历过许多人的死亡，但是却很难做到这么简单纯粹。他一而再再而三地想过为什么，苏亦辉清澈澄明的眼神给了他答案——因为坚定的信仰。

真想知道，苏亦辉如今怎样了……

难得休假，大家都想往市里跑。

第二日一早，未等鸡叫，一群人就全排到停车场前，等着排队领车。林承晖也起了个大早，看到尤健永的办公室关着，也没多在意。

他穿过人群，找到韩福生，拉着他去后勤兵那里先登记了一辆车子。之后又叫来另外三个人，一起上车，开出了训练基地的大门。

车上除了韩福生，其他三个士兵都是平日里跟林承晖关系不错的新兵。尤健永生病住院那会儿，林承晖挑了几个一起帮他弄菜地的事，他们就在其中。在这个陌生的部队里，算是他给自己提拔的亲信了。

"你以前是做什么的？开车技术不错。"林承晖打开车上的军用水壶，喝了一口，问坐在驾驶座上的大高个。

开车的大张高且壮，笑道："教官，您就别取笑我了，当兵之前，我给那些有钱人家开过一阵子的车。"

"看不出来啊张逸，给富人当司机，油水很多吧。哎，你怎么放着那么好的工作不干，跑来这受罪啊？"因为和林承晖够熟，他们倒也不拘束，其中个子最小的那个忍不住调侃道。他本来就坐在后排的中间，被韩福生和另一个高大的士兵挤着，活像个人质。他人干小，说起来却又脆又响，张逸一直觉得他脖子里长了一条女人的喉咙。

"王伟林，就你话多，天有不测风云你难道不知道吗？"张逸握着方向盘，没办法回头，只好怼了一句道，"帮别人开车又不能开一辈子。"

"打仗也不可能打一辈子啊。"最后缩在车门边一直未说话的"瘦竹竿"发言了。

"哎呀卫华，你得这样想，当司机，可能一辈子就是司机了。但是打仗不一样，那是脑袋别在裤腰带上，拼尽这一身血来赌后半辈子的荣华富贵。"张逸嘿嘿一笑，"前段时间，我夜里起来上厕所，无意间偷听到尤少校在打电话。你们知道吗？原来我们还有支部队在缅甸，现在队伍力量还在壮大，具体多少我不知道，但是我相信很快我们就要反打回去了。到时候和那边队伍一汇合，那还怕打不赢？等打了胜仗，那我还不得和教官一样一身军功章啊？"张逸瞥了一眼坐在副驾座的林承晖。

林承晖一直有在听，从他们的对话中他看到了年轻、憧憬与希望，但昨天他和尤健永的对话也叫他看到了这份年轻、憧憬与希望，最后会得到什么样的结果。刚撤退那会儿，他以为他们弹药充足，资金丰富，又有国际上的支持，但是到了这里发现士兵们的训练这么苦，军饷总是不能按时下发，而大陆那边又顺利地办完了开国大典。这是大势所趋，不是他们备齐了一切就能做到的。

而他，站在这个历史的路口，仅仅只是走错了一步，感觉就快被时代彻底抛弃。

缅甸的那支部队，他并不太了解，只在来的路上听说了些许消息。他并不敢相信这样道听途说而来的希望，也不愿意去相信。

他也不敢打击他们的热情，年轻总是好，可以自由地做梦。即便这个梦是建立在手足相残的基础上，即便这个梦等到太阳升起便破碎，他们也愿意去想一想。

车子开过花莲，开过新荣，往前不断地可以看到越来越多的人，越来越繁华的烟火，那个冰冷坚硬的军事基地已经被远远甩在了后面。他在某个瞬间觉得，这个时刻是他生命中最好的时刻之一。他在路上碰到那些人，他们虽然过得清苦，但是却充满了安定感，这不就是老百姓的希冀么？不用考虑战争，不用考虑骨肉分离。林承晖甚至想着，如果这辆车能够一直往前开多好，永远别停下来，永远不要回头，一直往北，是否能出现奇迹？

但他想的终究只能停留在大脑的某个瞬间，车子最后还是停下了，停在距离基地最近的一个市——暴乱结束不久的基隆。

下了车，林承晖在附近的一间店铺问了时间，发现不过早上八点。几个人便寻了间早点铺子，准备吃点饭垫垫空瘪的胃。

虽然是到了市里，这儿的早餐却没什么特别的，不过就是稀粥咸菜，而最能勾起食欲的可能就是盛放在锅上冒着热气的一笼又一笼的包子了。

"老板，来两笼蒸包，五碗稀饭，再来三碟小菜。"林承晖见其他人都看着自己，也不好再沉默下去，便对忙活着的老板喊道。

老板在案台上揉面做包子，像是没听见他说话似的，抬眼看了一下，只顾着自己做菜。

林承晖一时有点摸不着头脑,直到店内一个客人站起来到柜台结账,开口便是熟悉的闽南话,这才叫他想起来。这儿被日本统治了多年,并不是人人都会说国语官话的。但好在他和张逸都是闽南人,闽南话就是他们的母语,倒也不怕沟通困难。

　　这家店的老板在听到他们说国语的时候,本来是不打算理会他们的。但听他们换了闽南话,他忽然觉得亲切起来,把先前对兵痞的那些坏印象都放下了。

　　五碗粥端上来,热气腾腾,叫人食指大动。这家店的配菜是酸黄瓜,吃起来颇为爽口。林承晖一口粥一口菜吃了个底朝天。等放下筷子的时候,才发现另外四人只比他吃得更急,活像肚子里住了个饕餮兽。

　　等他们喝完粥,锅里的包子也蒸好了。林承晖问老板要了凉水,怕吃包子的时候噎着。老板笑呵呵地没有答话,只管给他们倒上了茶。

　　虽不是什么好茶叶,但闻到久违的茶香,林承晖觉得这趟简直没白来。

　　张逸咬了一口包子,没见到馅儿,又咬了一口,还是白面皮,不禁有点火大,质问道:"老板你这包子怎么没馅儿啊?"

　　"有馅儿!没馅儿的叫馒头,有馅儿的才叫包子。这道理我懂。"老板头也不抬,却回答得振振有词。

　　张逸又咬了一大口,果然在里面看到两指宽的菜馅儿。"就这么点菜馅儿?肉呢?!"

　　老板拿了个盆倒扣在揉好的面团上,转头对张逸道:"军爷,这年头肉都紧着部队,我们小老百姓哪儿还能吃上啊。我往里面加了一点猪油,您就凑合着当馒头吃吧。"

　　听到这回答,林承晖倒是奇了,按住正打算发作的张逸,转头问道:"老板,你怎么知道肉都紧着部队吃了?"

　　"回回都见你们从农场载着一车车的猪肉,要不我说当兵好呢,手里有权还能吃饱。"老板说到最后一句,发出了一声轻不可闻的叹息,对他们当兵的不满，不用听话里的意思，光是语气都能感觉得到。

"您说的是哪个部队？"林承晖没在意他话里的那层讥讽，按着脾气，耐心问道。

"可不就是驻扎在基隆军事基地的那个部队咯。"老板关了火，走过来收拾桌上的碗碟，顺便提醒了他们一声，"一共一块五。"

"什么，就这么点东西这么贵！"王伟林当场要跳起来了，要知道他作为一个刚入伍的新兵，一个月军饷才七块五。

林承晖从口袋里掏出一块五放在了桌上，走过去想从老板嘴里再盘出点话来，但老板已不想再理会他们，叫屋里的一个小孩出来拿了钱，就开始赶人。

一顿早饭吃得不大高兴，还平白被坑了一把。几个人悻悻离去，但林承晖心里还在想着老板说的话。他既然说市里的肉都紧着部队，一车车地往外载，按道理他们也归基隆管辖，可都快半年过去了，别说猪肉了，除了过节，平日里连猪油都少见。

"走，我们去基隆军部。"林承晖想了一路，最后转身对后面四人道。

韩福生是最胆小的，刚才除了吃饭走路就没说过话。平时大家也都习惯性地忽略他，除非他自己跳出来维稳，否则谁都不能叫他开口说点什么。但这次林承晖刚说完，韩福生就立马提出反对："教官，这样不行啊。尤少校放我们一天假出来散心已经是很好了。如果我们这样贸然找到基隆军部去，恐怕，恐怕……"说到后来，被另外三个人的目光盯着，他倒不敢继续往下了。

"你怕我们会给尤健永惹麻烦？到时候换个领导过来，大家的日子会过得比以前更惨？"林承晖替他把没说完的话补充完了。

韩福生听着觉得有点惭愧，默默低下了头，数着脚底下的石子，不敢抬头看其他人。

"嘿，我们吃苦受累了那么久，结果这些小老百姓觉得我们天天吃香喝辣作威作福。若我们真是作威作福也就罢了，可说到底，是有人把我们该分的肉给分走了，男子汉大丈夫，连自己嘴里的肉都守不了，还谈什么保家卫国？"王伟林是个暴脾气，一点就着，他最见不得韩福生胆小懦弱的模样，看了就来气。在韩福生说完后，他第一个站出来支持林承晖去军部。

林承晖见韩福生为难的样子，知道他过去的悲惨遭遇，也不忍心逼他跟自己一块去蹚这趟浑水，便淡淡道："福生，你先去车上等着，天黑之前我们要是没回来，你就自己开车回去。回去之后半个字也不要跟别人提起，就说和我们走散了。若出什么事儿，也好叫你撇清了这其中的干系。"

韩福生倒不是怕林承晖骂他，但是面对林承晖这冷淡的语气，他第一次觉得有点害怕了。他一会儿抬头看众人，一会儿又低着头像在纠结思量。

但他耗得下去，林承晖可没工夫跟他扯，问过了张逸和卫华意见后，便开始了朝路人打听基隆军部的位置。日头渐渐上来了，韩福生站在阴影里好久，身上才刚被太阳照得一暖，他就朝他们跑了过去。

林承晖一路问了好多路人，但大家都表示只是听说过并不懂具体位置在哪里。太阳晒得火热，也将他们一行人晒蔫了去，但想来也是，军事基地的位置本来就是机密，要是人人都知道还得了。

"等，等一下。"韩福生跑得气喘吁吁才追上他们的脚步。

四人听到这声，齐刷刷地转过头来。见韩福生上气不接下气的模样，林承晖露出了微笑，倒也没问太多。重新归队的韩福生被王伟林和张逸揶揄了几句，露出抱歉的笑后，倒是一点没反驳他们说的那些听起来有点刺人的话。

他们又找了很久，但始终没有得到任何消息。眼看饭点也到了，早上吃的那点东西，早就消化成空气，几个人肚子一阵咕噜叫。林承晖环顾四周，发现这条街上尽是寺庙，不断有人进进出出，和尚双手合十站在门口等着这些信徒到他面前献上香火。

小贩们也精明，在这来往的人群中设点摆摊，生意倒也不差。他们随便找了间铺子坐下，叫了几碗素粉。

"唉，要是能认识一个驻扎在基隆的兵就好了。"张逸坐下来，一拍桌子，引来小贩的侧目。

"今日找不到，那就来日再找。教官常说来日方长，还怕找不到基地吗？何况我们现在也知道了其实部队是有肉的，只是我们没供应上。到时候少校去团部开会的时候，让他问问那儿的长官也不是不可以啊。咱们今天这么贸贸然地找去，若是那个老板认错了怎么办，我们也没个人证物证的，没准几条性命就交代在这儿了。"韩福生从筷笼里抽出一双筷子，摸着上面细细的木刺，谨慎地说。

这话说得慢条斯理，不如刚才急切，倒是叫在座的四个人都听进去了一点。

"你说的，也有道理。"林承晖摸着下巴，他们现在这么急匆匆地去，说不定就被人家倒打一耙。他们这次去不是为了闹事，而是为了争取自身的利益，没有准备是不行的。

"那难道我们就这么坐以待毙了？"王伟林依然不服气，他的暴脾气若是不能立刻问个明白，怕是一时半会儿消不了。

"当然不是，但是现在咱们找不到总部，说理都没地儿说去。而且就算找到了，总部现在怎么会相信我们的话。若是给我们扣一个中饱私囊的罪名，我们怕是怎么死的都不知道。"韩福生看着暴躁的王伟林，继续劝导道。

一时找不到切入口的张逸和卫华皆把目光看向林承晖。

"面来咯。"小二端着撒满葱花的面条来到他们这桌，"您慢用。"

翠绿的葱花点缀在白色的面条上，热气顺着碗口直冲青天，虽是没有加任何美味浇头的素面，但是却叫人垂涎欲滴。

众人走了这些路，又互相说了这么多话，胃饿空了，嘴巴也累了，都只想停下来歇歇，等着给身体补充完弹药，再继续打这场嘴炮。

林承晖一言不发，拿着筷子在桌上点了两下，就开始大口大口地吃面。

张逸是四川人，看着桌面上装着辣椒面，兴奋地往碗里倒了好几勺，可这台湾的辣椒到底是不如四川的，他吃进去依然觉得劲儿不够。

王伟林等着吃饱了继续和韩福生理论，也吃得飞快，活像是在射击场打枪，一发接一发，一口接一口。卫华甚至怀疑他到底有没有在嘴里嚼过。

五个兵，吃起面来，简直是风卷残云，刚把托盘放回去的跑堂又折返回来，问："几位还要再来一碗吗？"

"再来！"几乎是异口同声。

每个人都连吃了三碗面条，直吃到汤都喝得见了底才罢休。

林承晖放下筷子，看着四个扶着肚皮的人，笑道："看来平日在部队，你们都没吃饱啊。"

小贩听得都捂嘴偷笑，从林承晖那接过面钱后，以他一贯看人的眼神早就发现了这几个兵不是本城出来办事的，而是别处出来游玩的。他谄媚着建议道："几位爷来这，可一定要去观音庙里拜一拜啊，观音菩萨可灵了。"

"哦？怎么个灵法？"林承晖本不感兴趣，听他这么说，倒是觉得有趣。

"年初王二婆家的姑娘来求姻缘，年中就和陈家公子定了亲。上个月一个姓徐的妇人想求子，捐了香火钱后，这个月就怀上了。您看，灵不灵？"小贩笑道。

林承晖笑着摇摇头，他从来不信菩萨。"若是让来祈福的善男信女都心想事成，菩萨一个人怕是忙不过来吧？"

小贩笑得腼腆又真诚，一双眼睛亮晶晶的，看着他说："可不？神佛这东西，还是宁可信其有，不可信其无的好啊，毕竟人有时候总对抗不过命不是……"

林承晖听到最后一句，若有所思。

12月的冷风揭下了宋珈灵日后用以安身立命的诊所的招牌。这幢二层小楼，上面用来做卧室，楼下抬进来了一张医用办公桌，桌子后面挂上了白布，用以在看诊的时候隔离外人。医用酒精和一些普通的消炎药齐刷刷地摆上了柜台。

楼下工人们在进进出出地忙碌的时候，宋珈灵也忍不住去做点什么，她挺着个肚子扶着扶手下楼去，肚子挺起来倒是像极了皮球。再过两个月，这孩子也该出生了。她把手轻轻放到肚子上反复地摸了摸，心里暗自发誓道："妈一定会加倍对你好的。"

这是从前林承晖对自己的承诺，她相信今日林承晖站在自己身边也一定会说同样的话。

阿红婶在楼下指挥工人干活，回头发现宋珈灵站在楼梯上，心里一紧张，扯着嗓子跑过去叫喊："珈灵，别动别动，你想要什么在楼下叫一声就行了，这里人多东西又杂，等会儿有个磕磕碰碰的那可不好了。"

被她这么一叫，宋珈灵反倒吓着了，光顾着看她没注意脚下的楼梯，脚一滑一脚踩了两个楼梯，半个身子斜着蹲了下来。要不是她还有另外一只手扶着楼梯，怕是早摔下去了。她颤抖着双腿站起来，只感觉到肚子一阵生疼，半天才憋出个笑脸看向阿红婶。

阿红婶见状，心都提到嗓子眼去了，扶着她又赶紧往楼上走："你呀，快回去好好歇着。"

"哎呀，干妈，我没事。人家都说怀胎十月，我这才八个月呢，孩子出生也还早。我天天在房间里面待着四肢都快躺退化了，刚好你在忙，我就想下来帮帮你。"宋珈灵笑着看过去，才几个月的光景，阿红婶脸上的皱纹又多了不少，这都是她日日为自己操劳累出来的，心里不觉内疚了几分。

"你看你说的什么傻话，女人这一辈子最重要的就是孩子了，你把他护好了就已经是做了最了不起的事情了。"阿红婶将她送回房间看着她躺下，帮她掖好被子，吩咐她好好休息，得到宋珈灵的应许才转身下楼忙去了。

横竖现在也无事，诊所现在开了张却也不是天天都有人上门来，不如趁着这点空闲多学习些。宋珈灵这么想着，又坐了起来，随手从床头拿起一本医书翻阅。这本书是由父亲生前的行医经历汇总而成的，尽管上面记载的都是些中医的知识，和自己所学的西医有所差别，但却都是些实用性很强的知识。路边不起眼的草有时也能救命，少时父亲教她认草药她便知晓这个道理。

她又翻了几页，惊觉自己的视线已经被泪水模糊了去，原来父母已经离开自己这么久了。她放下了书，擦干眼泪，闭上双眼躺下不让自己去想。

不知过了多久，她沉沉地睡了去。她做了一场梦，她梦到了林承晖，他们又一次去了重庆的那家老火锅店，店虽然开着，老板却已经不在了。她有些失落地看着丈夫，林承晖笑着抚上她的脸，旁边有戏台班子在场，咿咿呀呀，人来了又走走了又来，戏子唱："含辛茹苦病恹恹，好似梨花带雨眠。夫婿因何不来见，画廊的鹦鹉低唤堪怜。"

两个人坐到前面去看戏，戏子粉面，眸中波光流转。没听多久，又下了雨，小雨淅沥沥和着戏曲声，宋珈灵靠着身边人的臂膀睡了过去。可没多久，她就被林承晖叫醒了，先前的小雨已经变成了暴雨，林承晖让她待在这里不要动，自己去买把雨伞就回来找她。

她点了点头，望向他远去的背影，感到莫名心悸。她犹豫了一会儿，还是决定追上去。雨点越来越密，迅速融入地上的积水中，发出滴滴答答的回响，远处的雷声一阵比一阵大，盖过了周围躲雨的人的声音。

她喊林承晖，此时一道闪电劈下来，轰隆巨响。

宋珈灵惊叫一声，满头大汗地从床上坐起来。

终于见到你了，阿晖。她暗自笑道，抬起手擦了擦额角的汗，又感觉到后背一阵冰凉，就这一场梦竟让她的肚子隐隐痛起来，真不知道这算不算是个噩梦。她撑着床想要坐起来，发现裤子也已经湿透，她摸了摸后背的水放到鼻子处闻了一会儿，意识到这并不是汗。

她朝着楼下大喊了一声："妈！"

不知是不是这一声太过于用力，她只感觉到自己肚子一阵又一阵地发硬发紧，她掀开被子看了一眼，床单上染上了隐隐可见的红，疼痛也紧随着这红而来。

她双手抓着床沿，又叫了一声："妈！"

可阿红婶并没有上来，疼痛像浪潮一样涌上来，她不停地吸气呼气，试图让自己冷静下来，慢慢地也就可以忍受了。但万万没想到，除了肚子的疼痛，还有腰痛，腰椎部位不停传来一种骨头被敲碎的痛感，痛感沿着腰部上传至胃，让她泛起一阵阵恶心。

她将头挪到床外干呕了一会儿，又躺了下来，肚子的痛感越发强烈了，床单上的红也越发明显。尽管自己在医院待了许多年，见过的伤病患者也不少，但真真正正落到自己头上的时候她还是慌了，有那么一瞬，她感觉到自己就要死在这里了。她想起了林承晖，想起了父母，想起了以前在医院见过的同事和患者，想起了林家的大哥大嫂还有婆婆，想起了对待她就像亲生女儿一般好的阿红婶。

她绝望地躺在床上，无声的泪水从她的侧脸滑下，浸入她的发丝里。

阿红婶忙完手头上的事情，想起来厨房熬了一锅汤要给宋珈灵喝的，先前忙的时候忘记了，现在怕是早已经凉了。她走进厨房，摸了一下汤煲的盖子，上面还留有些余温，还不算凉，她盛了满满一碗，转身上楼去了。

还没进屋，她就闻到了一股浓重的血腥味，马上意识到了不对劲，她也顾不得汤水洒了出来，三步并两步地冲进屋里，却看见宋珈灵躺在床上一动不动，旁边落了一地水，水上面是褐色的红。

她放下碗，上前去抱着宋珈灵，哭着道："珈灵，你没事吧？你别吓我，快起来，起来……"

阿红婶声声唤着宋珈灵，也不知道过了多久，宋珈灵才终于回过神来，低声地叫了一声："妈。"

阿红婶抹了一把眼泪和鼻涕，让宋珈灵等着，去隔壁叫来了林家人，又到巷尾处找了个认识多年的老产婆。

产婆也没来得及准备东西就被阿红婶拉了去，看到宋珈灵时，她皱巴巴的脸上又多了几道纹："这孩子不足月，羊水又破了这么久，闷在里面怕是不太好生，你们还是要做好心理准备。"

躺在床上的宋珈灵听闻这话又激动了起来，她紧咬牙关不让自己哭出来："阿婆，这个孩子就是我的命，你一定要救他。"

产婆叹了口气，握住了宋珈灵的手，安抚道："孩子，别紧张，放轻松。"待到宋珈灵冷静下来，她才叫了阿红婶等人去给她准备工具。

跟随着产婆的指示，宋珈灵不停用力，她声嘶力竭地叫着，湿漉漉的头发胡乱贴在她的额头上，眉毛拧作一团，眼睛几乎要从眼眶里凸出来，鼻翼一张一翕，手臂上青筋暴起。

为了孩子，宋珈灵的想法从始至终都没有改变过。

她一定要生出来！

孩子提前出生，这让林家有些措手不及。钟婉莹搭上李佩瑶的肩膀，安慰她放宽心。林承暻站得老远还是听见屋里传来的痛苦呻吟声，他想起婉莹第一次生产时也是这样叫喊，手不自觉握紧了拳。

"没事的。"他的声音低得连自己都听不见。

就这么静默着站了半天，从天亮到天黑，屋内才终于传来了孩子的啼哭声，他那紧着的心终于放了下来。就在那短短半天的时间里，他觉着自己过了一个世纪，他有过喜悦——自己要成为这个孩子的伯伯了，有过害怕——若是这个孩子或者宋珈灵有一个没保住，将来林承晖再回来时自己该怎么面对他——不过即使真的出了事，林承晖也是无能为力的，如果他没有去参军，宋珈灵母子也不至于到现在这个样子，一家人在一起，多一个人多一份力，说不定现在他们的生活都会更好。

钟婉莹和李佩瑶第一时间冲了进去，阿红婶抱着孩子和李佩瑶夸赞她们的小孙子。只有钟婉莹上前去握着宋珈灵的手："珈灵，是个男孩。"

宋珈灵苍白的脸上露出了一丝丝笑颜，钟婉莹替她整理了额前的发丝，又道："辛苦你了，你先好好休息，我去给你煮点东西吃下去，补补力气。"

宋珈灵没有多余的力气说话，只点了点头。

钟婉莹起身要出去，又回头看了她一眼，走向李佩瑶她们："妈，让珈灵看看孩子吧。"

李佩瑶光顾着开心，得了提醒才想起来宋珈灵，她抱着孩子走到床头去，笑着说："珈灵，真是辛苦你了。这孩子长得和阿晖真是一模一样哟。"

宋珈灵撑着身子坐了起来，伸出双手去接过孩子。在她肚子里住了八个月的孩子，就这样降生了。很小很嫩，一碰就会碎了似的。她就这么看着他，也不动，脑子里却在回想着婆婆说的话——这孩子长得和阿晖一模一样。

真有那么像吗？

她看着这个皮肤皱巴巴的孩子，头顶上脏兮兮，小嘴一瘪一瘪地张翕着，她有些恍惚。她保住了这个孩子，她最重要的一项任务，终于完成了。宋珈灵缓缓吐出一口气，生产之后的疲惫让她闭上了眼睛，一滴眼泪顺着太阳穴滑进头发里。在台湾的林承晖，是否能感知到一丝她的艰辛？

李佩瑶和阿红婶看着她这副模样心疼不已，拿出新的床单衣裳替宋珈灵换上，让她躺上去休息。

没几日，宋珈灵的身体开始恢复后，工人们又开始了进进出出。阿红婶原本想着让工人们先放假，剩下的事情等宋珈灵出了月子再说。可宋珈灵不愿，说是自己已经好得差不多了。

这天，婆婆又过了来。她抱着小孙子，嘴上嘟嘟嚷嚷也不知道在说些什么，逗得怀中的孩子咧开嘴来笑，还时不时发出声响来应和她。

宋珈灵看着她高兴的样子，道："这孩子还没取名字呢。"

"按照家谱来说啊，阿曋和阿晖的父亲是继字辈，阿晖他们是承字辈，阿曋的儿子按道理是建字辈，但是那孩子出生的时候国家还在动荡中。阿曋和婉莹想让这个孩子平安长大，所以就取了佑安。"李佩瑶坐在床边，手里拿着刚去金店打的一把金锁，摆弄着想给二孙子戴上。

平安锁金黄的色泽映得孩子的皮肤更加白皙红润，她瞧见了也欢喜。又摆弄了半响，才看向宋珈灵："你不用管这些辈分，阿晖不在，你是他的母亲，你想让他叫什么便叫什么。"自己的这个儿媳妇到底是和钟婉莹不一样的，嫁进来也没过几天好日子便遭受了苦难，林家也给不了她什么富贵的生活，终究是林家负了她，又怎么好意思要求她还按着这老旧的辈分去给自己的孩子取个她可能也不喜欢的名字。

宋珈灵想了想，说："既然是建字辈，不如叫他建国吧。这孩子也是有福的，出生的时候，一切都安定下来了。过去承晖就说过，已经厌倦了战争了，希望孩子能在和平的年代长大。如今，倒是如愿了……"说到后面，声音渐渐微不可闻，宋珈灵的眼神一时有些凄怆。

"孩子，孩子。"李佩瑶见宋珈灵变了脸色，心中升起一丝惭愧。女人生孩子本就是去阎罗殿里转一圈，丈夫不在身边，已是十分艰难。往后，她还得一个人将这孩子拉扯大……未来的路，并不好走。唤了宋珈灵两声，李佩瑶道："苦了你们母子了，阿晖若是能回来就好了，否则你们孤儿寡母的，这日子……"

在楼下给宋珈灵做月子餐的阿红婶听到楼上的声音，忙端着饭菜上来，一看李佩瑶还在抹眼泪："哎呀，佩姐啊，珈灵这还是头一回生产不知道，难道你还不知道吗？女人坐月子怎么能哭呢，快擦擦，小心落下病根来。"

宋珈灵拿起床头干净的手帕递给李佩瑶拭了泪，挤出一个笑容道："谢谢妈。"

阿红婶把饭菜放在床头，伸手把孩子抱了过来："佩姐，你伺候着珈灵吃饭，珈灵，孩子吃饱了吧？我把他抱到后头去哄睡，让你也好休息休息。"

李佩瑶听完正准备端起碗，但却被宋珈灵制止住："妈，我自己来就好，这怎么能劳烦您呢。这些日子，您陪我说说话，就已经很好了。不然，不然，我真怕……"

眼泪再一次控制不住地流了出来，宋珈灵极力地想克制自己的情绪，但是分娩的阵痛过去后，随之而来的恐慌，叫她一瞬间有种爬不出泥沼的绝望。这个孩子，是她和林承晖爱的结晶，她曾经那么信誓旦旦地认为林承晖一定会回来，认为她能坚强地将孩子抚养长大，然后等他回来。可等到孩子真的出生后，一条未知的路摆在她的面前，母亲这个角色，她真不知道自己能不能做好。

"别怕，孩子，别怕，妈在这呢。"李佩瑶轻轻拍着她的背，这段时间，她早已把宋珈灵当成亲女儿一般看待了，嘴里不但安慰着，目光也透着慈祥。

# 第 八 章

安慰着小儿媳的李佩瑶，并不知道那头她的大儿子和大儿媳也同样为这个弟妹的事儿操心盘算着。但就凭他们这些老百姓的身份，要想打听到点什么信息，也不是件容易事，眼下是多事之秋，福建沿海都是前线，到处可以见到解放军的身影，更别说那些装扮成老百姓在街上抓敌特的人。林承曔在放学路上亲眼见了几个人追着一个人跑，一路跑到海边，砰砰几声响，那人就被打死在海里——据说就是台湾派来的搞破坏的特务。这时候冒冒失失乱说话，弄不好还要被安上个敌特分子的罪名。

好不容易才有了眼下的安生日子，林承曔也不敢明目张胆地问，这普华小学代课老师的身份无意中给自己带来了些便利。说来也巧，有天陆晓浓让他帮着整理花名册，他才注意到学生信息中家长的身份上有不少是从战场上下来的解放军，或许他们知道更多的消息。

他没告诉陆晓浓，只暗自将这件事情放在了心上，对那些学生加倍地关注，偶尔找到机会便要跟着学生上家里去家访。

这天下课，陆晓浓有事找他，他借故要去家访又给拒绝了。陆晓浓望着他，神色复杂，也不知在想些什么。他也懒得去猜，向来他也猜不中，只要不是自己那点心思被发现了，于他来说怎样都好。

他带着学生快步地朝校门走去，只看见校门口处飘来两个不知从哪来的降落伞，一群学生吵吵嚷嚷着上去抢，他也没在意，又听见一个孩子稚嫩的声音响起："哇，这上面还有罐头！"

"罐头？那是什么？"

"我听我爸说过，罐头里面装了很多吃的，等到饿的时候你挖一点点出来吃就可以饱很久很久了，他打仗的时候就是这么做的。"

"真的吗？我们挖一点吃看看可以吗？刚好我肚子饿了耶！"

"嗯，可是，我不知道怎么开……"

孩子们的讨论引起了林承曔的注意。"不如把这个交给老师看看？"

几个学生看到老师来了，歪着脑袋你看看我我看看你犹豫了很久还是交了出去，林承曔接过罐头看了看，倒是没发现什么特别的。他将罐头还回去给学生，告诉他们要用刀才可以开，让他们回去找家里的大人。

小孩接过罐头打打闹闹地出了校门，转身的时候不知谁从兜里落下了一张传单。林承曔弯下腰去便看见上面印着孙文先生的头像，也不敢多看一眼，忙将它收进自己的衣衫中，生怕被别人发现。

做完这些，他才惊觉身旁还有学生在看着他。孩子而已，他安慰着自己，又挤出一个笑来，一只手搭上学生的肩膀："走吧。"

不知是不是老天有意，林承曔这次终于见着了学生的家长，他聊了聊学生在班里的状况，又有意无意地提了几句今天下午的事情，那家长忍不住接话："那传单，现在还在老师身上？"

林承曔愣了一下，道："这是反动的东西，我怎么敢留着？"说完这话，他下意识地看了一眼坐在他对面的学生，学生也盯着他，那清澈澄明的眼神里有一丝疑惑。

林承曔低下了头抿了口茶。

"扔了就好。不然可别怪我报给我的老战友们，将你绑起来。"家长发出了满意的笑声，继而又道，"留着这些东西，犯法！"然后又接着说，"说来也是，都退到那边去了，还不安分，真当自己小霸王背后有着乌江百姓呢？"

林承暻讪讪地笑了笑，不敢接话。他琢磨了一下，"小霸王"应该是"项霸王"，说的是项羽的事。这人读书甚少，不至于能化用典故，应该是听同僚们聊起，勉强记住了来现学现卖。

他希望这家长可以多说一些事，他回家后才好为宋珈灵母子做打算。这家长也是不负所望，从天南海北开始讲，国际形势如何恶劣，国民党为何战败……后面越发离奇，讲到蒋介石如何抱头鼠窜，蓬头垢面地拉着宋美龄，牵着几个孩子逃过台湾的细节都有了。林承暻约摸着不可信，但也不打断他，等着他说收复台湾的事儿。果然他还是说到了，只是说来说去，都是报纸上的一套，少有新鲜的话题。

林承暻找了个机会，说政治的事情我们老百姓不太懂，但是想着解放军为了收复国土，劳心劳力甚至献出生命，实在是了不起。这家长又开始讲自己从军时的辛劳事，甚至撩起裤腿聊自己腿上的伤疤……林承暻说，我们中国有希望！全靠全体人民团结一致，各司其职，才能取得更大胜利，趁机说了几句当老师的事儿，转了话题继续聊孩子的事情。

回家的路上，林承暻低着头护着衣衫里的宣传单快步地走着，一路上都在提心吊胆。他从来都没有弟弟的勇气。

好不容易回到家，他也顾不上正在收拾屋子的钟婉莹，自顾自地走回房间，才敢将传单拿出来研究，上面倒也没多写什么，光是孙文先生的头像已经可以胜过千言万语了。

钟婉莹收拾完屋子，照看佑安写了会儿作业，还是没有看见丈夫出来吃饭，便进屋看了看，只见林承暻坐在书桌边上发呆，也不知在想些什么。她轻轻地走过去，替林承暻揉了揉肩膀："阿暻哥，想什么呢？也不下去吃饭。"

林承暻收好手中的传单，试图让自己短暂地忘记这件事情。

"阿暻，我刚刚仔细想了一遍。你看啊，弟妹日后不仅要照顾孩子，还要兼顾诊所。她一个女人，哪怕有阿红婶帮着，也一定会很累。我想，等到弟妹的诊所开了以后，我平日里若是无事，便过去帮她带带孩子，也好减轻她的负担。"

林承暻听了,也觉得有道理。毕竟现在佑安也已经大了,自己照顾自己没什么问题,听了妻子这么大度的提议,他打心底里觉得高兴。

"阿晖现在若是在台湾,只怕情况也不是很好。短时间内估计是回不来了。可我就怕,怕他万一……"林承暻因为没有可以直接用来证明林承晖真的去了台湾的东西,不然他也不会冒出别的猜测来。

"不会的不会的,二弟一定吉人自有天相,一切都会好起来的。"

夫妻俩彼此安慰,都把对方视作绝望岁月里的救命稻草。

或者,他们也本就算是绝望岁月里相逢的两棵稻草。

台湾与大陆之间的海峡,平均宽度大约 200 公里。这个数据是林承晖从书本上查到的。自从他和尤健永开始争论之后,二人都避开了单独见面。尤健永像是转了性,给底下人放的假也渐渐多了起来,自打那次之后,每隔半个月就放他们出去一次。

林承晖看不懂他的举动,也懒得去探究这背后的内情。

自打那次进城闹得不愉快后,他也极少再进城了。平日里也是托韩福生他们出去的时候帮忙带点东西回来。他买了一本台湾风俗书和一张台湾地图,挂在自己宿舍的墙上。就这么一直看,士兵们随意一指,他就能说出某个山脉或河流。

窗外的那轮圆月,银白中透着雾气的淡黄,下面,是黝黑的海水。他已经很久没有在这样的海里游过泳,小时候他和哥哥去,回来之后母亲将他俩打了一顿,说夜晚的海水里,有海怪。

耳畔传来了士兵们打闹的嬉笑,在这个临近过年的节点,倒是一点也不吵闹,反而显得很有人气。

"五魁首啊,六六六啊,哈哈哈。该你喝了。"王伟林笑得放肆。

"哎,张逸,你昨天打牌输了我一块钱,加上上个月的三块,你这个月一半的军饷归我了哈。"卫华扔出手里的牌。

"华子,你别忘了明天去城里的时候,帮我带点地瓜干。"韩福生靠在张逸的腿上,看着书,嘴里冲着卫华提要求。

林承晖想,尤健永大概是有些灰心了吧,对纪律抓得不那么严了。这些天来,士兵之中已有人学会了喝酒打牌。毕竟军营除了训练,没别的大事,想家又不被允许说出来。

白昼越来越短,黑夜越来越长,怎么打发这漫漫长夜,就成了各人的看家本领。

"你们干吗呢?"

韩福生等人抬头的时候,只见林承晖俯视着他们几个人,心里顿时咯噔一下。林承晖的脸正好背着月光,黑黝黝的,韩福生两只眼睛盯着他的脸,不放过他的任何表情。

张逸满脸堆笑起身,冲林承晖道:"教官,你睡不着吧?要不要和我们一起打牌啊?"

"这什么牌?"林承晖看了一眼张逸手上那叠画得花花绿绿同时被反扣过来的纸。

"叶子戏啊,教官您没玩过吧?"坐在地上的王伟林插话道,笑得颇为得意。

"你想出来的玩法?"林家是从来没玩过这东西的,只玩麻将。

"不敢不敢,不知道是古代哪个老头子发明的。不过用这个打发时间是真的好。"王伟林笑起来,眼睛眯成一条缝。

"你们玩吧,我不大会。"林承晖轻咳了两声,"明儿又是休假,这次我打算跟你们一块儿进城。"

"啊?进城做什么?上次那事情……"卫华听了,欲言又止。

上次他们想去城里找军区总部,但是绕了一天都没一点头绪,最后吃了素面,跑庙里捐了香火钱。回来见林承晖没有指示,谁也没敢再提起。

100

"快年底了，我想去给我爸上炷香。"林承晖淡淡道，说完便走回了房间。极少听他提起过家人的四人，皆有些呆愣。

次日中午，观音庙前人头攒动。

林承晖让其他人随意活动，他先进去上炷香，为家人祈福。大家不疑有他，两两结对往城里好玩的地方去了。

等到往箱子里捐了钱，拿到和尚递来的香火时，林承晖的手有点颤抖。一旁的韩福生皱了皱眉，对卫华道："我也想去祭拜一下我的母亲，你们先走吧。"

林承晖顺着人流进入了观音庙，等着前面的人跪拜结束，他再上前。

而这时，韩福生忽然挤到了他的身边，冲他神秘一笑道："教官，我陪你。"

听到这句话，林承晖心中一紧。终于轮到他跪拜在蒲团上，林承晖双手合十："观世音菩萨，希望您能保佑我的父亲，在人世的另一头，平安喜乐。保佑我的母亲，大哥，还有我的妻子珈灵，可以一生顺遂，福寿绵长。"

说完，他举着香，跪在蒲团上磕了三个头，然后站起来将香插进香炉里。

韩福生在林承晖的旁边也依样照做，只是他把祝福留给了自己的母亲和妹妹。但等他从蒲团上站起来，哪里还能看到林承晖的影子？这个观音庙里里外外都是人，男女老少都等着排队上香，祈求来年的安稳。

韩福生不由得摸摸自己毛刺刺的后脑勺，一股不好的预感在他心里盘旋着。

从昨夜看到林承晖开始，他就觉得有点不对劲。林承晖说今天要来祭拜父亲，过去从未听他提起过父亲，加上他拿着香一副心神不宁的样子，令韩福生的疑惑不断加深。韩福生本以为今天能听到林承晖和他说说自己的事，结果一转眼人就不见了。

韩福生强压下心头巨大的恐惧，跌跌撞撞地从人群中走出观音庙。

"大师，这座观音庙有几个门？"韩福生强迫自己冷静下来，拉住门口的和尚问道。

那和尚被韩福生的军人模样吓了一跳，有些不明所以："阿弥陀佛，施主所言之门，是指心，还是指……"

"别说禅语了，我就问你这座庙有几个门？"韩福生第一次发出这么大的声音，连他自己听到的时候都吓了一跳。

"两个。除了前门就是后门。"和尚见他不是问禅，便答得干脆了。

"后门通往哪里？"韩福生想也不想地追问。

"后门什么也没有啊。"和尚面对他的问题，只觉得有点摸不着头脑。

韩福生不问了，只朝着后门努力奔去。

从林承晖怪异的举动开始，到林承晖买的台湾风俗书与台湾地图，他就应该有所反应。这个人，早就开始在谋划了。

谋划，一场成功的逃亡。

不知道为什么，马沛丰被枪毙那天的血再次回到韩福生的脑海里。此刻，马沛丰那张死不瞑目的脸变换成了林承晖的开怀大笑，大笑之后，便是一阵铺天盖地的血红。

之前林承晖明明还阻止过自己去做这样的事啊……

等韩福生跑到后门，他们的车子果然少了一只备用轮胎。

林承晖，逃了。

韩福生膝盖一软，就这样跪倒在车子前。

不知道跑了多久，也不知道前面还有多少路。

林承晖从车上取下备用轮胎，跑到无人的地方将内胎拆下，抱着它就这样一直跑，一直跑，生怕后面会有人追过来。他并不糊涂，甚至非常清楚地知道他这样做会有什么样的后果，但是为了能够回家，这些又算得了什么呢？

自从进入12月，他就一直觉得胸口闷闷的，像是有什么东西在召唤着他。他努力克制自己的那股冲动，甚至以马沛丰的下场来告诫自己这样不行。可是，最终渴望回家的心情还是战胜了保命的理智。

也就是这一刻，他才真真正正理解韩福生徒手也要游回去的勇气，才理解马沛丰宁愿死去也要逃的魄力。

是啊，为了回家，这些又算得了什么？

什么职位，什么光复，什么生命，倘若余下的生命皆是在望不到尽头的等待中消磨，那又有什么意义。韩福生忘记了妹妹的模样，张逸和王伟林是自愿入伍，卫华是个孤儿，他们可以没有牵挂，但他不行。

上了船后的无数个日日夜夜，他总是能够梦见母亲、大哥和珈灵。他们的脸，他每日都在脑海里想了十几遍。他害怕遗忘，他害怕这样的日子过下去，他就会被彻底遗忘。

若上面能发下一个指示，哪怕就是明天让他单枪匹马地从台湾打回去，只要能回去，他也愿意。只要能回到那个魂牵梦萦的故里。

再往前走几步，大海就在眼前了。

这里看着很远，但他背下了地图，从这片海出发，离得最近的就是平潭岛。他又算过了天气，今日是十五，正是涨大潮的时候。泅渡当然是借着涨大潮这个时机最好不过。因为涨大潮时，涌上来的海水会把沙滩淹没了，海水一直涨到岸边，而他只要从岸边跳进水里，就可以开始泅渡，并且不容易被发现。但如果是小潮或退潮，就不得不在沙滩上跑一段路，这样暴露的可能性就会变大。

天色已渐渐暗了下来，林承晖解下裤口的腰带，准备和内胎绑在一起。

"不要！"韩福生的声音从远处传过来。

林承晖一顿，猫着腰迅速冲到了海边，将外衣外裤这些累赘的东西都脱下来扔在了沙滩上。最后，一个猛子扎进了海里。

"不！"韩福生最终还是没能拦住他，这一声叫喊颇为凄厉，惹得驻扎在这片海域附近的军队渐渐朝着这儿围拢过来。

随着脚步声越来越近，而林承晖又已游出去了一公里远，韩福生不得不快步离开。此刻，距离他们回基地的最终时间，已经超出许多。

而他一点也没想好该怎么替林承晖遮掩。

驻扎在这片海域的部队在海边巡逻了一会儿，很快就发现了林承晖的衣服，紧接着立即派人上报了这儿的司令，很快就会有一小拨海军开出快艇来海上搜捕。

林承晖在听到不远处一阵激烈的扫射后，心中又惊又怕，拼出全身力气，向他认为的大陆方向猛游。

也许是他命不该绝，在海军的快艇开出来前，原本深蓝色的夜空渐渐起了乌云，海风的风力也变强了，紧接着闪过几道惊雷，风势变得越来越大，密集的大雨随之而下。林承晖抱着轮胎，喝进去好几口海水。

海浪也一个高过一个，雨势越来越大，他甚至快要睁不开眼睛。又一道惊雷劈下来的时候，身后的快艇声也变得越来越远。身体和轮胎紧紧地贴在一起，海水涌进他的耳朵鼻子里，大雨也噼里啪啦地下。

他感觉自己在随着海浪漂流，摇摇晃晃，像是回到了幼时母亲的摇篮。奔跑的疲惫和面对追捕的恐惧，在此刻都败给了大脑的困倦。他太累了，看着不断下落的雨，他以一种接受审判的姿态，展开了双臂，闭上了双眼。

眼前，仿佛出现了一个又一个模糊的人影。

母亲，哥哥，失去的战友，结识的新兵，最后，是记忆里穿着护士服来帮他换药的宋珈灵。她整个人看着轻飘飘的，像是罩了一层轻纱，仿佛随时都会飞走。

"珈灵，珈灵……"他的眼睛没有睁开，他陷入了某种梦呓，哪怕嘴角不断地流出雨水和海水，他也依然没有停止呼唤她。

他用尽了生命去呼唤她。

抱着林建国睡着的宋珈灵，忽然从梦里惊醒过来，看着空荡荡的屋子，有点失神。怀里的儿子还沉浸在香甜的梦里，她听着这急促起伏的呼吸声，忍不住抽噎。

五更鸡鸣过后，楼下的各个商铺都开始开门准备做生意了。自打厦门解放，城里过了休整期，厦门的商业街也恢复了往日的繁荣。越到年底，生意越是红火。

厦港普华小学放了寒假，林佑安在闭学典礼后，背着书包回到了家，把学校发的成绩单交到母亲手里，全优的成绩让钟婉莹看得合不拢嘴。林佑安回到房间，拿出抽屉里的一把木质小手枪，用砂纸细细地打磨着。

这把小手枪是他自己做的，木质不算好，但胜在他做得够细，砂纸也磨费了三张。如果涂黑，那就是一把真手枪的造型。

这种手枪，拿出去一定是叫人羡慕的。

李佩瑶做了一顶小毡帽给小孙子林建国戴，林建国乐得笑脸盈盈。宋珈灵这几日虽然已能下地，但抱孩子还是有些吃力，因此阿红婶主动代劳了这项体力活。

还有两天便是冬至，钟婉莹依着过去家里的习俗，从集市上买了艾草和面粉，准备做一些冬至粿备着。

"嫂子，我来帮帮你吧。"宋珈灵见儿子有人抱，婆婆又忙着做新衣服，大嫂在灶台边忙着收拾，只有她一个人闲着，有些过意不去。

"哎呀，不用不用，你还没出月子呢。坐着休息会儿吧。"钟婉莹说完又唯恐宋珈灵误会，转过来拉着她的手笑道："弟妹，你是学过医的，自然比我更明白女人坐月子有多要紧。这会儿就不用跟嫂子客气了，我若是在你坐月子的时候还要你干活，那我不成了恶嫂嫂了。你放心吧，等你出了月子，身体恢复过来了，有的是需要咱俩一起干的活哩。"

宋珈灵听得感动，也知道自己有时候过分敏感了，见钟婉莹这回直接跟她挑明，她的心理负担倒是放下了。宋珈灵这人，看着客气，其实对人最是赤诚，这会儿也准备了一肚子掏心窝的话想和钟婉莹说："嫂子，我近来总是梦到阿晖。"

"梦着什么了？"钟婉莹一边将泡发的香菇切成碎丁，一边听宋珈灵说话。

"建国出生那天，我梦见和阿晖一起去看戏，没多久下了雨，他说去给我买伞，却再也没有回来了。昨天晚上，我梦见他跪在人群中，不知犯了什么错，被鞭子一下一下地抽打着，可我看得到他却摸不着他，只能眼睁睁地看着他……我以前不信梦，但是有了儿子之后，我总觉得梦有时候真的会预言点什么……"宋珈灵把憋了一早上的话说出来后，感觉真痛快。

钟婉莹手头正在做着事，宋珈灵说的很多细节都没听进去，只依稀听得林承晖没有回来几个字，但就这么沉默着不回答总归不大好，她便依着一贯以来的性子分析道："梦这种东西吧，主要是人日有所思。你这刚生了孩子，心里害怕恐惧，想着孩子他爸，所以梦见了，倒也不稀奇。没什么好担心的，承晖是个有福的人，不管遇到什么一定能逢凶化吉。"

洗净的艾草放进锅里煮开后，有一股凛冽的清香，叫宋珈灵闻了之后浑身舒畅了很多，这会儿听到钟婉莹的话，倒不觉得她是在敷衍了。

"嫂子，我真的能把他等回来吗？"她仍是需要一点肯定。

"当然啦，好好活着，活得长长久久，才会知道能不能把他等回来。"钟婉莹把艾草汁倒入碗里，准备用来和面。

宋珈灵见她这么忙，倒也不好意思一直打扰。

"快，我们去找妈妈。"阿红婶抱着裹在毛毯里的小建国走进厨房，她熟稔地抓着孩子的小手冲宋珈灵挥了挥。

看着儿子蜷起的小拳头，宋珈灵觉得有点好笑，伸出手想抱抱他。

到了宋珈灵怀里，孩子原本滴溜溜转着环顾四周的眼逐渐眯缝起来。

"这孩子，能吃又能睡，倒是不怎么哭闹呢。"阿红婶看着很快又睡过去的小建国，噗嗤笑道。

宋珈灵碰了碰儿子小小的脸蛋，像是捧着自己一颗跳动的心。碰一下，便是一阵悸动，透过这个小鬼，她好像看到了林承晖最初的模样。那些她缺席的年岁，如今可以靠看着儿子的成长来弥补了。

孩子成为林承晖离开、父母离世之后，独属于她的软肋，同时也是叫她不得不坚强起来的铠甲。

风雨过去，天际拂晓。

海滩上静悄悄的，仿佛昨夜从未有过暴风雨。林承晖和轮胎随着海风漂游到岸上，此刻天未大亮，抬眼望去，浅蓝之中夹着一层灰。

随着意识的渐渐苏醒，林承晖感觉到身体一阵剧痛，怎么都爬不起来。而天越来越亮了，这里还不知道是哪里，若是此刻有军队出现，将他当作奸细或叛徒处决了就不好了。这样僵持了约一个小时，等到剧痛渐渐消退，他开始用一只手疯狂地解着腿与轮胎连接的绳子。

当最后一层束缚褪去，他又重新站了起来。可是这里一个人影也没有，而他又不敢贸然呼救。饿了一晚上又喝够了海水的胃，此刻正发出咕噜咕噜的声音，像蒸汽炉子上烧的开水。

他想走起来，可脚因为绑得太久，又麻又痛，他只好一点一点地往前挪，不多久，他又瘫了下去……

天大亮了，这是一片细沙堆积起的沙滩，但很荒芜。他的身体还是湿的，身上沾满了细碎的金沙，嘴唇因为喝了太多咸咸的海水而变得干裂。

"有人吗？"嗓子如破了洞的窟窿，又干又哑。

举目望去，能看到的地方只有两种颜色，深蓝是看不到尽头的海，黄白是望不到边的沙滩。

林承晖挫败地趴在沙滩上，头又晕又痛，如同一尾搁浅的鱼。

就在他晕过去的前一秒，一个人影出现在他的视野里。

"救……救我。"他祈求。

## 第 九 章

林承晖睁开眼睛，窗外的亮光刺激着他的虹膜，一时间有些酸痛。身下柔软干净的被褥，让他有些失神。

这是一间简易的木屋，但光线很好，窗边有人用刀刻了些稀奇古怪的小人图。

这应该是渔民的房子——这样荒凉的地方，也许只有这一户人家，他能被人发现，已经是不幸中的万幸——他们显然在这过得不错。林承晖一转头，就看见了床头柜上放着一只搪瓷杯，旁边还有半个面包。

他是到了大陆，还是依然在台湾？

林承晖按着太阳穴，艰难地从床上坐起来，刚伸手去端搪瓷杯，一个人就从外面走进来。

"……伯驹？"

他简直难以相信，面前这个人是他等了那么久都没有音讯的吴伯驹。他从登船的那天开始就托很多人去问，最后得到的答案都是不知道。被带到空军司令部的时候，也不曾见到吴伯驹。自打听说厦门之战中动用了空军，还造成了一定伤亡，多少次，他都怀疑吴伯驹已经遭遇不测，或是根本就没有来台湾。

"这是哪里？"林承晖问道。

"基隆附近的一个小海滩。"吴伯驹拣了一张小凳，叉腿坐下。

林承晖眼神一黯，沉默起来。他还是没能逃出台湾，即使他准备了这么久，差点豁出性命，他还是被困在这个地方。他是一个逃兵，遇到吴伯驹，他不知是好是坏。

"你这是怎么回事？"吴伯驹看着林承晖透着血丝的双眼，坐下来问。

"我……"林承晖张张嘴，还是没有把心里的那句话说出来。他是逃兵，不能拉吴伯驹下水，"我这是被海水冲过来的。你呢？你怎么在这里？"

"我比你早到基隆，原先是要去空军司令部报到的。但是军统忽然找到我，说是共产党的情报人员开始在台湾活动，其中有人极有可能已经混入国军高层。之前在台湾引起轰动的'二二八事件'，有人怀疑是共军领导的一次起义。为此，上面命我乔装改扮，开始在岛内四处活动，搜集情报。"吴伯驹面对林承晖，一向知无不言，"对了，还有一件事你可能不知道。冯添死了，他本来被调到大陆去做特务工作，在那被杀了的。"

听到这个名字，林承晖有些恍惚，在空军司令部见到那个春风得意的冯添，仿佛还是昨天的事，没想到他竟然死得这么快。不过这些都比不过如今与吴伯驹的重逢来得叫人欢喜。

"周正升了官，如今在陈熠司令手下任职，我只见过他一次。如今我也不归空军管了。我本想去找你，但是上面要求我先完成任务，所以便耽搁下了。"吴伯驹清了清嗓子，"陈司令偷偷和我说过对你的处置，阿晖，你也算是因祸得福了。这次撤退，用人紧张，所以上面惜才，只给你降职处分，若是放在过去，只怕……"

"我懂……"林承晖不大想谈自己被空军除名的事，更不愿去想之后要怎么办，"所以，你领了任务后，在这待了将近半年？"

"差不多吧，日出而作日落而归。我有时候会怀疑自己都快和渔民一样了。"吴伯驹从柜子里拿出一罐茶叶，将热水壶装上水放到炉子上烧，"你这是要去大陆对不对？"

林承晖顿了顿，还是承认了。

"要是搁在以前，我还能理解你做这种事。现在我可想不通了——逃跑的惩罚，你不可能不清楚。"吴伯驹语气严肃起来，"从这里去大陆，异想天开。"

"是啊，是我自己异想天开。"他怎么会不知道逃跑被抓之后将面对什么。为了稳定军心，他没少听尤健永说起哪个部队的谁被关进绿岛或是被枪毙。马沛丰不就是个活生生的例子？

见林承晖不说话，吴伯驹也不再追问。他想，宋珈灵应该是没跟他一起过来的，否则他不会这么冒险也要去大陆。人算不如天算，如果宋珈灵被带到这里，虽两个人在一起，恐怕日子也不好过吧？——毕竟林承晖是戴罪之身。

吴伯驹拿了一小撮茶叶放到玻璃杯里。沸水一灌进去，便和茶叶相融，渐渐生出和透明的白水不同的翠绿色来。

"喝点茶吧。"吴伯驹递给他一杯，"有句话叫，时也，命也，后面那句叫什么来着？"

"是'时也，势也，命也，运也，非吾之所能也。'"林承晖接过那杯茶，温暖的茶水焐热了他冰凉的双手。

"没错没错——你还是比我清楚。"林承晖既然到了这里，吴伯驹是无论如何都不会同意他再去冒险的，"接下来有什么打算？"

"不知道。"林承晖渴得厉害，吹了吹茶水喝了一大口。吴伯驹的生活水平，比他们好很多。

"你就这样逃出来，上面肯定不会轻易放过你的，你得做好心理准备。"吴伯驹道。

林承晖靠在床头，手里捏着茶杯。现在基地对他而言，已经是不能再回去的地方，思来想去，他都没有别的主意。"没什么想法，先混口饭吃吧。"

"你就这么出来，什么东西也没带。我在这儿是执行任务，上面时不时会派人来查。我也不好留你住太久，你早晚都得有个打算。"吴伯驹收起玻璃杯和茶壶，便进了厨房。

林承晖本想着在这儿暂居一段时间，然后出去寻个生计，但听吴伯驹这意思，这儿他也待不了几天。藏匿逃兵的人，同样也是重罪。

午饭是吴伯驹做的，把林承晖捡回来以后，他便去附近的一户渔民那里买了一斤草鱼，准备做厦门鱼丸汤。

剁馅儿的时候，菜刀触碰砧板的声音吸引了房里的林承晖。

他从床上起来走到厨房里看着吴伯驹熟练地剁馅儿，倚着厨房的门框道："伯驹，我以前怎么没发现你还有这本事？"

"你没发现的多了。"吴伯驹把剁好的馅儿装进盘子里，加入淀粉和水，开始搅拌。

"中午吃什么啊？"林承晖望着砧板上的食材问。在家里的时候，生活都有别人照顾，再不济都是李佩瑶做饭给兄弟俩吃，后来去到部队里就是吃食堂，和宋珈灵结婚以后，家里的饭菜还是她做。总之，他自己是从没做过一顿饭。

"厦门鱼丸汤，给你好好补补。"吴伯驹一边说，一边把搅好的料捏在手里，借着虎口的力道挤出一个又一个丸子。

听到厦门二字，林承晖的手放了下来，看着吴伯驹的动作，一时间有些愣神。

吴伯驹忙着做饭，没工夫去管这一刻的沉默。

水开后，鱼丸和其他配菜一块儿入了锅，吴伯驹看着那滚动的丸子，心里一阵欢喜，准备着邀功领赏："怎么样？这香味？在军营里闻不到吧？"

"我在军营里吃糠咽菜，别说是鱼丸，就是一丝猪肉也难见到。"

"吃糠咽菜？不可能吧？"吴伯驹听他这说法，还当他是开玩笑："委员长一心反攻大陆，哪能亏待了当兵的？"

林承晖忽然灵光一闪——难不成真的有问题？林承晖想起城里的早点铺老板说的那番话，忙问道："你知道基隆军部在哪儿吗？"

吴伯驹没想那么多，他作为驻扎在这儿执行特别任务的高级军人，当然清楚军部在哪儿，便答："知道啊，怎么了？"

"军部规定给军人的每日口粮里包括肉吧？"林承晖没回答，继续发问。

111

"当然有啊,不然哪来的力气打仗。就连我这种搞特殊工作的,不好直接发肉,都会把肉钱折成军饷发给我的。"吴伯驹关了火,从柜子里拿出了一个砂锅,将鱼丸汤倒进来,又从料理台上抽出胡椒粉,撒上去。林承晖的语气让他疑惑渐生:"按理来说,军部发粮食一般来说就两种方式,要么一起买了让各地的后勤兵过来领;要么就是各地的后勤兵们自己去买,月末把账交上来一块核销。不可能对你们搞特殊待遇的。"

林承晖听罢,把他在花莲基地的遭遇,尤健永为了改善伙食去种菜,以及他和韩福生一行人进城后发现其实军队是有肉的等等一系列事,跟吴伯驹说了个清楚。

"还有这种事!"吴伯驹听得把筷子一甩,"这么说,你们到现在真的连块猪肉的影都没见着?"

"那倒没有,一个月大约会有一道肉菜。那一次肉菜分量还挺足,就是次数少得可怜。"林承晖将这事儿盘算了一遍,愣是没动一口碗里的饭菜。听着吴伯驹方才的说法,他心里已经整出了两个答案:要么是军部有人克扣,要么是自己内部出了差错。"伯驹,你能不能帮我个忙?"

吴伯驹放下手中的筷子,盯着他看了一会儿,问:"你是想让我帮忙调查这件事?"

林承晖也停下手中的动作,望着他点点头。

吴伯驹皱起眉头,也不敢直接答应:"阿晖,这件事情不是我不想帮你。你也知道我身份特殊,就这样贸然去查很有可能会导致我身份曝光,到时候⋯⋯"

林承晖才意识到自己有些鲁莽了,才刚见面就让他帮着做这样的事情,丝毫也没有考虑过他现在的身份——从前那个立志要挣得军功章回家光耀门楣的吴伯驹,现在已经达成了自己的目标。

见他没有说话,吴伯驹拿着筷子在他面前挥了挥:"别想了,先吃饭吧,一会儿我再想想别的办法。"这件事既然他遇到了,也不可能不管,林承晖和他是过命的交情。

这次也算是老天开眼，要是别人捡到了林承晖，可就保不准他现在人在何处了。

林承晖夹了颗鱼丸，放进嘴里，熟悉的味道让他鼻头一阵酸。吃完饭，吴伯驹就出门去了，林承晖躺在床上，闭起了眼睛。午后的阳光洒在他身上，和着空气里咸湿的味道，叫他觉着懒洋洋的。不知不觉，他睡了过去。

一觉醒来，太阳西垂。林承晖到海边去走了一趟，如果不是那场风暴，自己或许已经到家了也不一定。现在他还没有离开台湾，不知道将来还要面对些什么，不知道被他丢下的韩福生一行人会怎么样。

韩福生那几声呼喊，犹在耳畔。

等到吴伯驹回来，林承晖将自己的想法告诉了他。

"你疯了，要是被发现，就你现在这情况你还能活得下去？"吴伯驹瞪大眼睛。

"我知道，反正我已经决定了——就算你不帮我，我也要去的。"林承晖笃定道。基地的伙食不只关系到他一个人，即使他要走，也得做完这件事再走。如果吴伯驹愿意帮助他，那么他的计划实施起来就会更顺利一些。

吴伯驹望向林承晖，还是打算听听他的想法。"你想我怎么帮？"依林承晖的性子，既然已经决定要做一件事，他必然已经想好了前后的步骤。

林承晖一笑，果然将自己的计划全部说了出来。

"你胆子也太大了。行了，不说了，我先去准备准备。"

第二天一早，他们披了外套便出门去。12月底的台湾，又寒又湿的天气冻得人打颤。吴伯驹朝双手哈了口气搓了搓，指着拐角处的一个据点，说："到了，一会儿你一定要小心点啊。"

林承晖扭过头去看正在搓手的吴伯驹："就你这样还做情报呢，做坏事的又不是你，怎么看起来比我还紧张。"

吴伯驹咳了两声，正经了起来："我是怕出什么差错了。行了，我们也别闹了，赶紧去吧，一会儿错过了。"

林承晖也打起了精神，两人一前一后地走了进去。在门口撞到了个瘦高个，瘦高个也顾不上看他们一眼就急匆匆地走了。林承晖看着他的背影只感觉很熟悉，但一直想不起来是在哪里见过。

吴伯驹拍了拍他的肩膀，示意他往前走。先前几个认识的人向吴伯驹打了招呼，吴伯驹也只是淡淡地应了一声，便将林承晖径直带到了管理军用供应的地方，说明了自己的来意。

管账的老头打量了一番林承晖，又盯着吴伯驹看了一会儿，笑问："伯驹，平时都是你自己一个人，今天怎么还带着个朋友？"

"可不？我和尤少校之前都没见过，只是刚好在门口遇到，就一起进来了。"吴伯驹巧妙地应着。

"尤少校？"老头推了推鼻梁上架着的老花镜，眼神一直没有离开过林承晖，"花莲基地的？"

林承晖点了点头，也不说话。老头又继续问："平日只听闻少校爱兵如命，天天在基地里训练他们，怎么今日亲自来领肉？"

"今天也是碰巧，我昨日有个兵跑了，有人说在这边看见他，我便跟着过来看看。到了这里才发现，不是我的兵，我便想着顺道来这边把肉领了，也省得我那后勤多跑一趟。"林承晖说得轻描淡写。

老头沉默了一会儿，又笑出声来："原来是这样，那可能是尤少校忘记和自己那后勤说了吧，他已经来签过字了，你们进来的时候没遇着他？"

林承晖这才想起来在门口处遇到的那个瘦高个，难怪总觉得眼熟。他瞥了一眼账本上的名字——刘为，又笑着道："那估计是我来晚了，没遇到他。"

老头看了他一眼，也没多说什么，转过头去将吴伯驹的军饷给他结了。

两人要走时，老头叫住林承晖，走到他身边，拍拍他的肩膀，低声道："少校是个好人。"

林承晖愣住，等他回过神，老头却已经走远了。太阳已经升到了正空，仍旧没有一丝暖意，看着吴伯驹缩头缩脑的样子，叫林承晖也感到一阵冷，他把手装进口袋里，语气里不自觉带着一丝寒意："伯驹，你给我分析分析这件事情。"

"这事儿若深究下去，恐怕就两种结果。要么，是那个刘为胆大包天，私吞了肉；要么是尤健永欺上瞒下，把你们都骗过去了。"吴伯驹没接触过林承晖所在的那个部队，这会儿说的都是他这个客观视角能看到的。

"不会，不可能。"林承晖听完他的猜想，忙摆手道，"尤健永这人虽然迂腐，可到底不是个坏的，他要是这么剥削手底下的人，也犯不着冒着大风险给我们种瓜果蔬菜。"

"万一那是个障眼法，让你们消除对他的怀疑呢？"吴伯驹不以为意，他干特务工作也有些时日了，他知道人都有弱点，只是看你能不能发现它，利用它。

林承晖听完，一言不发，脸上的肌肉微微松动，只觉得这背后的真相若是揭开，总是太过残酷。他又想起老先生的话。

好人？

乱世之下，有好人么？


夜色皎洁，沙地里有一辆老式汽车缓慢地开动着。

"伯驹，你这样跟着我出来，不会有什么问题吗？"林承晖坐在车厢里，看着旁边一脸淡定的吴伯驹。

"这事儿我总觉得蹊跷，正好这阵子上面没有新的指示，我想着能帮一点是一点。更何况你现在这样，想光明正大地回去总是不可能了，若是想平安无事，总得立点功劳不是？"吴伯驹思考得缜密，将自己的顾虑和动机都说了出来。

林承晖点点头："谢谢。"

"小事。"

车子开到了国道上，十五已过，但那明月却愈发明亮皎洁。

林承晖看着车窗外的夜景，想到身旁坐着的是多年的老友，心里面忽然静了下来。他在那个地方待久了，老觉得过得不顺遂，虽然部下们对他毕恭毕敬，尤健永虽是上司，倒也不会太过专权，排除伙食，他其实过得还不错，但那仅仅是身体上的，他的心，打从上岸的那天起，就没安稳下来过。

人面对陌生的地方，总会依赖于知根知底的同伴。而他那时候，就像是一杆被切割的芦苇，孤零零地被放置在新的荷塘，举目四顾，毫无依靠。

在高压的环境下，国民党在前线节节败退的消息，更是令林承晖心灰意冷。这些日子以来累积的痛苦、思念最终因为一个导火索，彻底引燃，在他心里烧出成片的灰烬。那些回忆，那块土地，那些人，都成了他最终做出出逃决定的动力。

在几个小时前，他还在为这次出逃的失败而感到泄气，但这会儿他的心情变了。

吴伯驹的出现，让他发现这个岛上并不是只有他一个人。

"到了。你准备怎么做？"吴伯驹打开车门下去，从后备箱里拿出啤酒。

林承晖绕到车子前头，看着眼前的大海，以及海岸不远处的花莲基地，叹了一口气。

"给。"吴伯驹扔给林承晖一瓶酒，然后靠在汽车上，打开就喝了起来。

林承晖见他豪爽，也二话不说，咕噜咕噜地喝了大半瓶，酒味在口腔里弥漫，身子也暖起来，开口道："我想过了，这件事必须得查清楚。刘为一个人肯定干不出来，那么多肉，他一个人没法处理，那么连带着整个后勤部肯定也有问题。尤健永作为一把手，除非他是真的愚钝，否则这里面的曲折怕是也有他的份儿。我只是……"

"只是想不明白，为什么决定了要克扣，却又出钱买种子给士兵种菜？"吴伯驹替他说下去，"阿晖啊，我的任务很特殊，但是自打我执行任务以来，我就明白了一个道理。"

林承晖偏过头去，等着他的下文。

"别把人想得太好，也别把人想得太坏。这年头，或许真的有那种毫不利己专门利人的大好人，但大部分时候，大家遇见的都是普通人。普通人嘛，就会犯普通人都会犯的错，同时也会有普通人都会有的愧疚。"吴伯驹说。

"你说尤健永不通人情，管得太严，其实这不是他一个人的过错。桃园那边已经因这事儿击毙了好几个了。现在局势紧张啊，上面狠抓这一块，也是怕军心动摇，最后要是连台湾也守不住，你我都没命。"吴伯驹说完又喝了一口酒。

"你说的我都知道，可这到底是活生生的人命，把想家等同于思想有问题，是不是太过了点？"林承晖依然坚持自己的意见。

"特殊时期，特殊处理嘛！亏你当年还是飞行学校的第一名，怎么这点政治觉悟都没有。凡事若都从个体去看，那还说什么整体力量。一粒老鼠屎坏了一锅粥，非常时期得用非常手段。"

"哎，这些话就别说了……尤健永若是真和后勤部的那伙人勾结，那这批肉总得处理掉吧。现在的问题就是他们把肉弄哪儿去了。"

"所以，我这不是带你暗访来了么。"吴伯驹喝完啤酒，擦了擦嘴。林承晖灌完最后一口，也扔下了酒瓶。

二人在后备箱用暗色的油彩涂抹了一番，又换了普通渔民的衣服，伪装得虽然拙劣，但第一眼倒是发现不出是谁了。

趁着夜色，他们从这片沙滩穿了过去。

这条路正巧路过尤健永当初开垦的那块荒地，看着地里旺盛生长着的瓜果蔬菜，林承晖不知怎地一阵心酸，脚步慢了下来。

吴伯驹正想催他，但目光也被那片宽阔的菜地吸引去了，虽然听林承晖提起过，但如今真的见到还是不得不佩服地赞叹一句："你们还真能折腾！"果然是人多，要他一个人，哪来这么多精力种这么一大片菜。

林承晖不说话，拉着吴伯驹往前走。

117

军营里一片寂静，大家都睡下了。四周一片黑暗，唯有头顶那轮圆月散发着微光。但不等走近，林承晖便发觉有异，忙拉着吴伯驹停下来。

吴伯驹转头对他打了个手势，面带疑惑。

他压低了声音，附到吴伯驹的耳边说："我住的那间屋子这会儿没人，按理说应该是暗的，不知怎么的竟亮着灯。"

吴伯驹听完，从胸口拿出军用望远镜，朝着他说的那个方向一看，果真如此。

"你，你什么时候带了这个？"看着吴伯驹拿出望远镜，林承晖有些惊讶。他已经很久都没见过望远镜了。

"嘿嘿，执行任务怎么能不带。"吴伯驹把望远镜收起来，"你那房间除了正对着校场的那一面以外还有没有窗户可以看到里面的景象？"

林承晖仔细想了想，拉着吴伯驹绕到营地后头，那儿背对着他的平房，但却可以透过平房背后的窗子看到里面的模样，前提是没有拉上窗帘。

"哎，你看，里面似乎有个人。"吴伯驹重新掏出了望远镜，踮着脚往里面瞅，因为距离隔得不近，没看得很清。

林承晖听他这么说，心一下提了起来，忙抓过他的望远镜，往他的位置上一站，就往房间里看。他过去是空军，视力本就极好，这会儿一看就看出来里面那人是韩福生。

"是我手底下的兵。"林承晖松了口气，把望远镜放下来，转头对吴伯驹道。

吴伯驹拿回望远镜，继续侦察敌情，但没看多久就猛拍林承晖道："阿晖，不对劲，你看那个兵，他的两只手就没放下去过，一直这么举着，而且那屋里似乎还有个人。"

"不好，他怕是因为我的事，被牵连了。"林承晖很快就反应过来，将前因后果一捋，便知道韩福生这会儿是什么处境。

只怕那日和他一同出去的张逸等人也是凶多吉少吧。

吴伯驹见林承晖慢慢捏起拳头，立马眼疾手快地按住他："咱们现在可千万不能冲动。这会儿要是冲出去就前功尽弃了。"

放下望远镜的林承晖冷着脸，身侧的手紧紧地捏起来。

"伯驹，走，我们去找证据。"

朦胧的月光洒在两人的身上，身后屋子里的对话，林承晖听不见，但光是看着就足以让他担忧——是他害了韩福生，若这次他不能将韩福生救出来，这份愧疚会叫他难受一辈子。

# 第 十 章

"你说，你真的一点儿也不知道林承晖的动向？"

屋子里，尤健永穿着军装，坐在木椅上，两条稀松的眉毛拧在一处，似在考虑这句话的真实性。

"我，咳咳，我……"双手被绑起来吊在梁上的韩福生，此刻浑身鞭痕。他一咳，血沫就顺着嘴角流出来。

尤健永显然没有那个耐心跟他这么耗下去，冲旁边的瘦高个使了个眼色道："继续。"

瘦高个伸出手中的鞭子，朝韩福生走过去。韩福生看着他手上的那条鞭子，吞了吞卡在喉咙处的唾沫，他的双手也已麻木，事到如今，他反而不害怕了，希望这个人打得更狠些，让他晕死过去，不要再受这样的折磨。

林承晖已经到大陆了吗？

那日，韩福生在雨里走了整整一夜，才从那片海滩回到军营。刚回到校场，他就被几个战友抓了起来。又累又饿的他不要说反抗，就连讲一句话都很艰难。那时，只是一次拷问他就昏睡了过去，睁眼的时候又是晚上的事了。

他被吊了起来，就在林承晖的房间。

"你晚归了一夜，林承晖又下落不明。你倒是说说，这是怎么一回事。"尤健永开门见山，韩福生脑袋昏沉，连搪塞的理由都想不出来。刘为垂手站在一旁，鞭子弯成一圈在水盆里泡着，像一条伺机发动的毒蛇。

"福生，你说平日里我对你们怎么样？"尤健永坐在椅子上，他一指挥，刘为就拿起鞭子狠抽，韩福生疼得合上双眼，但听见尤健永没有追问林承晖，他心下微微一松。

"上面说在海边发现了有人叛逃的踪迹，叫我们几个军营可是要好好查查呢。你这样一直闭口不说，让我很是为难。"尤健永话里透着一股无奈，却让人起寒颤。

"我，我不，知，道。"韩福生忍着痛，从牙缝里挤出这几个字。

尤健永原本背对他的身体忽然转了过来："别怕，小刘会帮你想起来的。"

那句话说完，刘为又举起了手里的鞭子。

"阿晖，你翻到什么没有？"吴伯驹在尤健永的办公室门口守着，心提到了嗓子眼。

林承晖把尤健永放文件的地方翻了个底朝天，愣是没找着什么有用的信息。韩福生奄奄一息的一幕在他的脑子里打着转，但越着急越找不到东西。

"阿晖，有人来了，你快出来。"吴伯驹听着越来越近的脚步声，忙冲着屋里小声喊。

听闻脚步声逼近，吴伯驹也不得不先找个地方躲起来。

尤健永见审问不出什么，一脸疲惫地从林承晖先前待的那间平房出来，朝着办公室走。过度劳累使他推门进去的时候，没有发现躲在暗处的吴伯驹。

"啪"的一声，办公室的灯亮了。

吴伯驹想到林承晖还在里面没有出来，不由得倒吸了一口冷气，紧紧闭上了眼。

忽然，有人从背后捂住了他的嘴巴，吴伯驹浑身战栗，但都被那人按住了。

"嘘……"他转过头来，见是一个陌生的胖子。见胖子对他比了个噤声的动作，忙猛点头表示配合。

二人小碎步地移动到离办公室远远的库房。

那胖子这才放开捂嘴的手，搓了几遍，有点局促地笑道："别怕，是林教官叫我来的。我叫张逸，您是吴长官吧？"

吴伯驹没见着林承晖的人，但瞧这胖子并无恶意，便半信半疑地问道："他叫你来的？他人呢？"

"在里面呢。"张逸指了指库房。

"啊？"吴伯驹一直以为林承晖还在那间办公室里，却没想到林承晖早溜了，害他白担心那么久。

"伯驹，你快进来。"林承晖从打开的库房里走了出来，见吴伯驹还站在门口，忙拉了一把。

吴伯驹一脸莫名其妙地被扯了进去。

张逸站在门口悄悄把库房的门关上，然后若无其事地看着周围。

库房里面积满了陈年累月的灰，这儿过去是一片屠宰场，本是用以存放腌猪肉的，被征做军用之后，变成了武器库。但经年的猪肉味还是颇浓。因为他们平日里除了练习射击，就没有需要实战的时候，所以这间武器库是不常打开的。

"我刚刚在尤健永的办公室里翻了半天，什么也没找着。我想这事儿跟他应该没关系，但是我翻了士兵档案，有了一个新发现。"林承晖摸着库房里的一杆杆枪，对吴伯驹说，"那个刘为，他是本地人。"

"哦？"吴伯驹听得来了兴趣，因为部队里的兵基本都是从大陆抓过去的，他到目前为止见过的台湾人寥寥无几。

"他虽然干后勤，但是和尤健永的关系似乎不错。我查了记录，发现算起来，他和尤健永也是沾亲带故。"林承晖继续道，"上面记录得不详细，我只是看到了刘为的档案里母亲那栏的姓氏是尤，且祖籍写的是泉州。所以我猜测这二人可能有点关系。刘为是花莲村人，因为熟悉路，平日里就都是让他去采买。他会开车，跟人打交道也厉害，加上尤健永的关照，后勤部简直都快姓刘了。"

吴伯驹听着听着，感觉越发偏离重点，道："哎哎哎，你说的这些，和私藏军用物资有什么关系啊？"

"我正要说呢。刘为是花莲村人，花莲村本来是很大的一片村子，但是因为要建军事基地，需要征地，因此很多花莲人都被迫搬迁。那些不愿意搬迁的……"林承晖说到这儿有些犹豫，这件事往后说，少不得有人要遭殃。

"那刘家……"吴伯驹大概明白了他的意思。

"嗯，刘为一家怎么都不愿搬迁，为了大局就强拆了他们家，他自幼丧母，父亲是他唯一的亲人，被活活气死了。"林承晖说着，竟然对刘为产生了一丝同情，"父亲死后，刘为就篡改了出身，自愿加入了国军。"

"这，这怎么也不能说是自愿吧。"

"是不能说自愿，因为他……"林承晖哗啦一声，点起了库房里那盏陈旧的煤油灯，漆黑的库房忽然闪现出一点亮光。借着这亮光，他们朝着库房的最深处走去。

房间里弥漫着一股腐肉的味道，令人作呕。他们顺着亮光看过去，却不见任何腐肉的影子，反而眼前的肉看起来都是刚买回来的样子，被劈成几瓣的猪肉上面还带着没干透的血渍。

"这是今天早上他去领的肉吧？"吴伯驹深呼吸了好几下，试图把鼻腔内的腐烂的肉味呼出去，"也不知道这刘为胆子有多大，一个人就敢私藏物资。"

"走吧。"林承晖拉了一把吴伯驹，"不是想知道他胆子有多大吗？我们出去等着。"

吴伯驹摸了摸自己的后脑勺，扁了扁嘴还是跟着他出去了。林承晖吩咐张逸先回去休息，顺便帮自己照顾好韩福生。说完，他便带着吴伯驹躲到了校场边上的小房间里，这个小房间还是他为了方便训练带着士兵们一砖一瓦垒起来的。虽然离库房有些远，但周围没有遮挡，有个什么风吹草动也能从窗户看到。

吴伯驹找了个地方随意坐下，想要和林承晖说点什么，但看到他一直盯着窗外看的样子也不好开口。他们等了一晚上，并没有发现刘为有什么行动。等到天快亮的时候，他们索性换了地方躲起来睡觉。

醒来的时候已经是中午，林承晖的肚子不自觉叫了起来。吴伯驹笑了笑，从兜里掏出一包饼干递给了他。林承晖接过饼干，让吴伯驹给自己讲讲他来台湾后的事情，两个人说着说着天又黑了。

林承晖从门缝处看了下，士兵们已经收操回去休息了。他们借着夜色又回到了小房间，继续漫长的等待，也不知过去多久，才看到刘为鬼鬼祟祟地朝库房走去。吴伯驹激动地拍了下林承晖的肩膀："皇天不负有心人啊，阿晖！"

"小声点，看他想要干什么。"林承晖一把捂住他的嘴，即便隔得远，他还是担心被人发现。

两个人就这么默默注视着刘为，刘为只开了库房的门，却没有进去。没多久，又来了两三个人，他们站在门口不知道聊了些什么，那些人从兜里掏出了一沓纸币递给了刘为，又跟着进去一人扛着一瓣猪肉走了。

林承晖看着那些人的背影，压抑住心中的怒火："你守着这儿，我去找尤健永。"

吴伯驹本想出去抓了刘为和那群人，听到林承晖要去找尤健永，立马拉住了他："什么？你要去找他，他可是刘为的亲戚，这会儿又在拷问你的下落，你就不怕他一枪毙了你？"

"他不会。"林承晖一脸认真地说出这三个字。昨晚他在尤健永的房间里找不到任何东西的时候，他便想过，这也许又是一个误会。

"你怎么这么肯定？"吴伯驹疑惑道。

"尤健永不会无缘无故杀人的，我虽然和他不熟，但这点我还是懂的。那天跟我同去的人除了福生，还有张逸他们，可他们按时回来了，尤健永没有追究。福生因为我而导致晚归，依照军法，尤健永这么对他也不为过。他这个人虽然迂腐了一点，但却也没公报私仇。"林承晖说完走了出去。

林承晖没有直接去找尤健永，而是先到了士兵休息处。士兵们看到他都表示惊讶，他也来不及多解释，便叫来张逸去将韩福生放了；又转头叫了卫华和王伟林几个人顺着和刘为交易的那几个人来的方向去将他们拦住带回来。

收到这个命令，士兵们呆滞了一会儿，随即行了个军礼，一溜烟儿地消失在了他的眼前。林承晖见着泛白的天空，心里想着韩福生被严刑拷打的模样，压下心底的那一丝不忍，朝着尤健永的办公室走去。

吴伯驹不知道自己站了多久，林承晖留给他的煤油灯的光随着灯油的耗尽渐渐熄灭。小房间外面的天像是有人揭开外衣似的，慢慢露出里面内衬的白来。

这一夜，真是漫长得过分。

吴伯驹这样想着，一直到林承晖带着大队人马朝着库房奔来，才终于从小房间中走出去。

就在煤油灯最后一丝光亮熄灭前，林承晖将这间从未完全开放的库房打开了大门。外面的光线照到里面去，猪肉的腐臭扑面而来。

尤健永皱着眉头走进来，仍旧对林承晖的举动将信将疑。他是在睡梦中被林承晖吵醒的，他本要拔枪将他打死，但还是被林承晖抢先一步按住了手，并告诉了他调查的前因后果。连叛逃这件事，都被他以隐藏身份为由说了过去。

虽在逻辑上行得通，但尤健永对他还是保持了警惕。

此时，林承晖站在一众人面前，提高声音道："半个月前，我才知道军部是有给我们发放猪肉的,每人每月一斤。我们来这里那么久,吃到猪肉的日子却屈指可数。这不是军部发放物资有问题,而是我们中间有人,故意让这些肉全部堆在这里,让它发烂。"

听到这个事实,底下一片哗然。猪肉的腐臭味刺激着他们,大家纷纷猜测起来。

"我们中间的这个人我也调查清楚了,是刘为。"虽然刘为的经历让人同情,但是这件事关乎所有人的生存,也关乎着基地内部的运作,要是不及时纠正,之后只会愈演愈烈。不如现在就单刀直入,撇开私人关系处理问题。

士兵们一听到名字,目光全部投向了刘为。

"林教官口说无凭,我一个小兵,哪里会有这种本事?"刘为仍然直直地站着,只是眼底有一丝慌乱,"林教官你是怕自己叛逃没法向军部交代,才拉我来做替罪羊的吧?"

刘为这句话一出,其他人又狐疑地看着林承晖。他叛逃的事情大家都已经知晓,只是碍于处理的结果还没下来,他就依然有权做教官,继续管理他们。

"我这两天去了哪里,我可以告诉大家——我去了军部——刘为,你前脚走,我后脚到。管物资的人告诉我,你是负责领猪肉的。"

"我,我虽然领了猪肉,但没有藏!"

"那好,我问你,库房平日里都是谁管钥匙?伙房都是谁出去采买?——昨日来抬猪肉的那两个人,给了你多少钱?"

这三个问题让刘为一张瘦脸绷得青紫。昨日他卖猪肉的时候,明明附近没有人的,为什么会被林承晖发现?!

"报告,库房钥匙我们后勤部每个人都有,但是平日里都是刘为去打扫。因为那地方过去是屠宰场的冷冻库,所以有股腥味,我们谁都不想去闻。"士兵中主管做饭的厨子站了出来,解释道。

"没错,"另一个矮个士兵也犹犹豫豫地站了出来,"平常采买的事儿,都是刘为管着。他说他熟悉这儿的菜市场，可以帮忙讲讲价。"

林承晖虽然没有等到刘为开口，但两人的话已经间接回答了他的问题。

这时，卫华和王伟林一行人押着那几个和刘为交易的人也赶到了库房来。王伟林憋不住心里的气，大声道："教官，被我们抓回来了。一路上都招了，说是刘为找的他们。"

看到这几个人，刘为一下子跌坐在地上，彻底失了生气。

这下，张逸也扶着奄奄一息的韩福生走了出来。

韩福生脸上那些结痂的鞭痕，看起来触目惊心。

"刘为你也太不是人了。"张逸一手扶着韩福生，一手指着刘为道，"下手这么重，小韩平日里怎么得罪你了！"

见自己已经完全处于劣势，刘为抬头看向了站在林承晖身边的尤健永。

尤健永不露声色地避开了刘为的目光："去看看库房吧。"他没有办法在这种情况下保全刘为。

"您好，我是特别行动组中校，吴伯驹。"吴伯驹见到尤健永，没有行军礼，而是说了自己的军衔，好让尤健永心里有个数。

尤健永看着这个军衔比自己高的男人，心里说不出的烦闷。这一夜已经够乱了，没想到还能扯进来国民党特别行动组。那个新成立的神秘小组，类似于过去在大陆的军统，总而言之是叫人感到恐惧的。

"少校您看。"林承晖见他们二人已经打过了招呼，便领着尤健永去后面看那堆满屋的猪肉。

纵使尤健永枪林弹雨里走过，见着这景象胃里还是一阵翻涌。

"你们都进来吧。"林承晖回头喊。

原本宽大的库房，挤进来几百号人，忽然显得拥挤起来。那堆发烂、发臭的猪肉上爬着许多肥白的蛆虫，看了让人直犯恶心。刘为被两个人押着站在一边，也不挣扎。

"你为什么要这样做?"尤健永皱着眉头问。他其实很喜欢这个勤快的小伙子,但是现在这一幕着实叫人难以为他开脱半分。这些猪肉都是军人的命,全部被他堆在这个地方,再卖到别处去,抑或者任由它们烂掉。对他们这一群连猪油都吃不上的人来说,简直是暴殄天物。

"因为……"刘为低垂的脑袋缓缓抬起,目光扫过在场的每一个人,那个眼神透着怨恨与愤怒,像是一只被戳到痛处的老虎。

"我恨你们,恨你们每一个人。"

这句仿佛发自胸腔的话,叫林承晖忍不住别过脸。他又何尝不是像刘为一样呢?——既不齿自己借这件事洗脱罪名,又觉得这件事要有人阻止。

刘为这句带着深沉怨恨的语气说出来的话,引得其他人疑惑。他们之中大部分人平日里除了吃饭,极少和刘为接触,更不要说过去在大陆打仗的时候了。他们哪有什么深仇大恨,值得刘为这么大费周章地报复他们。

"刘为……"尤健永开口。

"你别说了!你和他们都一样!"刘为忽然爆发出一阵怒喊,将矛头直指尤健永,"你早就知道了对吧,你别摆出这副神情,我是不会认你这个亲戚的。我爸死了以后,你,还有你们就来了,你们来做什么呀。这儿是台湾!是花莲!不是你们那块大陆!过去日本人统治的时候欺压我们,本以为你们来了,我们的日子会好过一点。可是你们贪污腐败,在村子里横行霸道!我爸常说这叫狗去猪来,他说的对!狗至少还会看门,但是你们这些猪只会吃!我们世世代代生活在这,凭什么你们来了,这土地就成了你们的了!难道就因为你们有枪,因为你们有能力,所以就可以这么漠视人命吗?!"

尤健永不愿再听,命令:"张逸,伟林……"

"等一下——"林承晖轻声制止道,"请你让他说下去。"

"呵,伪君子,你以为这样我就会感激你吗?"刘为冷笑了一声,"你们这些发动战争的魔鬼,根本就不配活着,更不配吃得这么好。我妈在这块土地上生下了我,养大了我,最后被葬在了这儿。你们知道什么,这些肉你们不

127

配吃！这些肉，是我要留给我妈的贡品！"他越说越激动，鼻涕眼泪一起流了下来，像是用完了全身的力气，想把这种刻骨的仇恨传递出去，刻进在场每一个人的心里。

"求求你们，不要杀我们。"跪在一旁的那几个人哭着说，"求求你们，我们什么都不知道。是刘为，是他找我们的。"

"为什么要找你们？"吴伯驹挑了挑眉。

"这里以前不是军事基地，是我们的家。就在你们训练的那个校场，我家就住在那里。后来，你们来了，我们被逼着搬走。本来我们大家说好了一起留在这里的，但是我们怎么打得过嘛，我们几兄弟商量着要走，可是刘为不愿意，他说这里就是他的家。后来我们在集市上遇到，才知道他参了军，留在了这里。有天他找到我们跟我们说，可以跟我们做买卖，我们只要给他一点点钱，就可以给我们很多猪肉，我们拿去卖就是了……"

"这是军队的物资，谁给你们的胆子？"吴伯驹又问。

"我们错了，别打我们，别打我们……"

吴伯驹问完话，不想在这继续待下去，一个人去门外吹风。在这件事情上，他不能插手太多。库房里的其他人，除了林承晖和尤健永，其他人逐渐议论起来。

他们何尝又想待在这个地方？

林承晖挨腐肉最近，他眼睛直直地看着那些正在议论的人，竟听不清他们究竟在说些什么，脑子一阵阵发晕。事情到此已经告一段落，刘为再无翻身的可能，只是他声嘶力竭的控诉，还在继续。

林承晖以这样一种方式，又回到了部队。腐臭的气味钻进他的鼻孔，进入他的胸腔，他连呼吸都是臭的。

"承晖，承晖？"尤健永一扭头，见他脸色不对劲，叫了两句。

"我没事，没事……"林承晖挥挥手，脚下一软。

尤健永扶住他的腋下，马上派两个人把他架出去。其他人也跟着陆续出了库房。

人渐渐散开后，尤健永看着还待在库房里满脸鼻涕眼泪的刘为，叹了口气，低声道："装吧，装疯能让你好好活下去。"

说完，他拍了拍刘为的肩膀，走了出去。

跑到树下抽纸烟的吴伯驹，看到张逸和王伟林抬着林承晖出来，忙问："怎么回事？"

"报告吴中校，林教官昏过去了。"张逸自打知道了吴伯驹的军衔，便毕恭毕敬。回答完，他就和王伟林将林承晖放到了空旷开阔的通风处。

"这就昏过去啦？不会是那刘为对阿晖动手了吧？"吴伯驹一听不是什么大事儿，倒和张逸开起玩笑来。

张逸"嘿嘿"一笑，也不多说什么，和王伟林去请医生了。

# 第 十 一 章

林承晖这次做了一个很久的梦，梦里皆是一片白茫茫。他驾驶着飞机像无头苍蝇一样乱窜，明明没有受伤，他却浑身被鲜红色染透。他试图让飞机停下，却怎么努力都没有用，只好一直向前。

不知过了多久，飞机终于停了下来。他下了飞机朝前方走去，却听见一片枪林弹雨的声音。他抬头望去，只见两个人影。一大一小，一高一矮，一个女人和一个小孩。

士兵的警觉让他掏出身上的枪，朝前面打去。没等他反应过来，女人已经倒在了血泊之中，小孩瞪着一双眼恶狠狠地看向他。

他走近去看，那个女人竟是宋珈灵。

他亲手，杀了自己的妻子！

"珈灵！"他从床上猛地一下跳起来。

趴在床边睡着的吴伯驹被吓了一跳，揉了揉惺忪的睡眼，一脸迷茫地说："哪有珈灵？"

林承晖怅然若失，情绪缓了下来："我做噩梦了。"

听着他毫无生气的声音，吴伯驹打开床头柜上的热水壶，往杯子里倒了些水递给他："热的，试试再喝。"

林承晖拂了一把额前的汗水，接过吴伯驹递来的水吹了吹，喝了一口。

"刘为那人疯了，尤健永说他也不容易，放他回村子里了。韩福生的伤已经上了药了，都是一些皮外伤，没伤到筋骨。但是军医说他严重营养不良，以后得好好补补。尤健永自知理亏，自掏腰包让人去城里买几斤猪肉给他。至于你呢，将功补过，还是大家的教官，以后啊，就好好带着大家训练吧。"吴伯驹把他昏迷的这段时间发生的事全部告诉了他。

"你呢？"林承晖捧着杯子，等着热气散去，听他说了这么多，却一直没见他说到自己，便从喉咙里挤出两个字来问他。

"我？我什么？"

"你的任务啊。"林承晖提醒道。

"啊？哦哦，帮你调查这批猪肉的去向，也算我的任务之一。"吴伯驹解释道。

"那你这次准备和上面怎么说？"

"实话实说！"吴伯驹说完这四个字，看了一眼林承晖的脸色，立刻改了口："那就说是底下人对教官有怨念，所以不给他的饭里面加肉，士兵之间的小打小闹，反正也不是什么大事。"

"也行。"林承晖喝了口手里的水。刘为那张愤怒的脸在他脑海中一闪而过，他又想起了前几天遇到的那个老头，他相信老头是看出来自己不是真正的尤健永了，但他说自己是好人。那天之后，他一直不停地问自己，在这乱世配有好人吗？

直到今天他才知道，越是乱，越需要好人。

窗外的温度渐渐变冷，这是他在台湾的第一个冬天——台湾的冬天，很像厦门。这些日子他过得说不上好，但还不算太坏。

他将手中的杯子放回了床头，掀开被子走下床。

寒来暑往，花谢花开，在厦门的日子犹如流水一般昼夜不息地逝去。

云南边境的一支国民党残军，经常和解放军过不去，隔三差五地骚扰一阵，有输有赢——这些消息常常在林承晖身边流传，是远离故土的国民党将士在寂寥时日里小小的安慰，它像个可能发芽的种子，像可能盛开的花蕾，像飘渺不可及的梦幻，给士兵们一些遐想。厦门、平潭虽经常听到轰隆隆的炮声，伤亡的事倒极少听说——有时候，天上会有画着青天白日旗的飞机飞过，投下来的东西上写着"反攻大陆"之类的标语，运气好的人，逛街回家的路上能捡到几只美国罐头也不一定。

宋珈灵的诊所生意不错，国内国外一场接一场的局部战争，为她送来了退伍的伤兵，基本维持了她的生计。

林建国从一个抱在襁褓里的小娃娃，仿佛雨后的春笋般，长得飞快，没几年就到了该读小学的年纪。在林承曝的帮助下，进了离家近的福民小学。

每当有人到诊所看病，问他几岁，古灵精怪的林建国都会露出甜甜的笑告诉对方："我和祖国一样大。"

生于1949年，和新中国一起冉冉升起，是他从小被宋珈灵灌输的概念。林建国记得很牢，觉得这是一件令人自豪的事。

林承曝的代课老师干得不错。在陆晓浓的安排下，第二年就给市领导上了一堂公开课，引来满堂喝彩，于是学校特别批准让他转正。几年工作下来，他还评上了市里的十佳优秀教师，家里的条件比起刚解放那会儿好了不少。

林佑安升了市里最好的中学，平日里住校不大回家。钟婉莹乐得清闲，和林承暻二人蜜里调油，在生了一对龙凤胎后没几年，又怀上了第三胎。李佩瑶作为长辈，自然满心希望儿孙绕膝，如今小儿子音信全无，见着家里又添丁，作为最大的长辈，高兴得合不拢嘴。

这年的除夕夜，阿红婶回了福州陪儿子儿媳。李佩瑶抱着还未到上学年纪的孙子孙女，坐在餐桌边说笑。

"小觉，小敏，今天要对奶奶说什么呀？"李佩瑶虽然上了年纪，但是抱着不到三岁的娃娃，还是比较容易的，更何况又坐在宽大的摇椅上，不消使多少力气。

林承暻的龙凤胎，男娃取名叫林觉，女娃叫林敏。取名字的时候，李佩瑶本想还按着族谱来，但林承暻没同意。他不想让孩子承担起太多家族的压力，便取了寓意好但又容易记的名字。

"奶奶，新年快乐，福如东海，寿比南山。"两个正在学说话的小娃娃，用奶声奶气的语调对着李佩瑶拱手，逗得她跟着笑起来。

怀胎五个月的钟婉莹正在厨房里准备着年夜饭，她正是孕中期，胎象稳定，便不愿多坐。宋珈灵早早地关了诊所，带着儿子来到林家，手上提了一篮水果。

"妈，我和建国来看您啦。"宋珈灵人还没走进来，声音先传了进来。

李佩瑶听到这声，朝着门口看去，把孙子孙女都从手上放下来，小声道："快，去叫婶婶。"

林觉和林敏自小就跟林建国一块玩，这会儿见到熟悉的堂哥，自然一个比一个跑得快。三个小孩很快抱成一团，在地上打着滚。

"今天辛苦了吧？阿红回去了，你一个人又当医生又当护士的，大过年的也该休息休息才是。"李佩瑶看着宋珈灵两眼熬得通红，便知她昨夜定是被人从睡梦里叫起来，接了急诊，心疼道。

宋珈灵脱了厚外套，对着李佩瑶摆手道："没事儿，妈，治病救人是在给孩子积德行善。再说了我身体还不错，坐月子那会儿你们把我照顾得那么好，不用太担心我。倒是妈您要多保重身体啊。"宋珈灵把话头一转:"这些年大嫂为家里操劳了不少,还帮我照顾建国,如今老二老三都这么大了,大嫂又怀着第三胎,不如过年这会儿,让我帮着带小觉和小敏吧?"

"哎呀,你平日里那么辛苦,这俩孩子又那么调皮,你一个人带着岂不翻了天。"钟婉莹端着一碗烧鹅从厨房里出来,拒绝了宋珈灵的提议。

宋珈灵看着她隆起的肚子,想到那又是一个新的生命,温声道:"大嫂你这几天感觉怎么样?"

"这些天没什么动静,但是开始干活以后,觉得身子轻快了不少。"钟婉莹本就做惯了家务,一天不干活,便觉得自己手脚都没处放。这下走走动动,反而精神好了很多。

"大嫂,你是年纪不小了,怀孩子辛苦,虽然是第三胎了,但是也得注意啊。平日里多活动活动也是好的,只要记着别干太累的活。"宋珈灵听完,依然郑重地嘱咐道。

"妈,这是爸让我带回来的大鲳鱼。"上了中学后的林佑安,个子连年地长,如今已经高了钟婉莹一个头,成了个小大人。

"哎。"钟婉莹接过那条鱼,正准备进厨房,被宋珈灵拦下。

"我来吧,大嫂。你都忙了一天了。"宋珈灵笑道。

钟婉莹见宋珈灵坚持的模样,索性让她一起进厨房帮忙。

今年学校发放的职工福利是花生糖和一小罐压榨花生油,林承曎抱着这些东西回到家,果然等着他的是一桌热腾腾的年夜饭。一家人围在桌边,只等他一个了。

在台湾,林承晖又是怎么过年?

"回来啦?"钟婉莹端出最后一道鱼丸汤来,见到放下公文包的丈夫,满心欢喜。

"嗯,这是学校今年发的东西。"林承曎将东西递给钟婉莹。他上班以后,每月的收入也会交给妻子,他相信她会用这些将家里内外打理得井井有条。

接过那袋糖，钟婉莹拿了几颗出来，给在座的孩子一人一颗，然后就把剩下的和花生油一起，放到了厨房柜子的最上方。

吃到这甜甜的糖，林建国心情大好，对着钟婉莹笑道："大伯母的糖比外面买的还甜。"

钟婉莹被这句话逗乐："傻孩子，大伯母的糖不也是外面买的吗？"

"不一样不一样。"林建国摇着腿，认真道，"大伯母递给我的糖，沾了大伯母的气味，大伯母的气味好闻。大伯母，可以再给建国吃一颗吗？"

孩子眨着一双水汪汪的眼睛，嘴边的酒窝恬静可人，他伸出手，巴巴地望着钟婉莹。钟婉莹一高兴，二话没说转头又递给了他一颗。

宋珈灵见儿子这般机灵，都看笑了："这孩子，在诊所里和各个街坊邻居都混熟了，简直是个人精，也不知是像了谁。"

"阿晖小时候，跟他一个样。"也不知是有意还是无意，李佩瑶就这么自然而然地提到了十多年没见的小儿子。

宋珈灵一愣，旋即干巴巴地笑了两声道："原来是随了他。"

"你也别怪他，这些年，他定是有些难处，才一点音信也无。"李佩瑶岂不知她的埋怨，"数一数这都快十年了，你要不，考虑……"

"妈！"宋珈灵知道她要说什么，立刻出声打断她，"我既叫了您一声妈，那我这辈子便是林家的人了。再说了，我带这个孩子，且不说有没有人要我，我这个做母亲的，已经叫建国没了父亲，又怎么能让建国再受别的委屈呢？"

"妈，什么叫受委屈啊？"林建国嘴里含着糖，听着母亲和祖母的对话，小小的脑袋里装着疑惑，便开口发问。

"委屈就是妈给弟弟妹妹发糖吃，但不给你吃。你什么感觉啊？"宋珈灵收起了情绪，转头笑着和儿子解释。

林建国小眼珠一转，又看了看懵懂地盯着他看的林觉和林敏，道："大伯母，你也给弟弟妹妹们再吃一颗糖吧，若是我吃了两颗糖，弟弟妹妹们却只能吃一颗，他们会觉得委屈，委屈实在是太难受了。我不想让弟弟妹妹们觉得委屈。"

李佩瑶听罢，边笑边摇头："像，真是太像了。"大的照顾小的，一个家才能和和睦睦。

一直埋头吃菜的林承曔，听到母亲这句话，道："妈是又想起阿晖了吧。小时候阿晖也常常学大人说话，学得惟妙惟肖的，叫我们听了都觉得有趣。"

"阿晖小时候，就是没有再多个弟弟妹妹什么的，不然他肯定也像建国这样整出哥哥派头来。阿曔你就不会这样，总是把事儿埋在心里，阿晖有一说一，小时候嘴甜会夸人，长大了就爱横冲直撞的，我老怕他在外面得罪人。"李佩瑶的目光忽然迷离起来，像是陷入了过去的回忆，嬉皮笑脸的小儿子与严肃认真的大儿子，那段年轻的时光，终究还是随着战争，一起过去了。

宋珈灵常听他们提起林承晖，林承晖这个名字是林家饭桌上的常客。即使他这个人在林家已消失了快二十年，但在林氏母子心里，他永远都在这儿。他们口中的那个林承晖，和宋珈灵过去所认识的，是不一样的。也许一个男人在做儿子和弟弟的时候，是一副样子，而当他遇见了需要自己去保护的妻儿时，他就会发生改变了。

外面的鞭炮声渐渐响了起来，随着岁末的钟声敲响，预示着又一年就这样过去了。

一年，一年，一年又一年，生命像是屋檐下的雨滴，雨过天晴之后总有流尽的那一刻。

在军事基地的林承晖，还带领着士兵日复一日地训练着。当年空中阻击日军飞机的故事，一直是传奇。照理说，国民党需要这样的人才，拔擢理所应当，但上峰觉得他太叛逆，也有心让他坐坐冷板凳。头几年，军营里经常喊口号："一年准备，两年反攻，三年扫荡，五年成功。"如今第二个五年都快过去了，也没见反攻的苗头。自打出了刘为的事情之后，林承晖就彻底放弃了叛逃回大陆的想法。总有一日，他要体面地回大陆。

吴伯驹已经从特别行动小组功成身退，借着过去的战绩，他自愿申请调到花莲军事基地。吴伯驹来这里报到后，尤健永便被上面调到了别处。

韩福生在那次受伤之后，厌倦了军营的生活，但又没办法离开。过了两年时来运转，党内实行"精兵"政策，将近十二万老弱病残从军队里退了下来。吴伯驹和林承晖疏通了些关系，买通了军医，把韩福生的名字也写了上去。韩福生起初听了高兴，后来又发愁退伍之后无路可去，无事可做。

这不仅是他一个人苦恼的事，十几万的退伍士兵都不知道该做些什么。因为他们这批大陆移民挤占了这座小岛的资源，所以本就在本地民众里面不讨好，如今突然被裁掉，更是四顾茫然。

吴伯驹和林承晖商量了一整夜，最后决定让韩福生依旧留在军营里，只不过不再当兵，只帮着他们种菜卖菜。

韩福生也没拒绝，老老实实地担起菜地里的瓜果蔬菜，挑到附近的十村八寨去卖。林承晖也同其余被裁的士兵们说，若是没有出路，就留下来帮着管理菜地，权当是个营生。

有了这么一帮人帮着开荒，菜地比起之前丰盛了不少。

某日，基隆的长官从上面下来视察，见了吴伯驹和林承晖，发现他们营里的士兵个个身体素质都极好。这个训练基地，算是各个基地里最例外的了。其他基地的人，虽然有物资可领，但常常还是吃不饱。

林承晖笑着带那长官去看了他们划出来的菜地，十几个退伍的士兵挂着锄头站在田边，倒是和乡下庄稼汉没什么两样。

他们中间，已经没人觉得能很快反攻大陆了，活下去才是最紧要的事。林承晖的这个做法让基隆的长官大受启发，回去就给上报了。

上面一直争论不休，过了快一年，终于出台了新政策，设立了"退役官兵辅导委员会"，简称"退辅会"。这个机构的主要任务是安置和辅导退伍士兵转业，大概是政策关系到几十万军人的日后生活，执行起来非常快。不到半年工夫，他们就根据林承晖那个花莲基地的模式建立了屏东隘寮农场、嘉义大埔农场、宜兰三星农场等，让退下来的老兵在农场里种植水果和其他一些农产品，不仅能自食其力，还带动了经济发展。

"阿晖，要不咱也取个名字吧？"吴伯驹喝着茶水，看着报纸上这些农场的名字，决定也要重新取一个。

林承晖微微沉吟了一会儿，提笔在纸上写了几个汉字。吴伯驹凑过去一看，是"花莲寿丰农场"。

"为什么要叫寿丰啊？"

"长寿，丰收。"林承晖解释道。

韩福生因为农场的建立，已经被任命为场长。农场的瓜果蔬菜生意被他管得不错，许多退伍的老兵都有了生活保障。

"各位花莲的荣民们，新年快乐。花莲农场，就改名叫花莲寿丰农场！大家应该帮着福生一起工作！"吴伯驹说完，叫人拿来糨糊，把那张写了字的纸贴到农场的门口。

荣民这说法，有"荣誉国民"的意思。但实际上就是给底下的人鼓舞鼓舞士气罢了。称号的事无关痛痒，另一件事才让林承晖颇为受用。

有个命令下来，几年间给大陆来的兵们修建了八百多个特殊的村落，名叫"眷村"。虽然主要是用来安置军官和家属的，林承晖和吴伯驹没有家属，但还是一人都分到了一间。

后来，屏东、台南、新竹等地还修建了"荣民之家"，安置那些年老的退伍士兵。韩福生总算是不用挤在小小的茅草屋里受罪了。久而久之，大家都慢慢习惯了这里的生活，大家互相帮扶，日子好像也能过得下去。退伍的、没退伍的，乌压压一群人就待在基地，先前还有些宽阔的地方，也逐渐变得拥挤了。这种拥挤不让人厌烦，是一种生气的展示。平日除了训练，上面还指派了修路的任务，做不完的活计，似乎永远在消磨着每一个人漫长的时光。

修路的过程也是极其艰苦的，但老兵们还是坚持向林承晖请示去修路。台湾夏季长，每个人顶着三四十度的高温一晒就是一整天，手臂上的皮一天下来能脱一层，晚上洗澡的时候冷水打在上面火辣辣地疼。有时候遇到暴雨天气，停工是小事，那些还没干透的水泥混在暴雨里能将他们一整天的心血都冲走。

翻来覆去，大家都受不了，但还是骂骂咧咧地继续工作。

他们修的不是一条普通的路，而是一条回家的路。

时间一长，有人受不了病倒了。一病，就再也没起来过。

他们真的回家了。


"上尉，福生说他接下来要请假，想把农场的事儿交给张逸来管。"王伟林往前进了一步，已升为上等兵的他精神抖擞地向林承晖汇报。

"他有说什么事儿吗？"

"报告上尉，福生媳妇儿怀孕九个多月了，眼看这两日就要临盆了，他得回去看看。"卫华早年在战场上受过伤，本身就体弱，借着精兵政策和韩福生一块退了下来，这会儿管着农场的播种工作，一年也难得忙一回。

"这么快？！"林承晖心中一动，不由提高了声音。想起韩福生第一次跟他说话的样子，林承晖再次感慨时间的飞逝。

算起来，他还是韩福生这段姻缘的媒人。

原本韩福生退伍后，便在军营里忙着农场菜地的事，但性格还是那样胆小。林承晖和吴伯驹觉得这样不行，便叫他挑着菜去市集摆摊锻炼锻炼。韩福生胆儿虽小，但好在吃苦耐劳，二话没说挑上扁担便走了。结果摆摊第一天，就叫他捡了个大便宜。

市集上有人行凶作恶，挨家挨户地收保护费，不给就打。菜贩子大多是老年人，哪里受得了这些拳脚。眼见就要收到自己这里，旁边的一个老人更加惊慌起来，嘴里叽里呱啦地骂着，捂着自己的腰包。韩福生望着她，一瞬间叫他想起了那年在山洞口为了护着他而备受屈辱的母亲。

想到这儿的韩福生，不知哪儿来的勇气，把过去在校场里林承晖教的那些拳脚功夫全用上了。这几个地痞流氓哪里是训练有素的军人的对手，三两下就被他给打跑了。

老人见韩福生救了她一命，操着一口闽南语问他的姓名。韩福生一个湖南人，听了半天也没听明白。两人鸡同鸭讲了好久，一直到老人的子女闻讯赶来。

韩福生见到杜欣妍，本想跟她打个招呼，但一看她冷眉冷眼，迟疑之下又住了嘴。直到后来误会解除，他和这家人才熟络起来。

两人时常在一起，没过多久就互相表明了心意。

一直到他们决定结婚的时候，林承晖才知道这段故事的始末。他把封好的红包递给韩福生，笑道："福生，现在你也是个有家室的人了，以后可不能光顾着自己的一张嘴了呀！"林承晖对他们俩结婚的事情始终很看好，喜庆之余，他又想到了自己的妻子。

也不知道宋珈灵有没有给他生个孩子。

吴伯驹察觉到林承晖眼里那点黯然，起哄道："福生，阿晖又给你找媳妇又给你封红包的，你不拿点什么回报一下也说不过去——这样吧，等你俩生了孩子，让孩子认个干爹？"

一旁的林承晖听了，反手就给吴伯驹一拐："说什么鬼话！"

韩福生这头"嗳嗳"地应着，却真的把这个事情放在了心里，当着杜欣妍的面就虎虎地说道："林长官，以后我要是生了孩子，一定叫他对你一样的好，认你做干爹！"

林承晖忙摆了摆手："这都是伯驹瞎说的话，你别当真了……"

杜欣妍在决定嫁给韩福生这个退伍兵之前，心里本来还担心着他会不会过于木讷，受欺负。这会儿见到韩福生如此受当官的照顾，她算是彻底放心了。以后要是生了孩子，认个当官的做干爹，孩子也多点保障。

婚礼在基地办了一场，又在杜欣妍所在的村子办了一场。

韩福生在台湾没有亲人，所以林承晖和张逸等人就充当了韩福生的家里人，帮着他去接亲，帮着他挡酒。那个晚上的流水席，林承晖连着和女方家的好几十口亲戚喝了几十杯，酒水下肚，整个人浑浑噩噩，心窝里热热乎乎的。吴伯驹拿着个酒瓶，仰头就是一大口，笑话林承晖酒量不行。惹得女方的亲戚连连问杜欣妍，他们俩是不是韩福生的亲哥，叫杜欣妍又感动又好笑。

"快快快，林上尉，吴中校，福生媳妇儿这会儿有点不大好，这儿医疗太差，你们能不能派辆车来把他们接城里去啊？"

他正回忆着，就见一个乡亲像是狂奔而来，气都来不及喘匀就上来拉着二人。

林承晖直觉事情紧急，立马叫吴伯驹去把车子开出来。二人立马上车，灰土一扬，车就这样驶了出去，留下正准备庆祝除夕夜的士兵们窃窃私语。

"别聚在这了，把年夜饭端出来吧。"王伟林向一群人挥挥手，将他们招进房里去。

# 第 十 二 章

杜欣妍第一胎生得坎坷。

正是大年夜，家家户户都准备着吃年夜饭。本来准备吃年夜饭的她，还没等到饭点，肚子疼得不行，一摸垫在身下的坐垫一片湿意，就知道羊水破了，在楼上开始喊。然而，底下人都准备着年夜饭，来来往往地说着话，谁也没听见她的呼声。

韩福生来这边送菜，上楼才发现杜欣妍已经疼得昏了过去，地上留下了一摊水。丈母娘听见动静跑上来，一看就慌了手脚："快，快去找医生来，小妍这是要生了啊。"

韩福生像是上了发条的机器，丈母娘说什么，他就做什么。他跑出去，找到附近镇上诊所的医生，但那医生一听是妇女生产，便叫他去找经验老到的产婆。韩福生又走了好多冤枉路，才找到产婆。

　　杜欣妍躺在床上，一动不动。

　　韩福生将产婆带来，产婆一看也不敢接生。记忆里母亲生妹妹的场景慢慢在他的脑海里浮现出来，床上毫无生气的妻子让他的双臂无力地垂着，像是被风刮折的芦苇，蜷缩到角落里。

　　不知道是谁说了一声："医院！去市里的大医院！那儿的医生一定会有办法的！"

　　韩福生像是重获新生般，一股希望从他的眼里迸发出来："去，快去花莲基地找林上尉，让他把车子开出来，现在就去市里。"

　　那人从未见过韩福生这般大声说话，过了几秒才反应过来，踉跄着往外跑。

　　丈母娘依旧哭哭啼啼，韩福生握住妻子的手："欣妍你再等等，再等一会儿，车子很快就到了，你可得撑住啊。咱们的孩子还没来到这个世界上呢。你得撑住啊……"

　　车子一到，林承晖和吴伯驹见这情况，一人一边地把杜欣妍抬到了车后座。韩福生握着妻子的手，一言不发。

　　车子沿着新修好的国道开过去，一路上三人皆是无话。

　　吴伯驹时不时地就转头过去看韩福生，想说点什么，但又不知如何开口。林承晖把车子开得飞快，直接开到了离基隆不远的台北。两年前，台湾当局在这儿修建了"荣民总医院"，是专门给荣民看病的。

　　等车子停稳当，林承晖让吴伯驹帮忙把杜欣妍抬下来，他去里面找护士。

　　折腾了大半宿，好在医院大年夜也有人值班，在门诊部交完钱后，医生护士把杜欣妍放到担架上抬了进来。经过简单的检查，医生判断是胎位不正，恐怕要剖宫产。

韩福生从来没见过生孩子，更不知道什么叫剖宫产，一听医生说要把肚子划开，吓得脸都泛了白。林承晖和吴伯驹是上过大学的人，自然知道这里面是什么意思，只是这种手术有风险，他们也不能替韩福生做决定。

两边就这样僵持了一阵。

医生也很无奈，给他们下了最后通牒："你们快点决定吧，再拖下去，两个都保不住。"

韩福生坐在医院的椅子上，纠结地抱着自己的头。短短的几分钟，都叫他觉得像是过去了几个世纪，最后还是林承晖替他拿了主意："这个手术，我们做。"

三个人在医院的走廊里，或站，或坐，或走来走去，皆是焦急地等待着手术的结果。林承晖看着身旁穿行的护士们，又不由自主地想起那个给他鲜血淋漓的戎马生涯带来一束微光的女子，此刻她正在做什么呢？

他想到了很多，想着她也许是坐在案前看书；也许是和这儿的护士一样，在医院里救治病人；也许她等不到自己，早已另嫁他人操持家务，生儿育女过着平静的生活……本以为随着这些年过去，随着时间不断变长，他就能把她给忘了，可是他却才发现，原来记忆是无法忘记的，特别是这个人与自己的关系，不仅是共有过的时光，还有刻进身体里的本能。他可以脱掉衣服，却不能卸掉自己的胳膊，而宋珈灵，是他的那颗赤诚之心。

这是没办法忘掉的。

医院里来来往往的人，夹杂着刺鼻的消毒水气味。他又想起了母亲，母亲现在是个什么样子呢？他印象里离开家的时候，母亲不过四十多岁，怎么说都算不上老，但是现在怕是已经满头银发了吧？

韩福生现在会想起他的母亲吗？那个为了他躲到山里，拼了命也要护住他母亲，现在她要是知道自己的儿子已经娶妻，并且很快也要有自己的孩子了，应该会很高兴吧？

开了这么久的车，现在放松下来，林承晖思绪有些飘摇。他找护士问了洗手间的位置，走到里面，发现洗手池边有一小面镜子。他看着镜子里的自己，眼角皱纹渐生，皮肤因为风吹日晒而变得粗糙不堪，那头原本乌黑浓密的头发，也不知道从哪儿长出一两根银丝。

然而他才不过三十多岁。

那么，大哥呢？他拨着头上的白发——大哥也长白头发了吗？

林承晖洗了洗手，转身离开了洗手间。

经过了半夜的手术，天亮的时候，手术室里终于传来了婴儿的啼哭声。

大年初一，这个孩子的降生真是会挑时候。吴伯驹想。

可这声啼哭并没有令韩福生放下悬着的心，等到医生开门出来的时候，他忙凑上去听结果。医生忙碌了一夜，也很是疲惫，摘下口罩冲韩福生摆了摆手说："恭喜，是龙凤胎。"

韩福生搓着冰凉的手，连连道谢。

杜欣妍被护士们推着出来。俩护士一手一个地抱着韩福生的龙凤胎，出来的时候笑眯眯地看着他们三人问道："谁是孩子的父亲？"

韩福生语无伦次道："我，我，我是。"

护士像是见怪不怪了，把怀里的婴儿抱到他眼前说："这个是儿子，五斤七两，还挺有分量的。"

韩福生看到儿子紧闭的双眼，心头涌上了一种异样的感觉，在那一刻，他觉得自己不再是一个普通人了，他是一个父亲，父亲的身份意味着责任，意味着从今往后要扛起一个家庭的重担。

"阿晖，你看小韩那样，活像当了神仙。"吴伯驹冲林承晖挑了挑眉，然后朝着韩福生的方向努了努嘴。

林承晖摇头笑道："他比神仙还要快活。"妻儿都在身边，这是他一直都无法做到的事。

说完两人都笑了。

韩福生没有一直围着孩子打转，比起被护士照顾着的孩子，他更关心杜欣妍的情况。所以看了两眼儿子女儿后，他就把目光锁定在脸色苍白的杜欣妍身上。

护士见了他的眼神，柔声道："放心吧，手术很成功，孩子的母亲打了麻药，这会儿还没醒呢。"

韩福生悬着的心算是放下了。

看着杜欣妍被推进了产科病房，他舒了口气，像是徒步行走万里的人，卸下满身的重负，瘫在了椅子上。

"韩福生！韩福生！"林承晖和吴伯驹见着这对夫妻，一前一后地都被抬进了急救室，顿时觉得两个头都大了。

"现在怎么办啊？"吴伯驹两手叉着腰，冲着林承晖问道。

"静下来耐心等等吧。"林承晖又坐了下来。

早晨的医院，人还不是很多，护工们拿着拖把在拖地。

林承晖和吴伯驹靠在椅背上睡着了，一直到医生把韩福生推出来，护士不得不上前叫醒他们，才把他俩从周公那里拉回来。

"没什么大毛病，就是大喜大悲，加上低血糖，晕过去了。让他以后控制一下情绪。"主管医生脱下手套，淡淡道，"去交费吧。"

交钱，拿药，回到病房，这些杂七杂八的事情做完以后，林吴二人才想起来自打昨天晚上到现在一口东西都没吃。可今天是大年初一啊，外面哪儿还有开张的铺子？

眼看肚子唱起了空城计，又熬了一夜没怎么睡，二人只好坐在椅子上发呆。

不多时，杜欣妍的眼球动了动，睁开一条缝。

"她，她刚刚是醒了吧？"吴伯驹不确定地发问。

"好像是。"林承晖也不敢确定。

两人终究没喊她，护士来过一次之后，杜欣妍又睡了。

下半夜，韩福生才慢悠悠醒来，一旁的林承晖和吴伯驹已经吃上饭了。韩福生打了一瓶葡萄糖，头不晕了，肚子还是很饿。

"这哪儿来的？"他指着那铁盒装的饭菜，咽了咽口水。

"我刚刚问了护士，一楼里边有个医院食堂，可以买到饭菜。所以我让护士帮着带两份。"林承晖一边划着碗里的饭，一边解释。

米饭和菜在嘴里混合着，林承晖说起话来也是模模糊糊。韩福生仍盯着那碗饭菜不走。

吴伯驹从自己背后拿出了一盒还没打开的递过去，说："我们哪儿能忘了你啊，吃吧。"

韩福生嘿嘿一笑，接过来就打开，红烧肉的香味顿时飘了出来。

"阿生……阿生……"

这小声的呢喃传到韩福生的耳朵里，他看了一眼病床，立马放下手里的饭盒，冲到妻子床边，摸摸她的手，眼眶红起来。杜欣妍知道他着急自己，心里像搽了蜜，本来要喊疼的话也咽下了。

"孩子，孩子呢？"她开口问道。

"在育婴室呢，你要是想看，我去让护士抱过来。"他的人生终于圆满了，妻子还在，又有了一双儿女，古人说的一个"好"字，他一次性就凑齐了。

林承晖眼神黯了，不再看这对夫妻，只低头嚼着嘴里的饭。

看到孩子，杜欣妍撑着身子起床，欣喜地从护士手里接过其中一个孩子，左看右看，都觉得顺眼极了。

吴伯驹和林承晖退出了病房，两人走在医院的小道上。林承晖仰着头，新年的朝阳有一种可人的新鲜，他的脸被镀上一层金色。他想起临行前夜，宋珈灵和他说想要个孩子，他不知道这个愿望最后有没有实现。这几年，他常常会做梦，梦见宋珈灵抱着孩子看着他。

吴伯驹知道他看到那对孩子，心里不好过。

"你还年轻着呢，干吗不自己生一个？法律只说低阶士兵不能结婚，你一

145

个军官怕什么?"吴伯驹上前撞了撞他的肩膀,提议道:"哎,我认识一些小护士,或者,女军医?要不帮你在村里问个?肯定找个大美女啊!"

"哎……你又胡说……"林承晖原本陷入对宋珈灵的思念里,但是听到吴伯驹这话,觉得很不是滋味,张口打断他,"你知道的,除了珈灵,其他人都不会是我的妻子。"说到这,他顿了顿,直勾勾地看着吴伯驹。

来台湾这么多年,他不是没有考虑过这个问题。但这些年里,他非但没有忘记宋珈灵,反而越来越思念。无数个夜里,她总会出现在他的梦里,然后一次次地被自己杀死,也正是这一个个梦,让他意识到原来他身边的人其实是痛苦不堪的。宋珈灵如此,母亲大哥亦是,这些年他的肆意妄为,伤害了身边一个又一个人,等他回过神来才发现自己早就不配拥有韩福生那样的幸福。现在叫他去接受别人,只不过是在伤害别人罢了。

他不算是个好人,却也不想做个恶人。

"可是……"吴伯驹还想再说些什么,顾及了他的话,又不得不咽了回去。这些年,林承晖什么打算,他其实早看明白了。他本打算陪着林承晖一起孤独终老,但今日看到韩福生这幸福的样子,他忽然有些动摇,也想有个家。但叫他就这样放下心理负担去结婚,他又觉得自己做不到。

曾玉还在大陆,他同样回不去。

那辆载着韩福生和杜欣妍来的车子正停在路边,像是一个忠实的卫兵。杜欣妍应该会在医院住一段时间,而他们两个没带过孩子的人又帮不上什么忙,倒不如回去把老人请过来。

但没等他们上车,韩福生就追了出来。

"上尉,我和欣妍想让您给孩子们取个名字。"韩福生喘着粗气道。

林承晖一愣,心中复杂。

三人又回到了病房,林承晖和吴伯驹一人一个地抱着杜欣妍生的龙凤胎。才刚出生的孩子,也看不出五官有什么特点,林承晖左思右想,还是没想出两个最满意的名字。

"要不男孩就叫韩乡，女儿，就叫韩娜，你觉得怎么样？"林承晖沉吟许久，终于想出了两个简单好记的名字来。

韩福生点点头："好名字，不过这个姓得改改。"

林承晖不明所以地看着他。

"上尉，我跟您保证过，我若是有了孩子，就让他认您做干爹。我也和欣妍商量过了，既然是两个孩子，我们想把儿子过继给您，做您的儿子。所以他应该姓林。"韩福生一脸慈爱地看着怀里的儿子，笑道。

林承晖没想到韩福生把那天的话当了真。"不，这怎么行呢。我……"

"你什么你啊，你又不准备结婚，现在有个儿子给你养老，你就偷着乐去吧你。"吴伯驹把手里的女孩还给坐在病床上的杜欣妍，一脸酸味地揶揄道。

"福生，这孩子我不能让他跟着我。你知道，珈……我的妻子不在这里，这么小的一个孩子，正是需要父母照顾的时候，他应该跟你们在一起。放心好了，对这孩子，我也会尽我全力去爱护他。"

"哎！阿晖你——"吴伯驹看林承晖这么快就拒绝，顿时有些可惜。他要是后来没去重庆，他和曾玉也应该有好几个孩子了。

"伯驹，你更应该了解我。"

吴伯驹还想张口说些什么，但被林承晖的眼神一扫，又闭了嘴。

林承晖又看了看杜欣妍的脸色，瞧她抱着孩子的模样，实在是不忍心让他们母子分开，便借杜欣妍的由头想把这份人情退回去："福生，我知道你想报恩。但是我和伯驹我们两个男人，哪里会养孩子啊，更何况你瞧弟妹这么爱孩子，你舍得让他们母子分离？"

"上尉，您别担心了，这事儿我和阿生一开始就商量过。您这些年对阿生的照顾，我们都看在眼里，阿生在心里早就把您当成他的亲大哥。再说了，阿生住的'退舍'离您那儿也近，我们随时都可以去看孩子。算不上什么分离的，这孩子能多一个人疼他，我高兴还来不及呢。"杜欣妍望着怀里的孩子，语气里也带了几分认真。

"不行，你怀胎十月生下他，鬼门关里也去了一遭，我……"

韩福生打断道："长官，既然如此，那至少让这个孩子认您做干爹！"

"哎，这个可以这个可以，我替阿晖同意了！"吴伯驹适时插进一嘴，直接让这件事做了了结。

韩福生把孩子抱到林承晖跟前认了干爹。林承晖忍不住伸手摸摸孩子粉嫩的小脸，终于笑起来。韩福生心里多少有些明白林承晖的担忧之处，不过无妨，孩子是家里养着，多让两个人接触接触，以后孩子和林承晖的感情会越来越深的，总之来日方长。

韩乡出生于1958年的第一天，那是一个动荡的时代。但是他的父辈，将战火与丑恶都挡在了外面，在他不记事的那几年，他这一生能遇见的大难都结束了。此后的岁月，他在一片爱与祝福里长大，没有刀光剑影，没有死亡的威胁，像他的那些父辈们所期待的那样。

他眼里的世界，就如他出生的那个病房一般，温暖明媚，将严冬远远隔绝在了外面。

# 第 十 三 章

暑假前，林佑安考完了中学最后一门考试，准备回家和父亲商量考大学。但当他走到家门口的时候，却发现门前堆满了破铜烂铁，街道办事处的女主任正叉着腰，指挥着一帮人搬着这些东西。

六月的天，钟婉莹顾不上擦汗，抱着怀里才四个多月大的小女儿，有点为难地问膀大腰圆的女主任："三姑，这铁锅都给拿走了，我们一大家子人吃什么呀？"

女主任上下打量了钟婉莹，语气里不自觉掺入一丝优越感："瞧你这问的，今年的八大二次会议正式通过了社会主义建设总路线，号召全党和全国人民争取在15年内，要在工业产品产量方面赶上英国、超过美国。你现在就是在帮着建设社会主义，社会主义建设好了，还能少你一口饭吃？"

"不不不，那哪能啊，我就是……"刚好怀里的小女儿开始哭闹了起来，她也顾不上说下去。

等孩子哭停，女主任清了清嗓子，大声道："前面巷口成立了集体大食堂，往后你们一家子谁要是饿了，往前面走两步，进了食堂，那鱼呀肉呀，想吃多少有多少！"

"这样啊……"钟婉莹讪讪地笑了笑，心里总觉得不安。

"那可不是，对了，你们家还有什么带铁的东西没？"女主任往屋里瞧了瞧，继而眨巴着双眼望着钟婉莹。

"妈。"林佑安远远地叫了一声。

钟婉莹转过头来，见着大儿子，脸上带了一丝笑意。

"怎么回事这是？"林佑安走上前来，忙问母亲情况。

"王三姑说是上面下的命令，要挨家挨户收集铁制品，拿到炼钢厂去建设社会主义。"钟婉莹一个家庭妇女，一辈子也没真正遇见什么政治运动，哪儿听得懂什么社会主义，只晓得锅收了家里便没办法做饭，而且看那收锅的架势，应该是要也要不回来了。但现在看着大儿子，心里又生起了几分期待。

女主任看着林佑安人高马大的，也不再说什么。只管将拣出来的一堆破铜烂铁都搬上了车，挥了挥手，半句话也没留地朝下一家走去。

"等等，"林佑安叫住女主任，"三姑，上面的命令要求每家每户献钢铁，可没要求我们都献了吧？我妈听话，把东西都献上了，这我们一家喝个水也没东西烧的，妹妹还这么小，要是大半夜的生个病，怎么办？您说是吧？"

女主任听了这话，心里头不高兴，她兢兢业业地在为党和国家做事，怎么到头来被指责的却是自己了？她憋得满脸通红："为国家建设出力这是每个人都应该做的事情，你应该要感到骄傲！读了这么多年书这么点道理不明白吗？"

"可是国家也没要求我们到底要献多少呀，留个锅烧水总是可以的吧？"林佑安据理力争。

"你这话说的，分明就是不想出力。就你这个态度问题，我就能上报你学校，说你思想有问题，不积极参与就算了，还阻碍我办事！"女主任瞪大眼睛。

林佑安本来想再开口争辩，但钟婉莹听见女主任要将这件事上报学校，想着要影响佑安的前程，便将他按了下来。

女主任见他不再说话，骂骂咧咧地走开了。

林佑安吃了瘪，心里也不高兴，但又不能对着母亲发脾气，只好拉着她往屋里走，问道："妈，你怎么不让我说呢？"

"你傻呀，你没听见三姑说什么呢？你再顶撞她，她真生气了，然后上报学校了，你到时候考大学的事情怎么办？"钟婉莹拍拍怀里小女儿的背，"这两件事，你自己比较一下是哪个比较重要，你说是吧？"

"那也不能就这么被人欺负呀！"

"傻孩子，你跟着三姑屁股后面去转转，这被欺负的哪只我们一家呀！你说是不是？"钟婉莹摸了摸他的头，粗硬的头发有些扎手。怀里的女儿许是见到了熟悉的大哥，也不哭闹了，一双圆眼珠子挂着泪痕，滴溜溜地看着林佑安，时不时笑出声来。

林佑安一颗心软下来，伸手摸了摸妹妹的小脸蛋，又从书包里掏出几个木头做的玩具放在她的眼前晃了晃。上中学后，他已经不大有时间做这些物件了，现在马上要毕业了，上大学也还有一段时间，倒是可以为自己的弟弟妹妹做点东西玩一玩。

钟婉莹也伸手逗着小女儿。林佑安抬头盯着母亲看了许久，她鬓角的白发似乎越发明显了。今天之前他只觉得自己还小，做什么事情说什么话都可以随着自己的心去，不必考虑任何后果，即便天塌下来他都不会害怕。因为他还小，他便可以依赖父母。但刚刚的一瞬间，或许是妹妹对着自己笑的那一刻，或许是察觉母亲白发的那一刻，他觉得自己长大了。他意识到，能为他遮风挡雨的人正在老去，他们为了自己不再做危险的事，不再说冲动的话。

他突然懂得了母亲为什么按住自己。

那是，长大后才懂得的悲哀和无奈。

家里没了铁锅没法做饭，钟婉莹坐在小板凳上直叹气。

晚饭的时候，一家人围坐着吃宋珈灵用诊所的小锅煮的粥。王三姑也是个惯会见风使舵的，看宋珈灵是烈士后代，组织上对她多番照顾，便没敢从她家里拿走什么铁器。

林佑安第一个喝完了粥，放下碗筷，准备把今天班主任交代他的话说给父亲听："爸，我这次各科都考得接近满分，老师说我很有希望冲击好大学，叫我回家和您商量一下看报考哪里。"

林承曔放下了筷子，一脸欣慰，问道："那你有没有什么意向？"

"爸，我不想离家太远，奶奶老了需要人照顾，家里孩子又多，我怕妈和二婶忙不过来。厦大吧，我想去厦大。"林佑安认真地想了很久，他不是不想去更远的地方，但这么多年了，自己也要学会照顾家庭了。

钟婉莹虽然在隔壁哄小女儿睡觉，但也听到了大儿子这番话，她心里高兴，这些年来的那点辛苦比起孩子的懂事来说，真算不得什么。

见儿子这般争气，林承曔也没什么话说，只是最近听到学校的一些风声，他有点担忧儿子能否拿到高考的准考证。

"佑安，你们老师有没有说报名需要什么条件？"林承曔迟疑着，还是开了口。

"嗯，说了的。组织上要求想报考大学的同学去街道办开个证明，证明自己家成分清白，爸，咱们家清清白白的，这应该没问题吧？"林佑安偏过头，盯着父亲的脸——他还是没有直接说出叔叔的名字。家里面的事，他多少知道一些，老师跟他说了这个条件之后，他就想了很久，他不敢去向任何人再详细问一问——他有个叔叔在台湾的事，一直是家里的禁忌。从前，林佑安只觉得那是父母那一辈一丝缥缈的牵挂，林承晖的存在与否，不会对他产生丝毫的影响，现在，他有些拿不准了。

"佑安，这件事，你先不要管……"林承曝从凳子上站起来准备离开，他没办法回答儿子的问题。林承晖的事，他几乎不在儿子面前讨论。

"爸，只要我想读大学，一定读得成是不是？"林佑安抓住父亲的手臂，倔强道，"你说过，'有志者，事竟成'，如果我要考大学，那就一定要考上！"他不能毁在这最后一步路上，绝对不能！

"佑安，你……"林承曝心下一慌，想挣脱儿子的手，可这只手怎么也摆脱不了。林佑安的手掌是滚烫的，带着少年人火热的希望。"你先放手，我想想办法。"

"就是因为叔叔对不对？！——跟三年前一样！"林佑安冲父亲喊，一股怒火在他的胸腔里燃起来。

这声音惊动了隔壁的钟婉莹，她放下刚刚睡着的孩子，合上门过来。

"你们这是怎么了？刚刚不还好好的嘛……"

林承曝不愿多说，拂开儿子的手自己进了房间。

他怎么能不记得儿子说的那件事？三年前，林佑安回到家和他说递交了入团申请书。他满心欢喜，坚信儿子能顺利成为一名共青团员——毕竟之前组织分新房以弥补战争损失的时候，他们一家都没有被定义成资本家成分家庭。然而过了几日，事情还是出乎了林承曝的意料，那份申请书递上去不久就被团委的人否决了。理由是林家有人参加过国民党，现在可能还在台湾，属于敌对势力。

林承曝拿到回馈单，虽情绪有些低落，但也没有持续很久。那时他为了解开儿子的疑惑，第一次向他讲起林承晖的事，林佑安听罢也就过去了。现在想想，申请入团失败的事就像一个开端，犹如一只潜伏在暗处的恶魔开始露出一点獠牙，往后的日子，它仿佛将在无形中笼罩住他的家庭。想到这里，林承曝感到一阵恐慌，因为他并不很能预料到，家庭成分的问题最终会演化到怎样的地步。

七月伴随酷热而来，厦门到处都在炼钢。莫说城里的其他单位，就连放假的学校食堂，都盘起了几座小土炉，通上风箱后，将煤炭点燃再续上废铁，开始冶炼起来。

林承曝在家休假，一边翻着报纸，一边听着中央人民广播电台的消息，腿上趴着睡着了的林觉和林敏。

广播里正播到伊拉克人民推翻伊拉克王室，建立伊拉克共和国，并退出巴格达公约，美英派兵进驻黎巴嫩与约旦，中东局势紧张。政府说要声援中东人民的反侵略斗争，准备加强沿海兵力，形成将要攻打台湾的态势。

厨房的水壶正咕噜咕噜地烧着，这个午后原本一片平静。可那句"攻打台湾"叫林承曝戴的眼镜微微滑落下来。他把手中的报纸合上，又把睡着的两兄妹拍醒，将睡眼惺忪的他们推进卧室去。

外面依然烈日当空，几只雀在树叶间穿梭，这幅景象，反而让林承曝觉得山雨欲来。

林佑安的成绩已经下来了，区内前十，算得上是个还不错的成绩，按理说报考厦大没有太大的问题。上次父子俩的冲突不了了之，林承曝一直没将自己心里的担忧告诉他。钟婉莹听了儿子的消息，一高兴也不知道上哪去弄了点碎糖回来，和着面粉蒸了几个甜包子，家里的孩子们解了馋乐得不得了，几个大人看着他们的模样也感到高兴。

林佑安嘴里嚼着包子，面上却不见得多高兴。他不知道这样的成绩对他来说算不算得上是好事，但有希望还是要去争取。

第二天一早，林承曝带着林佑安去开具证明，管理这些的是王三姑的男人——一个看起来比王三姑还刻薄的男人。林承曈不敢说，又娴熟地在脸上挤出笑容："李主任，这是我儿子。这几天考试成绩刚下来，还不错，区里前十。今天带着他来送政审材料的。"

李主任接过林承曈手中的档案，拆开来看。办公室里没人说话，只剩下窗户外面的知了不停地叫唤着，一声又一声，让人烦闷。

李主任翻看了两页，眉毛皱成一团："就你们家这个成分，还想上大学？那社会主义的大学是你想上就能上的吗？"

"可是我这孩子，已经过了线了，他还考了区前十。"

"谁知道你这前十，是不是抄来的？"李主任冷哼了一声，拿起桌子上的钢杯站起来走到暖水壶边上倒了一杯水。

"我没有！"林佑安紧咬着牙关，睁大一双眼瞪着他。

李主任有些慌了神："行了，我也没时间搭理你们。就记住一条，社会主义的大学，不是留给你这样的人上的，也不看看你家里什么样。走吧走吧。"

林佑安的眼神逐渐黯下去，慢慢地只剩下愤怒："我家里什么样？我的出身是我能改变的吗？是，我的爷爷是地主，我的叔叔是社会主义的敌人，但是我连他们的面都没见过……"

林承曈见他已经开始说胡话，向李主任点了点头拉着他转身走了。出了门，林承曈抬起手给了他一巴掌："你看你都胡说些什么！"

"胡说？我就问问你，我说的哪一句不是实话？家里这么多年遭受了这么多事情，我就不信你没有恨过爷爷，没有恨过叔叔！"林佑安说完就跑开了，"我告诉你，我恨他们，更恨你！"

跑出来看热闹的李主任在一旁点点头，道："你看，你儿子这思想觉悟！"

下了楼梯的林佑安回过头去，恶狠狠地瞪着他，低声骂了一句脏话。

一直到傍晚，林佑安都没有回家。

林承曈不想去找他，不是不担心，而是不知道要怎么面对他。他一直觉得儿子还小，可今天儿子说出那些话的时候他才意识到儿子长大了，有自己的想法了。他从来没有过多地表达自己，抑或是自己没有真正地去了解儿子。

他只知道林佑安对这个家很失望，但他从来不知道原来儿子还恨着自己。

他知道自己不是一位合格的父亲，但原来自己是如此的不堪，一股强大的挫败感涌了上来。

钟婉莹不知道发生了什么，但还是尽力安慰着丈夫。他看着妻子和小女儿，很快振作了起来——他不能再让更多的人对自己失望了。眼下，林佑安报考大学的计划已经不能实现，但他还是想再做点什么。隔日他就去找了陆晓浓。然而即使陆晓浓为此跑废了一双皮鞋，到处找关系，也没能改变这个结果。

不久之后，林佑安就离开了学校，四处瞎逛，有时候打点零工，赚点零花钱，但是，对家里人都爱理不理，有时候三天两头不着家。开始时家里人着急，后来慢慢就习惯了。有时候赚了点钱，林佑安会给奶奶和母亲整点红糖，让她们补补身子。倒是林承暻和宋珈灵，从来都没有份。他们不去找佑安回家还有一个原因，房子太小，已经不够住了——不是他们家才这样，这边社区的小青年不少都是有家不能回的，回去没地儿住，只能跟几个同龄人挤在一间屋里，抽烟喝酒讲段子，都是在这时候学会的。

林承暻不能理解很多事，但是他也不敢问，只能默默承受着。管不了林佑安，只能更用心工作。他不知道该怎么补偿家庭，只好关注起自己的学生。

陆晓浓是踏着晚霞来的，她整个人瘦了一大圈。按理说，她这个年纪，应该会发福才是，可她却越来越瘦，一身蓝色的教员服套在身上，犹如一只布袋。

"阿暻，过两天市里开会，点名了要你一定参加。"陆晓浓进来的时候，径直坐了下来，喝了一大口桌上的冷茶。

"是有关新课改的事？"林承暻一脸不解地看着陆晓浓。

"新课改什么呀，八字都没一撇呢。"陆晓浓转了转头，捏了捏酸痛的脖子，"我一大早地被老孙叫过去开会，那个糟老头子仗着自己比我高一级，总想着插手学校的事务。跟他扯皮了半天，还是被他塞进了两个人。以后啊，可有苦日子过了。"

外面的知了声停了，屋里的两人讨论着下学期的工作安排。刚刚断线的广播这会儿又接上了，里面传来："世界上有一个地方叫中东，最近那里很热闹，搞得我们远东也不太平；人家唱大戏我们不能只做看客，政治局做出了一个决定——炮打金门！"

两人听到这里，皆停了下来。

陆晓浓从包里掏出丝巾擦了擦手，朝纸篓里一丢，啐了一口痰。

"还以为苦日子要到头了，没想到又来了。要是真的打起来了，怕不是又得跑。我一个人还好，你这一大家子，啧啧啧，够呛。"陆晓浓像是在抱怨，也像在揶揄，说完提起公文包，便走了出去。

风风火火的背影消失在门口，林承晖轻叹一声，看着外面的景色发起呆来。

八月底，解放军发动了一次猛烈的攻击，两小时内在金门落弹达四万余发。攻击的重点集中在指挥所、观测所、交通中心、要点工事及炮兵阵地。由于当时正赶上晚餐，突发炮火造成了严重伤亡，其中不乏高级指挥官。

"又打上了，这次又是不知道什么时候才能停了……"被调来增援的林承晖坐在军用车上，这个消息让他又担忧起来。

说是被调来，其实是林承晖自己要求来的。原本过了这么些年，他以为已经没指望了，便压抑着自己不再去想。但听说金门被打了之后，心里又升起希望来——打仗这种兵荒马乱的事情，就算是少了他一个人也是无关紧要的。就算跑不掉——多半也是跑不掉的，死在战场上也好——离家近一点便好。

他不止一次想到死，主动上战场是他求解脱的方式。

吴伯驹眉头紧皱，半天也不见得说出一句话。和早些年不同，现在的他不喜欢打仗了。他宁愿守着这片地方，就这样安安稳稳地和林承晖过下去。

"到了这个关头，你紧张也没用，还是过好眼下吧。"参加战争这么多年，林承晖体会最深的就是过好当下。他握着方向盘，想起刚会爬的韩乡，眼里划过一丝柔软。这孩子打小就跟他亲近，就连韩福生都说孩子跟着林承晖比跟着父母要乖。

想起韩乡，林承晖的心里七上八下，不知道该怎么面对自己主动要求上战场的这个决定："幸好当初给韩福生办了退伍，不然现在他有了孩子，还要来上战场，他家里的妻儿又是胆战心惊了。"

"这都什么事儿啊。"吴伯驹一脸烦闷地把脸埋在胳膊里看着车外的景物。

其实这趟，他们花莲基地来的人并不多，这场炮战最需要的不是人手，而是物资。前头靠近金门的几个县前几日都已经运完，就差他们这儿了。原本林承晖是想自己一个人押送，但货物太多，且路途略远。吴伯驹虽然厌烦了战争，可本着为战友着想，还是跟着他一块开车来了。

更何况，他不仅仅是战友。

浩浩荡荡的一路车队，抵达码头，已是傍晚。

海风吹过来，叫林承晖恍惚想起了十年前的那一次跨海远航。那天的海风夹杂着雨，心里虽然也很不安，但最惨的结果也不过就是再也回不去。但这次的航行，一个闹不好可能就是没命。和平年代爱歌颂生命，然而林承晖和吴伯驹这样经历过无数战争的人，都知道在战争面前人命是最不值一提的。

他已经为自己做好了打算，但不代表他可以替身旁的吴伯驹一起打算了去，他看着海员们搬运物资，转头对吴伯驹道："伯驹，回去吧。"

吴伯驹神色复杂，沉吟许久才开口道："阿晖，我看你还是别去了吧。把这交给海员，他们比你熟悉金门。"

"不行，这是我的任务，我得确保这一批东西安全运出去。前几个县都送过去了，到我这里也不能掉链子。你先回去把酒倒上，我回来喝。"林承晖笑着冲他招了招手，登上了护卫舰。

平静的海面，像是一个沉睡的远古巨兽，不知何时会被人唤醒，然后掀起滔天巨浪。

林承晖坐在船长室里，看着航线，预估着明天早晨能不能回到基地。听船上的海员说，这些天因为解放军炮兵和海军的封锁，金门的机场完全不能起降，金门岛十五万军民的补给全靠料罗湾的海运。为了安全起见，几日前就开始了夜晚运输，但即使这样也防不住解放军的舰艇和岸轰。

"这一趟的船队似乎挺多人的？"林承晖看着他这艘护卫舰前后都跟着船。

"是啊，后头那只船上载着台湾和国外的战地记者，休假回来的美军顾问团，还有一些金门士兵。为了防止共军夜袭，所以派了一拨炮舰护卫。"船长一边掌舵，一边和林承晖解释。

林承晖盯着天气，今夜星空明朗，但越这样，越叫他觉得不安。

这次运载的除了物资，还有这么多重要人物，他不得不更多了一份心。

"林上尉，要不要尝尝腊肠饭？"一个海员走进来笑着问道。

林承晖还没看到他手里的铁盒，就闻到了一股浓郁的腊肠香，今天在船上待了这么久，他早就饿了。"这是你做的吗？"

小海员摸了摸后脑勺，有点不好意思地点点头。

林承晖接过来，打开盖子，舀了几口放嘴里，腊肠果然劲道爽口："手艺不错，我好久没吃到这么好吃的腊肠了。你是哪里人？"

"广东的。"小海员被问到户籍，眼里似乎闪过了一丝失落，但是那股失落很快就被林承晖的夸赞取代了，"上尉您呢？"

"我？"林承晖嚼着腌制入味的腊肠，像是漫不经心道："厦门。"

海员和船长皆是一愣。这场炮战，距离主战场金门最近的便是福建省厦门市。而林承晖，这个厦门人，却要运送物资来帮助金门。这就好比领着外人去打自己家，这个认知着实令他们心头一震。

前头的船忽然单独出列，朝着另一个方向开去。船长还未来得及说什么，就被林承晖看出了端倪。他把吃净的铁盒递还给小海员，俯身问道："怎么回事？"

船长冷汗淋淋，却不跟着前头的船一起调转方向。林承晖不是海军，没弄明白这到底是在做什么，回头看着还站在原地的小海员，问道："前面那艘船怎么了？"

"应，应该是碰见，共……共军的鱼雷艇了吧。"小海员知道这场航行的真实目的，像是被人抵着枪指着嗓似的，说话的时候结结巴巴。

"我们这艘不是炮舰吗？配备的火力应该很足吧，你们怕什么？"林承晖见船长和小海员的模样，很是不解。

"不。"船长从齿缝之中挤出了一个字，像是下了很大决心，对着林承晖解释道，"我们这艘舰艇，其实是为了掩护前面的'美坚'号。我们的使命就是不顾一切地拖住共军的鱼雷艇，让'美坚'号顺利抵达金门。所以，哪怕开火，也要等确认'美坚'号脱离危险之后。因为，我们是它的影子。"

林承晖面对这个结果，一时不知道该说些什么。作为一个押送军用物资的地方官兵，这种军事机密，确实没必要告诉他。但是，这事关他的生死——即便他提出上战场的那一刻，便已经不再在意自己的生死，却还是无法不叫他感到气恼。

他看也不看船长与小海员，径直走了出去。

而就在他掀开舱门的那一刻，迎接他以及他们这艘船的是八颗鱼雷。夜晚风大，加上风浪的影响，这些鱼雷大部分都掉入了海里。

林承晖觉得一阵目眩，那些闪着火星子的东西，就这样划过了他的头顶，落在了前方的深海里，激起一片不小的水花。那一刻，他感觉一阵迷离。仿佛那鱼雷不是什么杀伤性武器，而是可以叫他的愿望成真的流星。

船随着鱼雷的落下而晃动起来。这艘船虽然点满了灯，但其实船上并没有几个人。这样的战术，真的能骗过别人吗？

在落海之前，他的脑子里满是这个疑惑。

夜深了，月亮躲到了乌云背后。

"妈，这么晚了，您怎么还不睡啊？"林承暻下楼倒水的时候，就见李佩瑶坐在门口，像是等着什么人。

"阿暻啊，妈睡不着。这几日炮击，我心里发慌。"李佩瑶拉着林承暻坐下来。她如今视力变得不大好了，看东西的时候常常要眯着眼睛。

"妈，怕什么，炮打不到咱这儿来。"林承暻想把她扶起来，却叫她一把抓住。

"坐下，坐下。你看你说的这叫什么话。"李佩瑶语气之中似乎带了几丝责怪，"咱们是打不着，可是，你想过你弟弟没有？阿晖还在那头呢，万一打着了阿晖可怎么好。"

被李佩瑶的话一下子问住，林承暻自觉羞愧。其实早在之前听到广播电台放出的消息时，他心里就存下了这个担心。这阵子的炮火一直未歇，上面仿佛铁了心要把金门夺回来似的。

"阿暻啊，妈老了，这辈子就一个心愿。若是能见到阿晖平平安安回来，那妈就知足了。咱们一家人，平平安安过日子，比什么都好。"李佩瑶像是拉着林承暻诉说心中所想，但是说话的语气又像是喃喃自语。

最后一句听得林承暻鼻子一阵微酸，他蹲下来，看着年迈的母亲说："一定会的，妈，您一定会长命百岁的，到时候阿晖也回来了。咱们一家人，还在这儿，在这儿平平安安地过日子。"

李佩瑶抬眼看着他，像是想从他的脸上得到自己想要的表情，末了，说了一句："很晚了，回去睡吧。明儿就开学了。"

林承暻见状赶忙站起来，扶着李佩瑶道："妈，我送您上去歇息。"

1958年9月2日，从台湾到金门的料罗湾上，中国人民解放军海军与国民党军海军发生了"八二三"炮战中规模最大的海战，史称"料罗湾海战"。

次日中午，林承曔在回家路上就听几个老兵议论纷纷，口中皆是"料罗湾如何如何""我军大胜""金门有望收复"等等，林承曔看着脚下的路，脑子里乱嗡嗡的。

路过报刊亭时，他买了一份最新出的日报。果然头版头条印了几个大字——料罗湾海战，下边一行副题"我军重创敌军战舰"。

接下来的大篇幅小字，皆是对这场战争的报道。林承曔翻过一页，就见着后面写到打捞起来的敌方的救生衣与防风帽。印刷模糊的照片上，记着军人的编号和名字。他擦了擦新配的眼镜，戴上重新看了一遍。

周围还是闷热的，可他却自脚底升起了一股寒意。

他手中的那份报纸，那张刊登出来的被打捞的敌方救生衣，上面的那个名字，就是林承晖。他无论怎么看，都是林承晖三个字没有错。

探寻林承晖的消息，在他心里埋了二十年，他一直没有放弃过。就像是下了一场旷日持久的雨，林承曔坚信会有雨过天晴的时候。可是，这次的天晴，来得太过猛烈，他那块被雨水浸泡了二十年的心田，片刻之间就被这道烈日烤得龟裂。

望着回家的那条路，林承曔忽然觉得双腿沉重不已。那条熟悉的路，此刻变得如此陌生。他害怕见到母亲，害怕见到等待了林承晖这么久的宋珈灵。

他的手里紧紧攥着那份报纸，后悔自己看了这则消息。

可是没有看，就可以当作不存在了吗？

# 第 十 四 章

炮击持续了近三个月，炮击结束的那一日，林承晖终于从病床上醒了过来。脑子里关于那场足以载入史册的料罗湾海战只停留在鱼雷落在他们的船上，之后便是满眼满耳的海水，以及抓着他往救生艇上跑的小海员。

他睁开眼看了看四周，皆是纯白一片。这是医院，这让他感到安心，白色床单令人踏实，就像宋珈灵在身边。在他过去生命里的每一次昏迷后醒来，他总会恍惚地觉得自己在做梦，等再闭上眼这一切就能全都结束。

但是这一次未等他闭眼，门口乱哄哄的吵闹声就传了进来。他依稀听到了吴伯驹的声音，这声音叫他安心，也叫他觉得失望。

有伯驹，说明他还在台湾。

那扇门被人从外面推进来，吴伯驹一身军装，满脸疲惫，手里端着饭盒。目光触及床上已经醒来的林承晖时，手里的饭盒咣当一声掉到了地上。"你、你你等会儿……"他像是见鬼了一般往外面跑去。

林承晖想开口叫住他，但是动了动喉咙，发现自己说不出一句话。他想坐起来，但是却发现使不上力气，每当他试图努力，腿间的剧痛就能叫他疼得喊出来。

医生和吴伯驹在这时都冲了进来，见林承晖这副模样，都忙把他按下。

"不行，您现在不能动。这条腿还得动手术呢。"医生一边说，一边拿出仪器来检查林承晖的身体，等到他收起听筒时，朝着吴伯驹笑道："这真是奇迹啊，林上尉福大命大，这条命，算是保住了。只是……"

"医生，我们出去说吧。"吴伯驹截断医生后头的话，准备拉着他往外走。

"不必了，有什么话，直接跟我说，我承受得起。"林承晖从干涩的口腔里挤出几个字，拦住了要往外走的两个人。

医生一时不知道该听谁的，有点为难地看了看吴伯驹。

吴伯驹想了想，自觉无法替林承晖决定，便示意医生直接说话。

"我就说得简单点吧，上尉的右腿遭到炮火的攻击，失去了知觉，要动手术，但是术后不能再进行激烈的军事训练。所以可能对职业生涯会有一定影响，您可能要提前退伍。"医生看着林承晖，平静地讲述了这个事实。

吴伯驹一脸紧张地望向林承晖，害怕林承晖承受不住这个打击。但是当他看到林承晖的表情的时候，却见不到他有任何异样，仿佛这些事情与他毫无关系。吴伯驹心里咯噔一下，他更希望看到林承晖痛苦、难过，甚至绝望流泪，也不愿意看到他毫无表情——哀莫大于心死，说的就是这副模样。

林承晖就这样躺了三天，不吃不喝，无论吴伯驹好说歹说，都是木然着，没有任何的哀喜。吴伯驹也足足在他身边陪护了三天，连澡都没洗一次，幸好冬天已近，要不一身酸臭也是够受的。

醒来第四天，医生按例查房。大家都悄无声息的，忽然，林承晖动动嘴皮，问道："手术安排在什么时候？"

"看您的身体状况，若您同意，我们会尽快安排。"医生答道。

"麻烦您了。"林承晖说完，像是忍了很久似的问道："我可以喝水吗？"

"这两天还不行，要忍过这两天。家属也要记住了，可以先用棉签蘸着水湿润嘴唇。我还有别的病人要去看，有事可以让护士来找我。"医生说完，便走了出去。

随着房门一关，外面闹哄哄的声音渐渐停了下来。

"伯驹，外面为什么这么吵？"林承晖见吴伯驹似乎有点无所适从的模样，又见外面闹了那么久，便问道。

吴伯驹走上前来，坐到他的床边，一脸不耐烦地说："那群记者知道你参与了海战，便想写个报道，所以日日守着等你醒过来。"

"哦。什么海战？"林承晖似乎一点也不在乎，任凭吴伯驹说什么，他都像是一潭深水。他回忆不起来之后发生了什么。柔软的床铺让他感到困倦，他的计划总是失败，大概这就是天意难违。既然如此，他也不愿再挣扎了。

"阿晖，你没事吧？"吴伯驹顿了顿，犹犹豫豫地开口。

"没事。"林承晖闭了闭眼，"我只是有点累。打仗的事我记不清了，让记者回去吧。"

吴伯驹见他不想多谈的样子，一时也无话可说，起身退出了病房。

外面的记者还守在那里,一见吴伯驹出来,就全围了上去,七嘴八舌,闹得吴伯驹脑子里一团乱麻。他推开这些人,狠狠抛下一句话:"没什么好问的,林上尉失忆了,什么都不知道!"

一堆记者被他这句话震得愣住,过了一会儿,才三三两两地散开。

病房里的林承晖木然地看向自己的腿,又伸出手去重重地捏了捏,果然一点知觉也无。后半生他要怎么过呢?林承晖发现,他打了几乎半辈子的仗,现在终于不打仗了,他又不知道自己能做什么了。瘸了一条腿的他,连基地里退伍做活的老兵都不如。

他就这样盯着自己的双腿,不知什么时候,嘴角边尝到了一丝丝咸味。

天气越来越热,大地像一块烙红的铁板,走在上面鞋底都是滚烫的。挂在天空的那轮太阳仿佛是个醒过来的饕餮,恨不得把人都烤干。可炙热却阻挡不住一个又一个大新闻,好消息像是罐头厂里成堆批发的,每日都挤满了大报小报的头版头条。

林承曈看着办公桌上的日报,不禁疑惑,拉着隔壁桌胡子一大把的数学老师问道:"洪老师,你看天津市的水稻试验田,亩产都两万斤,你说天津人民是不是吃都吃不完啊?"

洪老头扶了扶老花镜,看了林承曈一眼,嗤笑道:"姑且听之,姑且听之。"然后一边摇头表示不信。

"这可是日报啊,还能有假不成?"林承曈虽然心里也不大相信,但总不好意思说出口。

洪老头见他这副模样,一脸不满道:"如今这生活哟,是越走越偏咯!"

林承曈见他不愿再多说,便把头缩了回来,合上报纸,继续写着手里的教案。

最后一堂下课铃响,一大拨孩子像是被渔网兜住的小鱼,互相挤着往前跑,等着校门一开,嗖地一下游回了自由的大海。

林承暻被这群孩子裹挟着往前走，时不时地收到两句跟他道别的话。看着这些年轻鲜活的生命，他觉得自己也跟着年轻了起来，连带着走路都变得轻快。

可回到家中，他发觉气氛不大对。

钟婉莹在房间里默默地缝衣裳；宋珈灵和李佩瑶坐在外厅里互相依偎着，脸上都挂着泪痕。林建国在一旁做着作业，时不时地抓耳挠腮，倒是林觉和林敏两个跟往常一样在外面院子里踢球。

"妈妈她们怎么了？"林承暻蹲了下来，向两个孩子问。

林觉和林敏互相看了一眼，皆摇了摇头。林承暻揉揉孩子的脑袋，叫他们不要走远。

进到家里，桌上放着从公社打包回来的晚饭，林承暻随意扒拉了几口，便上楼去找钟婉莹。

"妈和弟妹这是怎么了，我刚和她们说话，怎么都不理我？"林承暻一进卧室就关上了门，向一旁的妻子问道。

钟婉莹手被针扎了一下。"你早知道二弟没了，为什么不告诉我！"

"什，什么？"林承暻像是被戳中了的气球，刚才心中的那点闷气，现下全都漏了。

"这几日弟妹和红婶要打扫诊所，来问我要旧报纸擦窗户，我就把家里的旧报纸全找了出来。上个月的头版头条写得清清楚楚，弟妹又是个文化人，一眼就让她瞧见了。连带着妈也跟着知道了。你还好意思说，这么大的事，你怎么连我也瞒着。"钟婉莹的手指头还在冒血，她翻出纱布，把被刺中的手指缠了一圈又一圈。纱布缠得紧，不一会儿一个手指头都憋了血，下面一截都泛了青紫色。

林承暻伸手握住了她受伤的手指，替她把纱布撕开又系好，深吸了一口气。"我，我就是怕……"

"怕？怕什么？你读了这么多书，还不晓得'纸包不住火'？哎！你啊……你出去,我自己弄。"钟婉莹扬扬手,不愿再跟丈夫多说什么。林承曘见她着实在气头上,只好默默地推门出去。

可未等他踏出房门,宋珈灵忽然喊了起来:"妈,妈你怎么了?大哥大嫂,你们快下来啊!"

钟婉莹忙冲过去打开门,拉着林承曘一块下来。

李佩瑶忽然昏了过去,任凭宋珈灵怎么叫喊都没有反应。

林家人一时都慌了手脚,还是阿红婶来得及时,忙说道:"都愣着干什么啊,快送医院去啊。"

一通忙活,等李佩瑶转入病房,已到了后半夜。钟婉莹因为家里还有四个孩子,便没有跟着一起来。阿红婶要回去打理诊所的事,留下了林承曘和宋珈灵两人。

宋珈灵这会儿早没了颓丧,摆摆手道:"大哥,你明天还要上课,先回去吧。"

林承曘看到宋珈灵,就觉得心里有亏,更何况里面躺着的是他的母亲,他实在不好意思叫宋珈灵一个人守着这儿,便婉拒了。

"弟妹啊……"林承曘忍不住开口。

"大哥,您别说了,战争无情,我心里有数。"宋珈灵哭过一场后,像是看开了很多,说起话来很是平静,然而这更让林承曘如坐针毡,"打从我决定嫁给他那刻起,我就知道会有这一天的。"好在最艰难的时候她已经度过了,林建国已经长大了很多,她的任务已经完成了一半有余。林承晖虽已不在人世,但她总觉得他的灵魂,还在注视着她。

"弟妹,你看,你还年轻,不如……"林承曘捏着膝盖上的裤子,只觉得这话这会儿说不合时宜,但又忍不住不说。

"不必了,我生是林家的人,死是林家的鬼。妈身体不好,建国又还小,若是叫我这会儿离了去,日后去了那里,我还怎么见他?"宋珈灵说完便走进了病房去照看李佩瑶。

从来到林家那一刻起，宋珈灵就感觉到林家人对自己的愧疚，他们虽然对自己好，但这种好中总是带有一种疏离感，好似她从来没有被真正接受过一样。事实上，她之所以成为林家人，也确实是因为林承晖的缘故，若不是真的怀上了孩子，说不定她现在只是一个形单影只的普通妇人罢了。

是啊，就算她只是形单影只的妇人，也绝不会改嫁他人的，这是她对林承晖的爱。可现在，他已经不在了——尽管自己不愿意相信，但报纸上的白纸黑字就在那里，她好像已经没有理由再留在林家了——她和林家人的念想，在看到那张照片的瞬间就已经崩塌了。

可是孩子呢？他是真真正正的林家人，她能要求他陪着自己一起走吗？丈夫已经不在了，再少一个孩子……

她看着在病床上熟睡的李佩瑶，思绪变得凌乱了起来。

李佩瑶大受刺激，在病床上总是稀里糊涂说着胡话，一会儿骂丈夫不顾一家老小死得早，一会儿骂林承曌阳奉阴违不孝顺，一会儿骂林承晖任性无知胆大妄为——倒是奇怪，没有一句俩媳妇的不是。

迷迷糊糊的间隙，李佩瑶好像是回光返照，叫钟婉莹去给林承晖刻个牌位，放在家里面。

钟婉莹正要出门，被林承曌拉住。"妈，这牌位不能立，不能立啊！"林承曌把妻子拉到一边，继续道，"现在是什么形势？佑安连考大学都不能考啦！如果我们给承晖立牌位的事儿被人知道，弟妹怕是连命都保不住！"

宋珈灵也是听说母亲和大嫂要给林承晖立牌位，赶忙来阻止——珈灵十分警觉，她老早已经知道，在这样的形势下，最好的办法就是当什么都没有发生。

李佩瑶顶着一双红肿的眼睛，死死地盯着林承曌："怎么，阿晖死了都不能让他回家？我叫你去给阿晖立牌位，你听到了没有？"

林承曌又好心地给母亲解释："妈，这件事我不能依您，您随意发脾气吧!"

李佩瑶本就伤心,听到大儿子这番话心里更苦了:"你就是嫌弃我现在是个老婆子,没用了。是,我老了,不中用,那你还养着我做什么,不如让我和阿晖一起死了算了……"

"妈,您看您说的,您哪里老了,老了还能天天帮着我带孩子吗?"钟婉莹赶忙上前安慰。

"反正我不管,我一定要给阿晖立牌位,他离家这么多年了,死了见不到尸体就算了,难道还不能让他进我们老林家的祠堂吗?"李佩瑶越说越难受,眼泪一行接一行地流。林承曜坐在一边,一动不动。

其他事情都好说,但在这件事情上,林承曜只觉得母亲在无理取闹。他自己心里也难过,但是怎么可能真的为了死去的人而葬送了活着的人的前程和性命。已经有了林佑安的前车之鉴了,他不可能让宋珈灵母子再陷入苦难中——这不仅仅是对不起他们母子,更是对不起死去的林承晖。

他捏了捏衣角,想要同李佩瑶争辩,却被宋珈灵按下了。宋珈灵上前去,跪在李佩瑶面前,握着她的手:"妈,这件事情,我赞成大哥的说法。"

"珈灵……"

"阿晖已经去了,我们再这么张扬,到时候别人知道了,说我们是反动分子,到时候别说是这一大家子人都要遭殃了,就连阿晖的牌位也保不住。"宋珈灵好心地解释着,又怕这冰冷的话语伤了她的心,忙着安慰道,"这件事情,不是只有妈您一个人伤心,阿晖是您的儿子,但也是大哥的弟弟,是我的丈夫,我们都一样伤心,也都同样希望可以给他立个牌位,但是不是所有事情都能如愿的……"

宋珈灵说着说着忍不住哭了起来,李佩瑶轻叹一声,摇了摇头。

吃饭的时候,林家的饭桌上多放了一副碗筷。林承曜倒上一杯酒,朝天比画一下,嘴里念念有词,然后把酒浇在地上。

翌日一早,钟婉莹抱着小女儿来送饭,前头的林建国像个小大人似的牵着林觉和林敏。林承曛吃完了早饭，紧赶着准备去上班，却被钟婉莹按下，她一脸看木头似的看着他道："妈都病了，你还要去学校啊？我已经替你请好假了。"

林承曛惊讶不已，这个点，钟婉莹如何请的假？想来是昨晚上去阿红婶那借电话打给陆晓浓说的吧？念及此，又看到钟婉莹手上的伤口，他更觉妻子温柔体贴，忙伸手接过小女儿抱在怀里，想替妻子减轻一点负累。

"你回去睡会儿吧，这儿换我来陪着。"钟婉莹透过病房门口的小窗子看着里面趴在李佩瑶床边睡着了的宋珈灵，忙推了一把林承曛道。

"弟妹还在里面呢。"林承曛做了个手势。

"我知道，她这会儿睡着呢，一会儿等她醒了，我就叫她回去。"钟婉莹说着便招呼林建国过来，"建国，一会儿你去叫你妈回去休息好不好啊？"

林建国听了这话，想也不想便摇了头。

钟婉莹不明所以地问："为什么不？"

"妈常说，医者仁心，奶奶病了，妈不等奶奶醒过来是不会走的。"林建国一字一句地蹦出熨帖的话，却把钟婉莹给难住了。

"话是这么说没错，但是建国，你觉得奶奶希望看到你妈妈病倒吗？"钟婉莹换了个角度。

林建国又摇了摇头。

"这不就是了，建国，一会儿你去叫妈妈回家好不好？"钟婉莹蹲下来，摸着林建国的小脸蛋，温柔道。

林建国终于点了头。

不能碰水也不能进食的十二小时，让林承晖虚脱极了。但是军人的意志力又叫他硬生生挺了下来。几日的观察期过后，医生又替他做了一次检查，定下了手术日期，他这才放心。

韩福生抱着韩乡来看他，不过八个月大的韩乡这会儿只会哇哇乱叫。孩子伸着手要去够林承晖，直叫在床上躺着的林承晖觉得心中一暖。韩福生怕孩子把林承晖压坏了，不愿意放他到林承晖身上，哪知一不顺小家伙的意，韩乡马上瘪着嘴就要哭。

林承晖从床上坐起来，笑道："不碍事的，把他给我吧。"

韩福生见他心里有谱，便把韩乡递到林承晖怀里。林承晖抱着他哄了几句，孩子果然喜笑颜开。

二人说起了军营里的一些事，又说到了带孩子的烦恼，最后聊到了退伍那边去，韩福生像是了解林承晖的内心一般说了一段话："林中校，我明白你。战争叫我失去了家庭，又和妹妹分离，我打从心底里就不希望打仗。杜家人常常羡慕我是个军人，觉得仗着我有依靠。其实若我能选择，我倒希望自己是个庄稼汉，日日面朝黄土背朝天，就这么稀里糊涂地过一辈子多好。"

林承晖听了他这朴实的话，忽然笑了出来，韩乡摸摸他的鼻子，有样学样也跟着一块笑。

"过去我以成为一个军人为荣，现在我只觉得这般荣誉耀眼却无用。从前你问我在部队想家为什么也是一种罪，后来马沛丰死在我眼前，有人也被送去了绿岛。其实我也想不明白，为什么想家也有罪呢？"林承晖看着怀里的孩子淡淡道，"你也是。这一走就是这么多年，能不想家吗？我们在战场上拼死拼活是为了什么，不就是保家卫国吗？可到头来，我们被留在了这个小岛上，日日夜夜听着那海浪声起起落落，看着那月亮阴晴圆缺。我们住下来了，可是我们的心真的住下来了吗？我们努力了这么久，竟然只是为了住在台湾，听他们叫我们一声外省人？"对军人来说，信仰是让他们行动的最强驱动力。林承晖曾经对自己的这份信仰这么执着，可最后全都变了味。失去了信仰的军人，在军营里的生活，只会让他觉得痛苦。

这是第一次听林承晖对自己说了这么多，韩福生也不愿意去打断他，要是把这些话说出来能让他痛快点，自己就这么一直听下去也不是不可以。

林承晖的声音很轻很轻："我醒来的那天，看着我自己的腿，我竟然哭了。其实去运送物资的时候，我就想过趁乱逃了吧，不行死在那也行，说不定顺着海水漂，我能回到大陆去。可我还是回来这里了，或许这就是我的命吧。但这次，我也明白了一件事，我已经不再想去参与那些什么党派的事情了。我活了下来，只想作为'我'活下来，而不是国民党上尉林承晖。"

林承晖说完，脸上露出了释然的笑。韩福生知晓他的意思，也不再提起之前的事，便开始逗弄起韩乡，想让儿子给林承晖带去一些欢乐和希望。

动手术的那天，来了一些人，像是张逸、卫华这些过去在花莲的亲信，还有杜欣妍和孩子也跟着一块来了。林承晖在这里没有亲人，像做这样的大手术，他们都希望自己的存在能给他带来一些力量。

随着时间一分一秒过去，外面的人把心都提到了嗓子眼。眼瞅着手术室的灯灭了，便集体围了上来。吴伯驹挤进这群人中间，才和医生对上话。

"一切顺利，无须担心。"医生冲他们摆了摆手，便退了出去。

得到这个答复，众人这才算放了心。

接下来连着几日，韩福生都带着杜欣妍炖的排骨汤来看林承晖。吴伯驹把那些兵都带回基地继续训练去了。林承晖的病床前，除了韩福生就剩同样退伍的卫华。

卫华自告奋勇想着等林承晖出院后，把他接到自己住的"退舍"。韩福生听了接过话茬表示自己和杜欣妍照顾林承晖更方便。两人一时争论不下，倒叫林承晖看着好笑，劝解道："我只是瘸了，又不是残废，你们俩真的是，这有什么好争的。"

一句话，听着像责怪，倒让两个人听着发起笑来。

"上尉，您退伍以后打算做什么？"卫华不再和韩福生争了，问了个正经事。

林承晖想了想说："做点生意吧。我们家过去就是做生意的，我别的没学会，但是看账做账勉强还可以。这些年帮着上面搞农场，也知道一点经济往来。我打算领了退伍补助金，自己开个店做做生意。"

话说到这，谁也不再多问了，都只盼着往后的日子能静静地过下去，别再如这般反复地起波澜就好。

李佩瑶一病，林家人轮流陪床。宋珈灵把诊所给关了，日日守在床前伺候着，连阿红婶看了都觉得心疼。钟婉莹日日带着孩子来送饭，也觉得苦不堪言，忍不住捎信给大儿子林佑安，想让他请个假回来帮帮忙，可这信却像是石沉大海一般没有收到任何回音。

这日李佩瑶终于醒了，看见宋珈灵便开口道："晓浓啊，你这孩子什么时候嫁给我们家阿曛啊？"

这叫宋珈灵顿时愣住，她认识陆晓浓，但谈不上熟悉，这会儿见婆婆这样说，还当她一时糊涂认错了，忙道："妈，我是珈灵啊！"

"珈灵？什么珈灵？"李佩瑶的双眼无神，盯着她看的时候，叫她觉得特别陌生。

"我是您的二儿媳珈灵。"宋珈灵试着解释道。

"什么？"李佩瑶像是听见什么可笑的糊涂话似的，忽然咯咯咯笑起来："我那阿晖才十七岁，刚上大学，哪里来的媳妇儿啊。晓浓，你莫骗伯母了。"

宋珈灵这才大惊失色，叫来了医生，说明了情况。医生问了李佩瑶几句，又检查了一遍身体，便得出了结论："老人家年纪大了，又受了刺激，选择性遗忘部分记忆，以后能记住的事情就越来越少了。"

这个诊断结果叫闻讯赶来的林承曛脸色一沉，连忙进去看李佩瑶。

"妈，我是阿曛啊，您还认得我吗？"林承曛拉起母亲的手，忽然觉得悲从中来，忍着泪说道。

李佩瑶见着大儿子，呵呵笑起来："阿曛你放学回来啦，阿晖呢？他没跟你一起回来啊？你爸过两天就从杭州回来了，你可得劝他收收心好好上学堂，不然又要挨你爸的板子了。"

林承曛听到母亲痴痴呆呆地说着过去的事，抹了把眼泪，不忍告诉她真相，只顺着老人家的意思说道："哎，我回头就告诉阿晖去。妈，您饿不饿？有没有什么想吃的？"

"有啊，我想吃鸭肉粥。"李佩瑶像个小孩似的，说出自己的想法。

"哎，那咱回家，回家做给您吃，好不好？"林承曔一边抹泪，一边劝着老人，搀扶着她下床。

宋珈灵见婆婆成了这样，一时觉得颇为罪过，忙上前一块儿扶着。李佩瑶见了她，又当她是陆晓浓，絮絮叨叨地说了一些叫她听不懂的话。

钟婉莹在一旁，始终一句话也不说。林承曔和陆晓浓的事她略知一二，现在看来，陆晓浓给李佩瑶的印象很深——要是林家没有落魄如此，她怕是永远也不会有机会遇到林承曔这样的人。

这么多年来，林承曔是真的爱她的吗？

一家人因着李佩瑶的病，各怀心思走出了医院。

冬至一过，台湾终于变冷，时不时地就下几场雨。

林承晖躺在退舍的床上，只觉得腿部隐隐作痛，这是战争留给他的记忆，此后每个雨天都会叫他再次回忆起那一夜的炮火。

桌子上摆满了前些日子各家各户给他送来的补品，还有上面发下来给退伍军官的慰问福利。外面还在下雨，他忽然想起小时候母亲每逢冬至给他和大哥炖的姜母鸭，用芝麻油炒香的鸭肉，加入老姜和米酒炖煮而成，不仅可以疏肝润肺、养胃健脾，还能舒筋活血、祛寒化痰。想到这儿，他忽然觉得一阵孤独袭来，原来他已经有这么多年没有喝到母亲炖的鸭汤，也有这么多年，没有回过家了。

吴伯驹提着鸭子进来的时候，见林承晖躺在床上一动不动的，便踢了踢床尾。

"你怎么来了？"林承晖懒得起床，随口问道。

"军营里在煮汤圆，我不爱吃甜的，便买只鸭子来你这儿借个厨房。"吴伯驹把手里早拔光了毛的鸭子放到水龙头底下冲干净。

林承晖正想着鸭子，这会儿真看见鸭子，肚子里的馋虫彻底给勾了起来。他从床上起来，不再纠结那些陈年往事，只来到厨房仔细看吴伯驹做菜。

吴伯驹这些年也算是练就了一番手艺，把记忆里还记得的厦门菜做了好几遍，这会儿操作起来也颇熟练。林承晖在一边看着，也不得不佩服他手法的娴熟。

"伯驹，你这手厨艺，结了婚也用得上。"林承晖开玩笑道。

吴伯驹不接他这话，扭头道："得了吧，就我这年龄，还想着讨老婆？这不耽误人家吗？真是哪壶不开提哪壶……"吴伯驹真想拿块胶布给林承晖贴上。他这么大了还是一个人，起先是因为曾玉，后来觉得反攻无望，就想着跟韩福生一样，找个知冷知热的女人过着，可总是别扭着过不去。自己有时候想起来也有点着急，可又一直没发现什么合适的，便想着再等等。于是，左一等，右一等，等来等去，十几年的时间就过了。

林承晖发觉他眼底的那丝黯然，低头喝汤，等到汤见了底，还是忍不住问："你，不会是还想着曾玉吧？"

吴伯驹被他问得愣住，曾玉这个名字，在他的记忆里实在是太久远了，像是一个经年的梦，越发模糊朦胧。这会儿听林承晖问起来，他倒发现自己对曾玉的记忆越来越淡了。想来那段姻缘确实太过短暂了点，风过竹林还能留下飒飒声，可他和曾玉的就像春梦了无痕。

"吃你的吧。"吴伯驹烦躁地抓了抓后脑勺，却什么也没抓到，才想起自己前日去剃的头。

林承晖见他是真的恼了，便不再说什么。

## 第 十 五 章

1960年前后,日子过得很艰难,大家都节衣缩食,把每一分力气都花到食物上。林承曒为了一家老小能填饱肚子,也是费尽了心思。

原本宋珈灵有些积蓄,但是李佩瑶这一场病看下来,将家底掏空了。为了方便照顾婆婆,她干脆关闭了诊所。这回一家子的重担都压在了林承曒一个人身上。

随着冬天的过去,厦门这个靠海的东南城市,迎来了史上最长的一次夏季。热气烤得人发蒙,街上的人也比往常少了很多。林承曒已经不记得上一次下雨是什么时候了,他只知道家门口的井水一日比一日少。

钟婉莹这日去公社打的饭也比往常少了一半,倒不是她去得迟,排在她前头的人也和她一样。因为饭菜都少了很多,她和宋珈灵只得先紧着老人和孩子,可是等到他们吃完,桌上已经半点残羹剩菜都没了。

李佩瑶这几日身体状况不好,宋珈灵连着陪夜,肚子里又水米未进,只觉眼前一黑,快要栽倒下去。钟婉莹翻箱倒柜,忽然找到春节买的糖,忙烧了一壶热水,把糖化开,给宋珈灵灌下去。

如此过了几日,糖罐里的糖都喝完了。钟婉莹也觉得自己快要支撑不下去了,林承曒没有办法,便每日拿着饭盒到学校的食堂里偷偷装两个馒头带回去给她们吃。

但随着日头不断变热,这种情况似乎一点也没缓解,反而变本加厉。公社食堂的供餐时间开始缩短,大米饭没有了,取而代之的是红薯土豆这类的块茎食物,肉就像是消失了一般,再也没有出现过。

林承曒有时上着课,就听见肚子在叫,惹得底下的学生都发笑。但他吃不饱，学生们自然也不可能吃饱。因此常常是他的肚子叫完了，底下三三两两的学生跟着一块儿叫，课堂变成了池塘，大家的肚子都跟青蛙似的，咕咕叫得慌。

但他觉得奇怪的是，报纸上对公社食堂供应不上的问题只字未提，反倒连连说着钢铁年产量达标，赶英超美有望。他忽然觉得隔壁桌的洪老头说的对，这年头的报纸是信不得了。

可等他准备和洪老头讨论讨论的时候，却发现洪老头不在位置上。他突然意识到，已经连续一周没有见到洪老头了。

"李老师，洪老师是请假了吗？怎么这几天都没见到人？"他走到教俄文的小李面前问道。

"林老师您还不知道吧？"年轻的小李抬起头来一笑，小声说，"洪老师被开除了，据说是有人向孙书记举报他发表'右派言论'。"

林承曎一惊，莫不是那天他拉着洪老头讨论天津水稻的事被查到了？

"林老师，林老师？你怎么了？"

"啊……没事，你忙，你忙……"林承曎抱着书进了教室，然而因为这件事，一节课上下来错误频出，林承曎只觉得背后汗涔涔一片，刚打铃，忙不迭地宣布了下课就回到了自己的办公桌上。

正在他出神时，陆晓浓来找他，递给他一袋豆饼，郑重道："我想让你帮我去一趟老洪家里，帮我跟他说，对不住。"

林承曎不大明白陆晓浓这句话的意思，只默默点了点头。

他把豆饼放在空了的饭盒里，等到放学后，揣着这豆饼赶到了老洪位于中山路的家。但还未等他走近，就瞧见洪家门口有一个老妇人蹲坐在地上，她面前摆着一个铁盆，盆里正烧着纸钱。

"您好，请问这是洪老师家吗？"林承曎瞧见那老妇人，心里有了几分猜想，但既然答应了陆晓浓，就得把事情做到底。

那老妇人抬头看了他一眼，因为岁月流逝而造成深陷的眼窝叫林承曎觉

176

得一阵不忍。

"他死了。"老妇人简单地说了三个字。

林承曔虽然心中有所准备，但听到这个结果还是觉得悲痛万分。

他把那袋豆饼轻轻地放在了老妇人的身边，没有再说什么，转身走了。

待到走出去十里远，一直跟在他身后的陆晓浓这才出来。她的脸上也满是疲惫，连日来的会议折腾得她心力交瘁。"老孙想把我的人都换掉，所以到处找老师们的麻烦，老洪只是因为说错了一句话，被他的人抓到了把柄。可怜他都快到退休的年纪了，还要遭受这些。可是他哪里受得住？就没想开……这事儿我得负责任，阿曔，教俄文的小李是老孙的人，你要小心她。"

"都说官场如战场，没想到学校也有一天会变成这样。"林承曔感慨了一句，怕隔墙有耳，也不再多说了。

老洪走了以后，学校里的人都紧绷着一根弦，老师们再也不会在课余时间说话了。

办公室安静得令人害怕，林承曔找了一天，把堆在自己办公桌上的那些报纸全都烧了。忽而又想起家里还有一张许久以前在校门口捡到的印着孙文先生的海报，一下午人都失魂落魄的。下午下课铃声刚响起，他便拿上东西往校门口跑。回了家翻箱倒柜地找，钟婉莹问他怎么了，他提了一嘴，钟婉莹却说早就烧了。他悬着的心才终于松懈了片刻，抱着钟婉莹竟哭了，钟婉莹虽然是农村妇女，但在大事情上从没有含糊过。

食物的问题依然没有得到解决，为了全家人的生活，钟婉莹带着两个孩子步行去挖野菜，常常走了一天，才挖到一小筐。这些挖到的野菜，常常要加很多水，才能煮成一大锅青菜汤，给全家人喝。

那几年，林承曔觉得自己的肚子永远都是鼓鼓的，但里面装的不是粮食，是绿得发青的菜汤。有时候挖不到野菜，便只能喝烧开的水，喝到胀气，然后继续忍着饿。那段日子，像是一个漫长的看不到头的寒冬，许多年后回忆起来，仍然觉得不堪回首。

177

钟婉莹腹中空空，无可喂养，原本白胖可爱的小女儿只能这么一日日地干瘦下去，如同一朵娇花置于寒风烈日之下，不稍片刻即枯萎而亡。这个孩子，他们还没来得及为她想一个寓意非凡的名字，就被这场灾害带走了生命。

林承曒永远记得那一天。

钟婉莹背上了竹篓要出门挖野菜，临出门前对他说："孩子们还没醒，待会儿你将野菜汤热一下给他们吃。尤其是妹妹，她醒了你喂给她一点野菜汤。要是她嫌苦不吃的话，你就到珈灵那借点糖。"

"好，你出门小心一点。"林承曒送妻子出门后，便回了房。他已经太久没有陪过孩子了，因为战争他错过了林佑安的成长，因为工作错过了林觉和林敏的成长，但眼前这个小小的、瘦瘦的女儿，他不想再错过了。

他转身到厨房去将钟婉莹煮好的野菜汤热了一下。野菜的香味唤来了李佩瑶，她也来不及拿碗，急急忙忙地冲着瓦罐就去了，只碰了一下，她就"哇"地大叫了起来坐倒在地上，伸出手冲着林承曒大喊："痛痛！"

林承曒发出无奈的叹息声，将她扶起，带到水缸处不停地为她冲洗烫伤的地方。才刚好，李佩瑶又冲着林承曒嚷嚷："肚子饿，我要吃东西！"

正巧林觉和林敏下楼来，听见奶奶说吃东西，也吵吵着肚子饿。李佩瑶虽然年纪大了，但现在和小孩也无二样，这三个人放在一起，着实让林承曒头疼。他让他们坐到饭桌上，一人装了一小碗野菜汤给他们，锅里就没了一半。他舔了舔唇，自己还可以忍受，咬咬牙又给他们装满了去。

李佩瑶接过碗，没几下便喝完了。她放下碗，看着桌子上林敏的那大半碗绿油油的汤水，伸出手去抢。

"这是我的！奶奶这是我的呀！"林敏护住自己的汤，瘪嘴哭了起来。然而她的汤还是被抢去了，李佩瑶一仰头，咕噜咕噜喝了个干净。

林承曒没办法，又给他们一人装了小半碗——锅已经要见底了，剩下的就给最小的，至于婉莹，她今天应该能再挖些野菜回来，到时候再煮就好了。

好不容易等到几个人不再闹腾了，他才想起来要去叫醒女儿——那个两岁不到的孩子。他轻轻地走到床沿坐下，看着女儿熟睡的样子又不忍叫醒，便坐在一旁看着，等她醒来。时间过去了好久，女儿丝毫没有要醒的意思，林承暻伸出手去拍了拍，可是怎么都拍不醒她。

他慌了神，跟跟跄跄地跑到隔壁叫来了宋珈灵。宋珈灵也顾不上手中的事，带上医疗箱就跟他走了。原本以为小孩只是生了病，直到宋珈灵翻出医用工具，上上下下检查了一遍，才发现孩子在昨夜就断了气。

林承暻一下瘫软在地，恍惚间，他好像看到了钟婉莹，她一张冷静的脸瞧着自己。

再醒来时，他看到连痴傻的李佩瑶仿佛也有所感应一般，那双凹陷的眼睛里也跟着流出了两行泪。宋珈灵跑到了外面去找人来帮忙处理后事。

仿佛是一夜之间，林承暻就像老了十岁，整个人像是丢了半个魂魄一般。他想撑起精神来做些什么，但生活这把锤子一锤一锤地敲在他身上，早就叫他直不起腰来。

钟婉莹始终一言不发，仿佛死去的是别人家的孩子一般。

只有等到夜深人静的时候，等到哄好母亲和孩子睡下后，等到丈夫也睡着后，她才敢偷偷咬着被角一个人哭。

第二天醒来，她又必须像个无事人一般。

她告诉自己，她不能倒下。


自打退伍后，每天和吴伯驹、韩福生喝喝酒，逗着韩乡玩一玩，林承晖觉得生活颇为自由。为了更好地融入这里的氛围，林承晖做了个决定——骑行台湾。

他给自己做了个计划，并将计划告诉吴伯驹，想要拉着他一起去，却被拒绝了。林承晖也不管，自己去买了辆自行车就上路了。这么一走动，他才知道台湾这块地方到底有多大，骑行期间他还给吴伯驹带回了一些特产。

待林承晖再次回到原地，他又做了个决定，想借着邻近农场的优势，做点什么，但具体做什么他还没想明白。

几个西北的老兵知道他有这个想法，建议他去种小麦。小麦种植没那么麻烦，磨成粉还可以做面条，什么牛肉面、拉面……林承晖自己在这方面没什么经验，但听着他们的介绍还是动了心。他带着这几个老兵每天从早忙到晚，但因为气候问题，小麦不是没长成就是被突如其来的暴雨冲走了。只有冬季种下去的偶有收成，但多数是空粒瘪粒。就算真有人要买，林承晖也不敢做这样的生意。

坚持了一年多，也就放弃了。

当断则断，这是父亲生前教给他和哥哥的做生意的技巧。

后来，他带着韩福生一家去了台北。念及台北这个大城市往来人口多，他想在这边开一家面馆。他盘下了一块地，去市场上备齐了工具，在韩福生一家的帮助下，面馆开张了。生意总淡淡的，林承晖却也没当回事。

这一辈子，能这样平平淡淡地过就很好了。

倒是韩福生一家在一旁干着急，林承晖索性把面馆转给了他们夫妇打理，闲下来去店里帮帮忙。韩乡和韩娜两个孩子都已经4岁，到了该去托儿所的年纪，林承晖每天就帮他们带带孩子。这天，他照例骑着自行车把两个孩子送到门口，正要往回走，韩乡突然扭着身子过来，让他低腰。

"怎么了？"林承晖以为他也和其他在学校门口耍赖的孩子一样不肯进去。

"干爹，你下午还来接我和妹妹吗？"

"来的。你和妹妹不要乱跑，要听老师的话，干爹下午一定来接你们回家。"林承晖再三保证。

"您是孩子的父亲吧？放心好了，我们会照顾好这两个孩子的。"

林承晖循着声音抬头一看，是托儿所的老师。正要出口解释，韩乡却拉住了他的一只裤脚，催道："你快去干活吧，干完活来接我们！"

林承晖笑着摸了摸孩子的脑袋，向老师挥手告别。

在回去的路上，林承晖听说当局要整顿市容，打算在原来的中华商场改建新式商场。这几年台湾也慢慢稳定下来了，想着又是当局的工程，应该是稳赚不赔的生意。他回去找韩福生夫妇商量，又去银行一次性领完他的"终生俸禄"，全投进了商场建设里。

这项工程进展很快，不过八个月的时间，一个单一建筑体呈长条状，以连栋方式形成一长串排列的八座三层楼水泥建筑正式落成，命名为"中华商场"。这项工程本就是居民们各自出钱筹建的，而林承晖在这群人中出钱最多，成了这座商场的大股东。

面馆生意也开到了这座商场里来，原本的老面馆拆了做成了一座工厂。这个地方离韩福生家距离比原来的要远一些，但好在离两个孩子上的托儿所更近。所以，接送两个孩子的事情自然又落到了林承晖的头上。他把兄妹俩先接回家，晚一点夫妻俩直接来他这里再接回去。

这期间，最为惊喜的是叫林承晖遇见了个熟人。

龚世亥当年在厦门开店的时候和林承晖有过几面之缘，当时林承晖日日来店里等人，给他留下了很深的印象。后来龚世亥全家都跟着那艘船到了台湾，从桃园辗转到台北，做起了大陆士兵的吃食生意，不知不觉间，他的"龚记甜品"打出了名号，还开起了连锁。

为了丰富自己的品牌，龚世亥经常到处跑，没承想在这里撞见了林承晖。

"龚老板？"还是林承晖一眼认出的龚世亥。

"林先生！"龚世亥一直觉得台湾很小，他时常碰见过去在厦门光顾他店铺的主顾，但是这个叫他印象最为深刻的林承晖，却是一直未得相见。

二人好一番寒暄。

林承晖听闻龚世亥在台湾的生意做得不错，加上来的时间久，便虚心向他取经。这一通聊完，竟过去了大半天。龚世亥这些年攒的经验，都在餐饮上，林承晖已经把餐饮这块交给了韩福生夫妇。但是龚世亥的一个提议，叫他起了兴趣。无论是面馆还是点心店，都是顾客上门了，师傅才开始做，排队非常费时间，若是餐厅能开拓外送服务，做到让客人即时可点，想来会很有市场。

他把这个念头存在心里,但转念一想,便放弃了。这个做法或许适合点心店,但面馆却不适用。时间一长,面就会坨掉,失去了它的口感。他祖辈是做生意的,自然也明白口碑不好对生意人来说意味着什么。

龚世亥走后,他想起自己和兄妹俩还有约,着急忙慌便赶出去了。当他赶到托儿所,韩乡果然牵着韩娜的手乖乖坐在小板凳上等着他,旁边还坐着托儿所的老师。林承晖谢过老师,牵着两个孩子往外走。

"干爹,你又来晚了。"韩乡不满地说道。之前在班上,他说了林承晖当兵时候不少的故事,许多同学都说他骗人。这明明就是韩福生跟他说的故事,难不成父亲还能骗他?为了让同学们相信他说的话,韩乡觉得很有必要让班上的所有同学都认识一下自己的干爹。可是,最近林承晖都来得晚,等他到的时候,班上的同学都走得差不多了。韩乡等的这个介绍林承晖的机会,一直没等到。

"抱歉,干爹这段时间实在有点忙过头了。"林承晖摸摸孩子的头。

"叔叔,哥哥在班里面说你是开飞机的,他肯定是在骗人!"韩娜在一旁插嘴道。她也觉得林承晖会开飞机一定是假的,不然为什么父亲从来没和她说过?

韩乡没想到韩娜把这件事戳破了,脸上一红,骂道:"小告嘴!"——这是云南对"打小报告的人"的谑称,眷村这边住着来自不同省份的外省人,各种方言俚语交杂。"知己知彼"的第一步,就是先学会骂人的话,这样不会挨骂了而不自知,这也是为什么粗话总是流传快的原因。

"你说谁'小告嘴'?!你……"韩娜最讨厌别人叫她这个外号,站在街上张嘴就哇哇大哭。过路人纷纷侧目,看着这一对孩子。

林承晖忙蹲下身把韩娜抱在怀里擦了眼泪。有了这么一出,他大概也猜到了是什么事情。来到台湾的时候虽然他已经不是空军了,但这么多年和韩福生相处,总是或多或少会聊到以前的事。他自己从来没跟两个孩子说过那些过往，但韩福生就不一定。

不过，林承晖也没打算去追究这件事情，这么多年过去了，纵然那些以往多么不堪回首，也早已是他生命中难以抹除的一部分，与其掩盖，不如坦荡正视。他只是希望下一代不要再和他们这些人一样，经历战乱之苦。

带着两个正在闹别扭的孩子进了一家铺子，林承晖给他们买了一堆吃的玩的。韩乡嘴里含着一根棒棒糖，依然一句话也不说，明显还是对这件事情过意不去。韩娜嘴里也含着一颗糖，她几次想和韩乡搭话，但想着自己还在生气，又转过头了。

"好啦，亲兄妹两个，这么大点事有什么好气的。我明天早点来接你们，一定让你们所有的朋友都认识我。"林承晖牵着两个孩子出了店门。老板见他们买的东西多，又送了两个毡布娃娃。林承晖和兄妹俩走在回家的路上，夕阳照着三个人的背脊，在地上拉出三条斜斜的影子。

"叔叔，你真的会开飞机？"

"当然会，飞得比天上的云还高。"

"干爹，今晚我想跟你睡。"

"行，我给你爸妈说一下。"

"叔叔……"

等到吴伯驹申请退伍来找他时，林承晖已在台北买下了一栋别墅。韩福生开着车，载着吴伯驹登门的时候，吴伯驹惊讶地看着面前这栋建筑，嘴巴张得简直够塞下一个鸡蛋了。

"赶紧进来。"林承晖站在门口看着他们，招呼道，身后还跟着个不大不小的少年。吴伯驹下车后将这孩子上下打量了一番："韩乡？"

林承晖笑着摇摇头："不叫韩乡了，得叫林乡。"这孩子他推脱了这么多年，韩福生夫妇俩还是在孩子10岁的时候把韩乡过继给了林承晖。当时他本来还有所顾虑，但韩乡自己在这件事上的态度却非常积极，加上韩福生夫妻俩的软磨硬泡，最终他同意了。

过了10岁生日的第二天，韩乡就正式更名为林乡。

"嚩！这下如愿了，这小子还没睁眼睛的时候就爱跟你！"

吴伯驹一进门，就发现脚下踩的是真丝地毯，忙问道要不要脱鞋，惹得坐在屋里的杜欣妍噗嗤一笑。已经13岁的林乡从柜子里拿出一双毛绒拖鞋递过去："吴伯伯，给您。"

"行啊阿晖，这才多少年没见，发大财了这是。"吴伯驹脱了鞋，穿上林乡递给他的拖鞋。

"运气好而已，前些年修商场，我也跟着投了点钱。"林承晖微微一笑。吴伯驹一股酸味地说他太低调。

"这享受，啧啧啧……"吴伯驹坐到沙发上，又一阵感慨。

林承晖像是想起了什么，问道："张逸他们怎么样了？"

"他们还得过几年才退伍，我把地址留给他们了。到时候叫他们来找你。"吴伯驹从茶几上拿了一只橘子，慢慢剥开。

"哎，味道怎么样？"林承晖忙问。

"吃下去有点酸，回味又很甜，不错呀。"吴伯驹往嘴里塞了一瓣又一瓣，夸赞道，"你问这干吗？"

"面馆我前些年不是给福生打理了嘛，我现在就帮他们带带孩子，时不时去店里帮帮忙。最近闲下来了，开始琢磨着要不要去种点什么水果蔬菜。"林承晖看着他，脑海中又想起了在花莲时大家一起种地的日子。

"行啊，不过你要上哪找种子去？"吴伯驹又剥开了一个橘子。

"认识一个香港人，外号老K。我和他这几年谈了好几笔生意，他给我带了点东西，说是大陆那边才有。"林承晖站起身来，朝着客厅的大书柜走去，从书柜底下的第二个格子里，拿出了一个小方盒。

吴伯驹一脸好奇，想着会是什么东西。

见林承晖打开来，他往里面瞅了一眼，发现不过是几张写着简体字的票子。

"这有什么稀奇的?"他吃完了最后一瓣橘子，满不在乎地问道。

"他说这个在大陆比钱还重要，没了这个，有钱也买不到东西。"林承晖关上盒子，坐下来解释道，"他说那边有人能去大陆，所以我存了个心思。"

"你，你不会是想……"吴伯驹一惊，生怕林承晖又打起回家的心思。

"不是，目前这种情况，我就算能离开台湾，也进不了大陆。听说大陆最近的政治运动很频繁，我只是想……"林承晖忽然低下头来，绕着手指，踌躇着不知道怎么说。

"想什么，你倒是说啊？"吴伯驹见他忽然扭捏起来，有点着急。

"我想让老K托人给我家带个信，我不知道我妈和我大哥怎么样了，我想告诉他们，我还活着。"林承晖抬起头来看着吴伯驹，眼神像是浸润了一汪湖水，点点滴滴都是思念。

吴伯驹看着这样的老战友，忽然觉得陌生，忽然又觉得很熟悉，像是见到了隔着时光的过去。来台湾已经二十几年了，无牵无挂的他早就不关心大陆的人事物了，可偏偏林承晖秉着一根筋，饶是做到了中校，饶是退伍创业，饶是赚够了钱，还是想回家。

如今平静的生活得来不易，吴伯驹总希望这辈子就这么过完，也挺好。

但林承晖跟他不一样。

"你晚上在这里吃饭吧，我们好久没一起吃饭了。"林承晖见吴伯驹一声不吭，还当他是不同意，便转移了话题。

等到了晚上，杜欣妍做了几个菜，三个战友在院子里开了一席。

"阿晖，我看你那点回大陆的心思还是算啦！现在大陆不大太平，你又不是不知道。万一有个好歹，你让福生怎么办，你让我怎么办？"吴伯驹喝了酒，酒劲一上来，倒把心里话说了出来。

"瞎说什么呢……"林承晖把他搭在自己肩膀上的手挥开，解释道，"既然有门道通上消息，我就想捎一封信过去。人在这里的，没事。"

"是啊,这是林中校多年来的一块心病,我们应该支持啊。"韩福生附和着。

"葬我于高山之上兮!望我故乡!故乡不可见兮!永不能忘!"吴伯驹忽然站了起来,举着酒杯开始朗诵。虽然没有什么抑扬顿挫的调子,但是从胸腔内升起的那股气劲,叫另外两人都为之一震。

这是于右任的《望故乡》,自打两年前发表后,就被林承晖抄下裱起来,挂在客厅的墙上,想来吴伯驹进门的时候肯定看到了。

"来啊,阿晖!"吴伯驹像是真的醉了,开始怂恿林承晖跟着一块背诗。

"葬我于高山之上兮,望我大陆;大陆不可见兮,只有痛哭。天苍苍,野茫茫,山之上,国有殇!不得大陆,不能回乡,大陆乎,何日光复?"林承晖念着念着,忽觉触及了灵魂深处的隐痛。

这一湾浅浅的海峡,阻隔了他十几年来一直期盼的团圆,叫他魂牵梦萦那么久却只余思念愈发浓。


厦门像林佑安一样在街头流窜无所事事的人越来越多,换以前,林佑安早该娶媳妇生娃了,可大家一听说,他有个叔叔在台湾,都敬而远之。林佑安已经习惯了,他觉得跟着一群人在街头游荡也没什么。年轻人火气大,一言不合总是要闹点事,大不大小不小的,够不着坐监狱,又不能放任不管。政府头疼,街坊也头疼。就想把这些人往龙岩送,给他们找点事做。算来林佑安已经有点超龄了,不过幸好陆晓浓出面,给佑安改小了年龄,才搭上了知青上山下乡的车。

"佑安能去龙岩,这事儿,还得谢谢你。毕竟婉莹是龙岩人,去那边说不定还有老乡能给个照应。"林承曏双手不知该放哪里,一脸局促地向陆晓浓道谢。以他们家的背景,林佑安没被派去云南、东北算是走了好运,若是没有陆晓浓的关系,怕是怎么都做不到的。

去龙岩下乡以后,林佑安没有给家里捎信。林承曏几次托人问询,只得到他在那边一切都好的回复。转眼一年多过去了。

这日学校还在寒假，林承暻拿着饭盒和钟婉莹去公社食堂打饭，忍不住提了一句："佑安一直没消息，这孩子不会有什么事吧？"

钟婉莹心里也着急，见他这么问，便说："他已经半年没有和家里通过信了，这几日无事，不如你去一趟龙岩看看？也好叫我放心。"

见妻子首肯，林承暻便下了决心，第二日便往龙岩赶。他也想看看儿子，自从上次以后，他们父子俩就再也没有说过话了。

挤上车，林承暻瞧着窗外的山路景象，一时竟想起了那些年奔波逃难的日子。那会儿只有他和母亲，现在他有了一大家子人要看顾，时间原来是这样过去的，无声无息之间带走一些，又带来一些。老旧的车窗外是温暖的阳光，晒在他的半张脸上，他感慨万千。厦门大学内迁，把他推向了长汀，从此一生都与这里相连——他的孩子，又再次回到这里。

车子颠簸了半天，终于在客运站停下。

他拿出包里纸条，照着上面的地址，绕了一圈，却怎么也找不着，便随手拉住一个拎着公文包的公职人员问道："这位同志，请问您知道这上面的地址怎么走吗？"

那个忽然被拉住的中年男人上下看了他一眼，用打量的目光说："你去那干吗？"

"呵呵，我去找我大儿子，他是那儿的知青。"林承暻见着这人一身官僚气，不禁有点犯怵，连连懊悔自己怎么这么不长眼，但这会儿只能硬着头皮回答。

"从哪来的？有路条吗？"

"有有有，我从厦门来的。"林承暻从包里翻出路条递给男人，"您看，路条。"

"那个地方去年年底就拆了，用来做锅炉房炼钢了。你确定你儿子在那？"那男人把自己的衣服上被林承暻扯皱的地方揉平，接过他手中的路条看了看，

187

紧接着瞧见他一脸呆滞的模样，便放缓了语气道："这条路一直往前走，左拐见到一棵老榕树，如果看到有冒黑烟的烟囱，就是你要找的地方。"

说完，那男人便走了。

林承曔连句感谢都来不及说，只胡乱记住了他口中的老榕树与黑烟。靠着这两个参照物，他顶着午后的日头，踏步往前走，一路走，一路问，走得脚底都磨出了水泡，这才让他寻到。

林佑安在信里只讲过一句他在一所厂办小学任职，但具体做什么从来没有细说过。林承曔看了一圈，校门不像他自己就职的普华小学那样高大，只是两排低矮的木栅栏简单地围了一下，从外面一眼就能看清楚里面的建筑，不过两间矮矮的瓦房。他站在门口很久，直到瓦房里冒出了黑色的浓烟，这才让他笃定自己没有找错。

这条路上没什么人，木栅栏围着，无人来开门。林承曔喊了两声，见着无人应答，便想自己翻进去。可等他的一条腿刚刚翻过那木栅栏的时候，正对着他的瓦房忽然打开了，从里面走出来一个浑身黑得和煤球一般的小伙子。

两人四目相对了好久，忽然各自发出了一声：

"爸？"

"佑安？"

出来的小伙子不是别人，正是林佑安。出乎林承曔意料的是，不过短短一年半载，原本白净书生气的林佑安此刻变成了皮肤黝黑身体壮实的乡下汉子。瞧见他的变化，林承曔忽然想起了过去人们焚烧秸秆留下的余灰，他的儿子就像是麦田里收割后留下的秸秆，被一把火烧成了这般模样。

"儿子，你……"林承曔嘴唇颤了颤，始终没问出来。原以为是儿子还在恨自己，但看到儿子的那一刻他突然就想明白了儿子为什么不回家。唉唉连着几声叹，林承曔竟在儿子面前蹲下来，抱着头不知道要怎么开口。不出一会儿，一张脸上满是眼泪。

他不知道这个家的命运到底是怎么了。从李佩瑶和林继泽开始，似乎有一种不幸就一直笼罩在林家的上空。到了他这一代，人人颠沛流离，生死难卜，本想着下一代会比他们要好，然而现在这个情况，却再一次让林承暲不得不担忧起来。

他看不到林佑安的未来。

林佑安这会儿见到自己的父亲，倒是变得无所谓了一般，随口答道："无妨，在哪里干活不都是干活吗？附近的孩子都回去帮着干农活，没几个人来上课。"

林承暲一时无话，看到手里提着的东西，这才找了个话头开口："这是你妈给你做的米糕，你看着放哪儿啊？"

林佑安瞧见那竹篮子包裹着的东西，一时觉得有点心酸："爸，您先等会儿，我去和师父说一声。"

林承暲没注意到林佑安那一瞬间崩溃的情绪，只呆呆地站在那里，努力消化此前给自己带来的冲击。他舔舔干裂的嘴唇，心中阵阵发苦。他后悔把林佑安从龙岩带回厦门去，然后又让他回到这里来了。

不知过了多久，外面的太阳收起了最后一束光，天阴下来，眼看着就要下雨。林佑安终于再次从瓦房里出来，身后跟着的是他口中的"师父"。

"爸，这是我们厂子的工程师，也是我的师父。"林佑安边走过来边介绍。

"阿晖？"

林承暲低着头搓了搓手，还未来得及伸出去便听见令他惊讶的声音。

"你是？"

"苏亦辉啊，你不记得了？说起来我还得感谢你呢，要不是你，我现在也没命活着了。"苏亦辉搭上了林承暲的肩膀，自顾自地说着，"能在这遇见可真是太巧了，那天之后我还以为我们这辈子都不可能再见面了！不过那会儿也没听说你有老婆孩子，没想到佑安都这么大了。"

"不是，师父，你应该是认错人了。"林佑安站在中间听得云里雾里的，拉着苏亦辉的衣衫解释道，"我刚才都还没来得及介绍，你就说上了。"

189

"啊?"苏亦辉摸着脑袋上刚长出来的头发,不明所以地望向林佑安,"那这是?"

"这是我爸,林承暻。"林佑安看向林承暻,心里说不清什么感受。

听到这个名字,苏亦辉愣了一下,迟疑地问道:"林承暻?你是不是还有个兄弟?"

这下林佑安和林承暻都怔住了,林承暻支支吾吾地说:"有,有个弟弟。"

"那我说呢,刚才一下子认错人了。真是对不住啊!"

林承暻紧紧地攥住衣角,直到手心发汗了才开口:"苏师傅,认识我弟弟?"

"那何止是认识,说起来他还是我的救命恩人呢。他现在还好吗?"苏亦辉个子不高,看着颇为斯文,怎么看都不像上过战场的兵。年纪看上去也比林承暻年轻不少,但是这会儿从他口中说出来的话,却叫林承暻感到一阵惊诧。

三人没有在外面站很久,都觉得有千言万语要谈,便进了旁边林佑安的宿舍。

"实不相瞒,自打他去从军后,我们家就再也没有过他的消息。不知苏师傅您是什么时候见的他,我们全家人都以为他……"林承暻说到这,想起先前报纸上的消息,一时悲痛难忍,便说不下去了。

"我见他的时候大概也是十年前的事了吧,那会儿是辽沈战役。山东枣庄你知道吧?我奉命打入敌人内部搜集情报,他那会儿和我分到一个帐篷。后来我的身份暴露,他冒着大风险放了我。后来我就再也没见过他了,还以为他已经回家了呢。"苏亦辉说起往事,颇为云淡风轻,仿佛过去刀山血海的人生是上辈子的记忆。

林承暻第一次从别人嘴里听到关于弟弟的消息,只言片语都透过耳膜扎根在了心里。这些故事,虽然已经过去十年了,可对他来说,却是全新的,他不忍心打断。

"后来国民党大溃逃，我听说大部分官兵都去了台湾。他如果没有回家，以他的级别，应该也是去了台湾吧。"苏亦辉见林承曝一直没说话，便自顾自地问道。

林承曝见他停了下来，便点了点头说："是，他去了台湾。但是去年八月的炮击，他……"

苏亦辉作为军人，自然知道那场持续三个月的炮击事件，这会儿听到林承曝提起，他忽然惊讶道："怎么了？"

林承曝说："他怕是回不来了……"

苏亦辉："你是怎么知道的？"

"我瞧见报纸上刊登的照片，里面有写着他名字的救生衣。"林承曝回忆起那一幕，始终觉得胸口堵着什么，压得他喘不过气来。

"原来是这样……"苏亦辉听得这个结果，不由得叹了口气，但是紧接着说，"其实水上作战，救生衣有时会穿错，若是没有见到尸体，可能还有一线生机也未必。只是一张照片而已，并不能说明什么。"

林承曝听他平静的叙述，有点不大相信面前这个人的政治属性，一脸疑惑地问道："算起来，他应该是你的敌人才对，为什么你这般关心他的生死？"

苏亦辉笑了笑，说："我没有什么敌人，我只是想过平安的日子才去从军。"

二人聊了许久，皆是一些往事，林承曝父子第一次在别人口中听到林承晖的军中之事：因为耿直被上司猜忌；因为有原则不肯对同胞下手；甚至是夺了飞机去长汀接夫人，也成为军中一段神话……听得林佑安也入了神，对叔叔的印象有所改观。苏亦辉的率性洒脱叫林承曝将先前的那些悲凉感悟皆抛诸脑后。不知不觉落日西沉，月华初上，林佑安点起了炉子，蒸好了米糕端上来，二人才停下。

"这个味道……"苏亦辉咬了一口，像是吃到了什么稀奇的东西。却见林承曝一脸骄傲地说："这是佑安他妈做的。"

"确实好手艺,我的妻子也常做这些,味道与这颇为相似。"苏亦辉细嚼慢咽地吃完了一块米糕,喝了桌上的一杯水后,对林佑安道,"佑安,我得回去了,你师母这会儿只怕等急了。你和你爸这么久没见了,趁这时间好好聊聊。"

林承曝忙起身和林佑安一起送苏亦辉出门。

外面的天空已挂上了月亮,苏亦辉冲他们挥了挥手,竖起了衣领,融进了浓浓的夜色里。

父子俩回到屋内,林承曝颇感歉疚,看着儿子一时开不了口。倒是林佑安收拾完床榻,率先开了口:"爸,我知道您要问什么。可这就是我的命吧,还能怎么着呢。"

林承曝坐在床边,抓着被子,听着儿子的这番话,心里知道自己多说无益,便不再说了。林承曝叹了一口气,说了一声"睡吧"。算起来他们父子已经快20年没有同床共枕过,再加上近年两人因为林承晖颇有龃龉,一时之间很是尴尬。也不知道该说些什么,胡乱地搭着话,林承曝劝儿子,如果这边找到合适的人家就结婚吧,结婚了告诉家里一声就好。林佑安就应一句"哦",说不出来的冷淡。父子俩躺在床上,说不出来的别扭,瞧着木头搭成的房梁,皆是一夜未眠。

次日天蒙蒙亮,林承曝就悄悄起身,看了一眼儿子,替他掖了掖被子,轻轻地出了门。装睡的林佑安看着父亲略显佝偻的背影,一滴眼泪落在秕谷芯的枕头上。

未等苏亦辉来上班,林承曝就早早赶路回厦门。像是在躲避什么似的,他见了钟婉莹只说儿子一切都好,其他只字未提。面对宋珈灵,也仿佛一切都没有发生过。

他害怕。

## 第 十 六 章

雨夜，细细密密的雨珠透过飘窗滚落到林家的阳台上。

宋珈灵起身去关窗门，床上的李佩瑶已是奄奄一息。这几年缺衣少食带来的影响，叫全家人都褪了层皮，但万幸除了最小的孩子，其他人都活了下来。李佩瑶的眼睛看不见了，神志更是退化成了一个三岁小儿，嘴里呢喃的话，大家也都听不懂了。

林承暻顶着一张菜色的脸，从学校回到了家。老孙头今天给每个老师都发了一本红色的《毛主席语录》，他如愿当上学校革委会主任，每天都想着大展拳脚。他要求教师们上课下课都得带着语录，每节课的开头都要读一句语录才能开始上课。

"婉莹，晓浓被拉去批斗……死了。"林承暻背对着妻子，极力压抑着自己的情绪。今天早上，他刚出门就感觉不对劲，这么多年了，他的心还没有像那样的慌过，硬是扶着墙才走到了校门。

刚走到校门口外面的小广场，他就看到陆晓浓被绑在那张小小的会操台上。还没等他反应过来这到底是怎么一回事，就被人拉到人群中。

自从老洪出事后，他就预感这场政治运动会波及他和陆晓浓，所以他将自己平日里收着藏着的报纸书信一把火全烧了。可没想到，头一个遭殃的，却是单身多年的陆晓浓。原先解放的时候，妇女委员会就想着要给她张罗结婚，但是都被陆晓浓以各种理由推拒了。他只听说陆文华早就不管这个女儿了，在厦门解放前他便南下去了香港。

林承暻一直不知道陆晓浓是怎么走到校长这个位置的。过去在他眼里，陆晓浓一直是个活得肆意的女人，隔了十年后，陆晓浓却变成了女校长。这样的转变，不是一朝一夕的事。

听身边的人说在他来之前，陆晓浓就被架着在街头巷尾走了一遍。他们还给她挂了牌子，那牌子上写她是外国特务，说她有资产阶级作风。

"乡亲们，这个女人是地主陆文华的女儿，身上流着罪恶的血统。什么人站在革命人民方面，他就是革命；什么人站在革命人民对面，他就是反革命。陆晓浓这个大米干饭养出来的贼，资本主义的走狗！这样的人怎么能当小学校长呢！"红卫兵把绑好的破鞋往陆晓浓脖子上一挂，又往她脸上画了个阴阳脸，一脸义愤填膺地冲台下渲染罪名，台下一群学生和群众也跟着喊："打倒资本主义走狗！打倒走资派！"……

林承曌看着身边的人都神态昂扬，挥舞着手臂，心中十分慌乱。陆晓浓的为人他有十足的把握，她肯定不是反党反人民的人。但是，他也不敢站出来护着她，这些愤怒的人群会把他们俩都撕成碎片。这时候，台上的老孙看过来，死死地盯着他。他吓坏了，心快跳出嗓子眼。他把头低下去，也把手举起来，喉咙里想发出点声音，却怎么也发不出来，只好嘴一开一合着，糊弄过去。

陆晓浓抬起了头，看到了低着头挥舞着拳头的林承曌。但是陆晓浓依旧面无表情，她感觉有点意外，又感觉顺理成章。她意外林承曌突然出现在人群里，意外他举起拳头来；顺理成章是因为她知道，为了自己的活路，他一定会委屈自己。他从来就是这样的人。陆晓浓很快低头下去，嘴角露出一丝凄惨的微笑。她还是原谅了林承曌——在这样沸腾的群众面前，谁敢做点不同的事儿呢？

但是，这却是林承曌一生的痛。一直到死，他都无法原谅自己。他看到了陆晓浓的微笑，他知道，陆晓浓已经原谅了他。他只是无法面对自己的卑劣——陆晓浓永远都比他高贵，她像是个圣洁的女神，能洞察他的脆弱，能包容他的缺陷……这让他感到无比痛苦。他看不清陆晓浓的神情，但是他能感觉到，这个不屈的灵魂，是不会轻易低头的。

也是今天，他才终于知道，原来陆晓浓在上海期间，曾经背着陆文华加入共产国际，凭借外语优势，在苏联和中共之间传递消息。共产国际解散后，她又加入了共产党，并和父亲陆文华脱离关系，导致陆文华气得出走香港。她为解放战争做出了很多贡献，最后被分派到厦港普华小学，主管教育事务。可谁知道，她努力了一生，没有父母，没有丈夫，只希望这个世界能够变得更好一点，却被这样污蔑。

"说，你去苏联学了什么，在那里受过什么样的训练，赫鲁晓夫的修正主义是不是对你有所指示？让你回国来搞破坏活动！"红卫兵的话一句又一句，刺进陆晓浓的耳朵里，也刺进林承曈的心里。

周围的人全然没有半分同情，皆是如看戏一般举起了手鼓掌。

陆晓浓穿着一身浅色的上衣，靛蓝色裤子，裤管比其他人的宽一些，上面绣着几只蝴蝶，海风吹过去，裤摆随着风飘起来，蝴蝶也跟着飞舞。她不哭，就这么静静地站在那里，看着台下声嘶力竭的人。

红卫兵们见她不说话，一个两个都提着嗓子骂她。那些龌龊不堪的话，她都当作没听见似的，就定定地站在那里，也不恼。

林承曈站在台下，低着头不敢看，只偶尔抬头看一眼，便和陆晓浓对视上了，林承曈一怔，僵住了，马上撇开眼。人这么多，陆晓浓应该不会看到他的存在才是。

台上的陆晓浓，让他想起老洪的死，接二连三的事件，都像是噩兆，一次又一次地提醒他危机正在向他逼近。想到这，林承曈的背部已经汗涔涔一片——他决不能走他们的路。

他站在人群中，听不清红卫兵说了什么，前面的人都陆陆续续举起了手。林承曈左右一看，也颤颤巍巍地将手抬了起来。

林承曈低着头，抬眼看了看站台上，恍惚之间，他仿佛看到了陆晓浓嘴边的一抹笑。

离陆晓浓稍近的女兵挥起手中的棍子，朝她的后背来了一下。陆晓浓被这一棍打得眼冒金星，看着近在咫尺的柱子，她浑身钝痛，嘴里一股腥甜。停了一阵，陆晓浓忽然从地上跳起来，用尽浑身力气，突破红卫兵的阻拦，朝着方柱的角上撞去，鲜血四溅。

围观的群众倒抽一口冷气，又不知是谁发出了一声叹息。然后大家都欢呼起来。

林承曌猛地抬头朝台上看去，陆晓浓已经闭上了眼，满脸鲜血，两个红卫兵架着她。陆晓浓裤管上的蝴蝶被喷了血渍，仍在起舞。

老孙在发表讲话，说："陆晓浓自绝于人民。希望大家保持警惕，擦亮眼睛，继续发现隐藏在人民群众中的敌人。"他跟着其他群众一起，挥舞着手，喊着口号，像个小丑——不，就是小丑。原来，他才是这场闹剧里最恶的那个人。

回家的路上，林承曌越走越快，他的胸口仿佛被塞了一个塞子，气也喘不过来。他转过一个小巷，左右一看没人，蹲下就抱头痛哭。

陆晓浓临死前的一笑在他的眼前徘徊。她一定是看到了他举手的——那种无可奈何又轻蔑的笑，这不就是以前她对他最容易露出的表情吗？她肯定从一开始就发现了他，一定！

他是刽子手，他是杀死陆晓浓千千万万的刽子手之一！

可是他又能怎么办？他没有办法救她，他没有办法把她从断头台上拉下来——他连自己都救不了！

浑浑噩噩地回到家，林承曌把陆晓浓的死讯告诉了钟婉莹。

钟婉莹听着他的话，也不做声，织毛衣的手一抖连着打错了好几个地方，她拆了打，打了拆，反反复复，也道不清自己什么心情。

陆晓浓死的时候，她其实看见了。

她只是去给林承曌送公文包的，还没追上去，就看见陆晓浓被绑起来，恶毒的语言和棍棒一下一下地打在她身上。陆晓浓就静静地站着，微笑着，好像她才是那个看戏的人一样。

她已经好久没有见过陆晓浓了，印象里陆晓浓总是西装革履，戴着一副厚厚的眼镜，你看不清她，她却总能知晓你的心理。

　　钟婉莹不喜欢她，她的出现总是在提醒自己她和自己的丈夫才是天生一对，而自己只是不得已的选择。

　　现在，她死去了，却叫自己更难受。

　　但那也只是一会儿的事情，终究她也只是个外人。

　　只要他们一家人平平安安，其他人怎么样都和自己无关。

　　钟婉莹放下毛线，盯着窗外发起呆来。见着妻子的样子，林承暽叹了口气，又说道："我明天不去学校上课了，被安排去烧锅炉了。"

　　外面的天漆黑一片，九点时分，雨便开始下了起来。

　　他把那本《毛选》放到了床头，准备上床睡觉。

　　忽然三声轻轻的敲门声响了起来，夜深人静，听起来格外瘆人，把他和钟婉莹都吓出三魂六魄。

　　"谁？"林承暽和钟婉莹互看了一眼，颤抖发问道。

　　外面却没了声响，林承暽以为是来抓自己的，颤颤巍巍地一步一步挪到门口。他刚想要开门，只见头顶处一闪而过一包东西，伴随着"咚"的一声落下。

　　林承暽顺着声音看去，是一个牛皮纸包着的包裹。他捡起包裹，想要追出去，打开门却不见任何踪影。

　　还真像是见了鬼。雨忽然越下越大，像在渡劫。

　　一旁的宋珈灵拿着伞跟了上来，问："大哥，什么事？"

　　他低下头看着包裹，犹豫了片刻还是拆了，里面只有一张信笺，他看了看，很快双眼便模糊了起来，然后四处张望了一下，说："是阿晖！他，他还活着……"

　　来不及等他把话说完，宋珈灵一把夺过林承暽手里的信，是熟悉的字迹。

　　短短的几行字，让宋珈灵哭出了声，这种大悲大喜的起落，让她这些年快被掏空的身体一时承受不住，倒了下去。

林承暻忙把她扶到躺椅上坐下，然后自己拿过信笺来看了起来。

"阿暻，阿暻……"楼上的李佩瑶忽然叫了起来，这是她生病以来第一次喊得如此清晰。

林承暻带着这信以及狂喜，奔上了楼，跑到母亲床前喊她。

"阿暻，阿暻……"李佩瑶反反复复地叫着他的名字，"怎么饭还没做好呀？这都几点了，你看外面天都黑了。"

"妈，阿晖托人带信回来了。"林承暻没理会李佩瑶说的话，发现自己根本控制不住自己，脸上的泪就和外面的雨一样，越下越大，直下到人心里去。

"阿晖？阿晖不是放学回来了吗？怎么又跑出去玩了？晚上不回家吃饭吗？怎么还要托人带信？"李佩瑶涣散的眼神慢慢有了一点光。

林承暻看着母亲的样子，又看着手中的信，哭得更厉害了。

李佩瑶伸出手抚上他的脸庞替他擦去眼泪："阿暻不哭，是不是饿了，等妈起来给你做饭去。"说罢，她掀开被子，又道："妈去做你和阿晖最喜欢的鸭肉粥，阿晖今天不回来，等明天他回来，我们一起馋他。"

林承暻心疼地拉着她的手："妈，别做了。阿晖在台湾，你忘了吗？"

"台湾？"李佩瑶摆了摆手，笑着问，"你这孩子，瞎说什么呢，台湾在哪妈又不是不知道，阿晖怎么可能在那里呢？"

林承暻将手中的信递给李佩瑶，李佩瑶将信将疑地看着那几个字，腿一软又坐回了床上，嘴里喃喃道："阿晖，没死？"她扶着头，脑子里终于想起来了事情。

"阿晖，阿晖没死。"李佩瑶嘴里不住地重复，"阿晖没死。"

"是啊，阿晖没死。阿晖活得好好的，他说他一定会回来看您的。"林承暻一边抽噎，一边说。

李佩瑶哭着和林承暻说了一晚上话，从他们兄弟俩出生到上学到分离再到他们结婚生子，甚至还说起了自己和林继泽的事情。即便儿子让她休息，她也还是要拉着他一直说下去，仿佛她只要一直说下去，她的生命便不会停下来一般。

天快亮的时候，她意识到自己不行了，拉起林承曧的手："妈活了这么久，什么风浪都见过了，只希望阿晖有一日能回来，你们能平安顺遂地过下去……"

林承曧感觉到母亲握着他手的力气慢慢变小，越来越小，一直到他自己使力气才能捏住。

他又喊了几遍，床上的李佩瑶却再也没有回答他。

1971年的这个雨夜，李佩瑶彻底告别了这个世界。带着过去的荣光，带着战争的洗礼，带着三年的灾荒，带着半个多世纪的苦难，就这样离开了。

林承曧趴在她的床前，握着那双冰凉的手。那一刻，他忽然看到了生与死的界线是如此的接近，这种感觉是比父亲的去世带给他更深的。过去没了父亲，还有母亲，如今母亲也没了，上一代的苦难，终于结束。而他成了家里最老的人了。

钟婉莹站在床侧，同样沉默无言。

突然宋珈灵从楼下冲上来，看到母亲躺着不动，脸上挂着笑容，一时之间也不明所以——她只注意到母亲手边的信。她一把扑过去，把信抢到手，就像是抢回自个儿的命。像是小狗护食一般，将信揣在怀中飞奔到楼下。她甚至都没关心过母亲的安危。

宋珈灵一字一句地看着信，是他的字。他的字非常特别，碰到弯钩的部分，总是下意识地加重力道，看起来人生有很多的不甘心。他写"迴"字，总是自作主张地把里头的"回"写成"囧"，据说小时候念私塾，因为这个字的写法，气走两位先生——先生们都很讲究，一板一眼，最受不了学生这样胡作非为。这事儿先生拗不过来就向老头子告状，把老头子气得够呛，少不了一顿胖揍。林承晖根本不管，气得先生大骂"朽木不可雕也"，愤然离去。没想到，这就成了林承晖的独家标识。

199

那熟悉的笔迹，像是刻在心上的。

她一生收过好几封林承晖的信，每次都是诀别。在长汀的厦大，他决定投笔从戎，留下一封诀别信；在重庆，他要执行飞行任务，每次飞行前，都会留下一封告别的信；甚至他一个人往台湾，也只是留下一封信而已——为什么他总是觉得，这些话对于他人是美好的慰藉呢？宋珈灵看着信中林承晖说想"迴傢"的话，心中恼怒万分，伴随着一丝难以名状的悔恨，凭什么他的一生可以自由自在，而自己的一生却狼狈如斯？珈灵第一次闪现这样的念头。

林承晖是光，而自己的一生都像是追逐光的飞蛾啊！

宋珈灵坐在楼下，手里攥着信，眼神愣愣的，失魂落魄。二十多年啊！二十多年啊！人生有多少个二十多年啊！

她现在千头万绪，不知该从何理起，外厅昏暗的油灯照着她一双粗糙的手。这双手被风霜雨雪磨损得犹如枯树干上的皮。

她等待了很久，曾以为死亡的讯息是等待的终结，然而看到这封信，她心里的那点火苗又蹿起来，是恨，是怒，是急，是气。但归根到底是爱，只是她很难分辨这些了。

二十年，二十年！她的双手抓住自己的膝盖，却只摸到一副空空的骨架，饥荒岁月带走了她的容颜，磨损了她的心性，她曾以为这辈子就这样稀里糊涂地过去了。可是，那个人，那个与她隔着海峡的人，却还要用死去活来的方式来折磨她。

宋珈灵被击垮了。她崩溃了。她被自己无法承受的愉悦和痛楚击垮了。

林建国坐在离她不远的地方，战战兢兢的，他的一生，因为父亲的缘故，从来都没有舒展过。

他总觉得要发生什么事。

外面的风雨变得更大了，宋珈灵忽然掩面痛哭起来，像是得了"失心疯"，嘴里咒骂着什么。微弱的声音，在这个空荡荡的外厅，显得突兀而可怖。宋珈灵像是着了魔怔，走来走去，又哭又骂，然后又哈哈大笑起来。宋珈灵像中了邪一般，颤抖着把那封信用火烧了。

"走，我们走。"宋珈灵站起身来，拉着林建国要出门。

"妈，这么晚了你要去哪里？你……我不去……"挣脱了母亲的手，林建国执拗道，"你是疯了吗？！"

"由不得你！我疯了也是你妈！"说着，宋珈灵拽着儿子往外拖。霎时，一道凄厉的闪电撕破了夜幕，震耳的雷声掩过了母子俩争执的声音。

林建国望着母亲青黑的脸庞，泪水从脸上滑过。他完全不能理解母亲为啥变成现在这样蛮不讲理，她一直是温柔的、委婉的，像是一朵与世无争的花朵。但现在，母亲好像变了一个人。

门外漆黑的雨夜犹如一个深不见底的洞穴，母子俩和那个奇怪的老头一样，掉进了这个夜里。


第二日，暴雨过后，白色云朵里透出一丝微弱的光。

林承曔要去叫宋珈灵，告诉她母亲亡故的消息，却没看见她。他以为她出诊去了，跑遍了常去的那几户病人家都没看到她的踪影，他甚至跑到了林建国下放的农场，都没有见着人。他替林建国向生产队请了假，便回家替李佩瑶办理后事。

整理母亲留下的身后物——其实早就不剩下什么。林承曔心里忐忑，思索着宋珈灵母子俩可能去的地方。

他忽然又想起来昨夜那封信，急忙叫钟婉莹帮忙找出来烧掉。没想到左找右找找不着，正在着急呢，林家的大门就被一伙戴着红袖章的人冲破了。

林承曔望着这群人，心底一阵发慌："你、你们要干什么？！"

"呸！还有脸问我们干什么，也不想想你自己做了些什么！"带头的年轻人一扭头，对身后的红袖章喊："同志们！这个人就是反革命分子！是卖国贼，是走资派！把他拿下！"

"证据！证据！证据呢?!"林承暻嚷着，"现在是新社会，要讲证据，讲法律啊！"

"老子就是法！"带头的说，"那老头什么都说了。"

话落，十几个红袖章一拥而上，把林承暻按倒在地，混乱之中的林承暻生生挨了好几鞭子。钟婉莹本来在屋里坐着，听到响动便冲出来："老头？什么老头？这里没有老头！"她本能地否认。

一看自己的丈夫被按在地上挨打，钟婉莹发了疯似的大喊着扑过来。

"你们混蛋！给我让开！"钟婉莹抄起手边的一只小板凳，狠狠朝拿鞭子的一个红袖章头上砸去。不料那人一偏头，凳子砸到他的肩膀，马上印出一摊血迹。

"这个疯婆娘！把她捆起来，交给组织处理！"带头的揪着钟婉莹的头发，伸手就是一巴掌。钟婉莹痛喊一声，被打得趴在地上。那人冷冷一笑，作势去抓。

"住手！住手！都住手——！"林承暻崩溃地哭喊着，鼻涕眼泪糊了一脸，"别打她，别打女人！"

周围人似乎被林承暻狂怒的情绪镇住了，一时间还真的停了下来。短短几分钟，林承暻的衣服被扯烂了，脊背上脸上都是鞭子抽出来的血痕，他的双手也被捆到背后，一时间竟站不起来。

挣扎着挪到妻子身边，林承暻流着泪把趴在地上神志不清的钟婉莹叫醒。钟婉莹睁开眼睛，惊怒地把浑身是伤的丈夫护在怀里，一双手臂抱得死紧："是谁打的?!是谁打的?!"

钟婉莹一双眼睛恶狠狠地盯着在场的人看，倒叫他们有些慌了，她的狠他们也是见过的，同伴肩膀上的血迹便是最好的证明。

带头的叫来了身边的两个人，趁着钟婉莹不注意，从后面扑上去，一人架着一只手将她抓了起来，又趁着她挣扎的间隙将林承暻架走了。

等林承暻出了门，这两个人才放开了钟婉莹。她也不跟他们计较，自顾自地走进了厨房，拿了一把菜刀，冲出家门去，对着带头者的背影大叫："给我放开！为什么要抓阿暻哥？他犯了什么错！"

带头的看见来势汹汹的钟婉莹，对着身边的人骂了一句，又冲着林承暻背后重重地打了一拳："你问你祖宗去！"

钟婉莹看着林承暻的背影慢慢消失在自己眼前，心里开始发慌，在原地愣了一会儿，又一股脑儿地冲了上去，拿着刀对着他们乱挥："放开阿暻哥！"

带头的一行人被一唬，抓着林承暻的手松开来。钟婉莹见状，一把将丈夫拉到自己身边，转过头去看他："阿暻哥，你别怕。"

林承暻还没来得及做出回应，就看到带头的和几个人扑了上来，将他们两个死死按在地上。钟婉莹看着掉落在不远处的刀，还想再奋力反抗一下，又被人打了一拳晕了过去。林承暻只能看着，任由他们将妻子也一起带走。

红袖章们在林承暻的脖子上挂了牌子，领着他绕着街道走了一圈，他瞧见了鸭肉粥铺的小伙计，看见了依偎在老孙头怀里的小李老师，发现抱着孙子的街道办主任王三姑……他们，他们这些过去的老熟人都直勾勾地盯着他看，他觉得无数道目光就像是无数道钢针，一下一下扎在他的身上。他的心变得千疮百孔，脓水从无数个小洞口里流出来，淹没他的视线。

陆晓浓当初也是这样的感觉吗？

昨夜，他还沉浸在知道弟弟活着的喜悦中，今日就因为弟弟的原因而身陷囹圄。就连妻子，也无辜受累。

红袖章们把他关到牢房里，牢房阴冷潮湿，地上虽然铺了一层干草，但上面爬满的虫蚁叫人难以坐下。他的双手被铐上，看着高高的窗户，等候着日复一日的审讯。林承暻笃定了主意，一口咬定没见过什么老人，也没有什么信。

林建国跟在母亲后面，战战兢兢，很是不安，搓着自己的衣角。他太担心母亲了，在他印象里，母亲从未如此惊慌失措，失魂落魄的。他想起书里写的"惶惶如丧家之犬"。

他一句话也不敢说。

昨夜下了一整夜的大雨，娘俩只好去一家没了招牌的店铺门口睡了一晚上。风雨飘摇，他担心母亲出事，一晚上没怎么合眼。母亲忧心忡忡，一晚上没翻过身。林建国知道，她也没睡着。母子紧挨着，翻身容易惊醒对方。他们都在假装，心照不宣的默契。

是母亲先起的身。她说，天都亮了，赶紧起来吧。

林建国照做。现在身上的衣服还冒着湿气，被风一吹，凉得他打了个冷战。

林建国双手环抱在胸前，闻到空气里青草和泥土混杂的味道，咽了咽口水。

宋珈灵在前面走着，突然停了下来，回头问："建国，肚子饿不饿？"

林建国犹豫着，还是点点头。母亲一直是无所不能的，除了昨晚。

可是她身上一点吃的也没有。宋珈灵一生优雅，从未求过外人。但她还是鼓起勇气敲开了街边人家的门。男人睡眼惺忪地看着眼前这个女人，她长得还算好看，但脸上却一丝血色都没有，指甲缝里夹着点黑乎乎的东西——这乞丐不像乞丐的，搞啥呢？

男人一脸憎恶。这年头人人自顾不暇，碰到这些奇怪的人怪苦恼的——帮吧？心有余力不足。不帮吧？良心上过不去。人生的悲剧就在这里，人人都想着优雅而体面，却不愿意被人看成是伪善的那个。

但宋珈灵注意力一直在林建国身上，自然也没工夫注意这些："大哥，你有没有吃的，可以匀我一点？"

男人摇了摇头，一副惋惜的样子："不是我不想帮你……"

宋珈灵愣了一下，也明白，苦笑了一下，只道了声谢就走了。

"大姐，实在饿了，去地里摸个瓜也比找我们强！"男人可能也意识到自己的无理，喊了一声，"要小心治安队的！"

宋珈灵拉着建国，停了一会儿，转过身，朝着男人深深鞠了一躬。

郊区确实有瓜田，种番薯的，种黄瓜的，还有其他的蔬果，香蕉龙眼荔枝都有。但走来走去，宋珈灵就是没办法说服自己，去摘那些蔬果。母子俩无依无靠，在厦门又晃了一天，还是没走出这块地方。又到了晚上，滴水未进的宋珈灵终于撑不住，两眼一黑晕倒在街上。

林建国冲过来，抱住晕倒的母亲大喊救命。然而正值三更半夜，街上半个人影也无，林建国只好把母亲又拖到一家店铺门口，跑到自来水池前，接了一捧水给宋珈灵喂下去。

守了好大一会儿，宋珈灵微微苏醒，便又昏睡过去。林建国太困了，终于耐不住睡意，在母亲旁边睡了过去。

一觉醒来，林建国却发现母亲不见了。他着急忙慌地到处找母亲的下落，一路上逢人就问，可是大家都只是摇摇头。他一路走一路问，脚麻了，口干舌燥的。也不知道啥时候，他咕咚一下就栽倒在地上。

林建国醒来的时候，发现自己正躺在一间屋里。一位老人正端着一碗稀粥进屋来。老人一看床上的人醒了，忙放下碗，把林建国扶起来，道："孩子，快吃点东西吧，吃完了我送你回家去。"

"我妈呢？你见过一个女人，黑黑瘦瘦的，精神不太旺盛的样子？"

老人摇着头："就你一个。还有谁？"屋子里只剩下无尽的沉默。

林建国咬着唇努力不让自己哭出声来，老人见了连连叹气："孩子，想哭就哭吧。"

林建国喝着稀粥，眼泪也和着一起送进嘴里，淡淡的稀粥，现在吃进嘴里只剩咸苦。老人看着林建国的模样，背过身去擦起了眼泪。人生可真是太难了。

老人说："人活着啊，都不容易。你得先顾好自个儿，才有能力顾别人。"说完，老人识趣地退了出去。林建国重新躺下，蜷缩着身体，他还是不相信母亲就这样丢下他了。尽管不明白到底发生了什么，但他敢肯定这一切都和自己的父亲有关。

这些年来，父亲对自己来说从来都只是一个名词，不是活生生的有温度的人。他从来没有出现过，却一次又一次地带给家里麻烦，妈妈无尽的等待、奶奶的病……现在，母亲也弃自己而去。接二连三的不幸，都只因父亲这两个字。

他看着结了蜘蛛网的天花板，无力地哭了起来。

恍惚睡了，又惊醒，看着外面天黑，迷迷糊糊又睡过去，直到老人进来叫他。林建国也不知道现在是什么时辰，强行打起精神，收拾好情绪，告别了老人，走回到了他熟悉的巷子。在巷子里兜了两圈，他下了决心：回农场继续干活。

林建国想起小时候，弄堂人家常常飞来燕子，在屋檐下筑巢，邻居家的弟弟非常顽皮，总是喜欢用石子儿丢，觉得能丢进窝里是本事。有一次，建国亲眼见着他砸穿了燕子巢，一只刚长了点儿毛的雏燕掉了下来，母燕尖叫戚戚，离巢而出，却一直在附近盘旋不去。建国爬上梯子小心翼翼地补好了鸟巢的破洞，但看了几天，母燕都未曾回巢。其余在燕巢里的雏燕，可能是饿坏了，一只，一只，又一只，从燕巢里坠下来，死在堂前。后来母燕就消失了。

他记得当年自己非常悲伤，好像生命被抽离了一些东西，他好像就是在那时候习得了离别——他的一生，都在习得离别。在这诡谲莫测的时世，人除了拥有离别，还能有什么呢？母亲宋珈灵的去向，怕是成了永远的谜。

海边小城的四季都有花，街道上团团簇簇，都是当季的花，招来蜜蜂蝴蝶在其中飞舞，但他浑然不觉。不顾繁花满路，内心哀戚。

林承曌从龙岩回来后不久，就收到了林佑安的信，说他娶了一个贫下中农的女儿，那家人姓张，家里四朵金花，独独缺了男丁——说是娶妻，但其实是林佑安入赘到别人家，放弃了自己的祖姓。林承曌觉得心里揪着疼，可是没有办法，前些年月，他们为了林佑安在厦门找一门亲，费尽了心思，也没人愿意嫁给反动派的亲属。

关于结婚这件大事，在他去龙岩和儿子共处的那个夜晚有过交代，可也没想到这么快。佑安做得这么干脆，林承曔以为林佑安多多少少会问自己为什么，就像当年申请入团时一样。他想了很多说辞去跟儿子解释为什么要这样做，可儿子什么都没说就答应了。林佑安的干脆让林承曔觉得自己是个罪人——他甚至开始后悔自己的决定。

他忽然觉得，林佑安太像自己了。尽管他年少时叛逆过，可是终究被生活压垮了，说好听是随遇而安，说不好听就是逆来顺受——自己当时娶了婉莹，不就是迫不得已么？自己不止一次想过不甘心，并不像婉莹一样死心塌地。

"我们都是没有办法，只能这样了。"林承曔心里给自己和佑安辩护说，"如果我是佑安，也是这样选择吧？！"他紧接着，又想到林承晖，如果不是林承晖，自己家也不会落到这等田地。想着想着，他又庆幸了——林家过去的身份在厦门也算煊赫一时，但好在家道中落得早，如果迟了些时候，一定被扣上资本家的帽子，万劫不复。他甚至想称赞自己的明智——佑安找了贫下中农的家庭，算是摆脱了反动派亲属的帽子，以后会越来越好的。

只是，林承曔现在又一次感到难过了。监狱里，他躺在破草席上，整个人像虾米一样弯起来，一动不动。他身上被打烂的皮肤正化脓着，一动就磨得疼。他第一次感到绝望，也许是年龄大了，总是觉得生活从没让他舒心过。

眼下，未等他啐出体内的那股浊气，红卫兵们就开门又将他押了出去。在审讯室里，他坐在审讯台正对面的椅子上，两腿控制不住地颤抖着。他们问了很多问题，他只会说一句不知道。惹得其中一个胖子恼了，过来扇了他一巴掌，直打得他眼冒金星。

和他四目相对的那个审讯员戴了一副和他差不多的眼镜，看着挺斯文，把胖子叫到了外面去。然后，眼镜男就从位置上站起来，走到林承曔面前，

207

突然笑了一下道："你说你什么都不知道，但你侄子可是什么都招了。我劝你啊，还是老老实实地交代吧，或许还能少吃些苦头。"——眼镜男是诓人的，想套人的话。

林承曝心头一惊，想到林建国那个半大的孩子，没准被随便一吓就吓出来了，面对对方的心理战，他还真不知道该怎么说才好。幸好这件事情来得突然，还没来得及告诉几个孩子。思绪纷杂，一时之间也不知道说什么，反倒给自己争取了时间。

也怪眼镜男立功心切，以为林承曝已经落入圈套。"别以为我们一点证据都没有，给你们送信的那个老头临死之前可都说了。他的身份已经核实了是境外反动派的特务，专门联系国内的反动分子，你难道不辩解一两句？"眼镜男忽然勾了勾嘴角，仿佛在回忆有趣的事。

林承曝脑子乱嗡嗡的，硬是没理出头绪来，听对方说了半天，忽然警觉起来——怕是个陷阱！便抬起头来摇了摇："你口口声声说有证据，我问你信呢？信在哪里？我也没见过什么老头，要是有，你把他找出来和我对质。"

眼镜男顿时语塞，恼羞成怒地走了。

他不知道自己要度过多少这样的日子。每天眼一睁，就去交代情况，可是反反复复也交代不出什么，就那几件事反反复复地说，一直说到大家的乐趣殆尽。

躺在草席上，林承曝缩成一团哭起来。

这几年台北的经济发展不错，夜生活也跟着热闹了起来，西门町汉口街、西宁南路一带出现了一些专唱老歌的歌厅。

因为当年的撤退，导致这个小岛的人口激增，台湾当局的财政负担很重，为此不得不颁布《"戡乱"时期陆海空军军人婚姻条例》和《军人户口查记办法》，简单点说就是低阶的士兵五十岁之前不能结婚。吴伯驹和林承晖算是军官，倒是没有那么多限制。但韩福生退伍前是个小兵，只是他的伤算是尤健永的过失，为此特别破例升他为下士，光荣退伍，这才能和杜欣妍对上眼。

当时因为这个法令，部队里偶尔有士兵因按捺不住寂寞跑到附近村子里去欺负女人。林承晖看不过，处置了几个犯错误的，可却压不住底下蠢蠢欲动的人性。这种情况是古往今来的军队都得面对的，他烦恼了很久，一直到另一个军营的士兵在村子里犯了一场大案，才引起了上面的重视。

退伍的生活比军营里丰富，吴伯驹先是跟着林承晖逛了一圈中华商场，买了好些衣服，又在面馆里吃了一顿西北牛肉拉面，临到回家的时候，吴伯驹居然拉着林承晖进了西门町的一间歌厅。

歌厅里闪烁着霓虹灯，外面的夜却是黑色的。林承晖在角落里把周围看了一圈，那些跳舞唱歌的个个青头红面，看得他很不舒服。虽然他极少来歌舞厅，但却正好也是这里的小股东之一。

吴伯驹环顾四周发现都是一些和他差不多年纪的中老年人，这叫他觉得有些新奇。

"别看了，这家歌厅我有入股，老板也是个退伍军人，会来这消遣的都是过去从大陆过来的老兵。"林承晖先前投资商场建设赚了一些钱，放着也是放着，便拿了一些出来做投资，但赚赚赔赔的，倒是也没赢得多少。

吴伯驹瞧着放在酒水台上一层红一层白的酒，端起来仔细地闻了闻。林承晖拉着他在台前坐下，背对那些跳舞的人，道："这是鸡尾酒，外面传进来的。"

"唔……有点甜。"吴伯驹端起来尝了尝。

二人说话的这会儿工夫，歌厅正中央的灯光亮了起来，一个穿着低领红色长裙的女人从暗处缓缓走上来。吴伯驹瞧见了她的发型，是当下时新的波浪卷，垂到肩下，光看背影很是叫人遐想。

角落里的声乐队这会儿都到齐了，钢琴手先是弹了一段前奏，那个台上的女人这才转过身来。

底下都是老熟人，因为人不多，所以掌声也稀稀落落的。

林吴二人开的台子离舞台不远，吴伯驹存了一丝期待望去，可等那歌女转过头来，他的脸色却白了。灯光映照下，那张脸乍一看去是好看的，但这好看仔细瞧着有点吓人。即使身体裸露的部分都涂上了厚厚的雪白粉底，也挡不住已经流逝的时光在她的眼角和脖颈上留下的痕迹，整个像一张裂了的墙皮。白脸，红唇，黑色的眼影，浓重的妆容犹如一副面具。

　　"今天，给大家带来的第一首歌是《南屏晚钟》。"伴着钢琴前奏，她忽然开了口，声音是和相貌不一样的清甜，叫人听了仿佛大夏天干渴赶路的人喝了山间的甘泉。

　　歌声随着乐声一起流进了吴伯驹的心里，他转头看着林承晖，只见这位老战友闭目跟着轻轻哼唱。周围也有不少人跟着一块唱，但吴伯驹听进去的唯有台上那个女人的声音。

　　他们在歌厅里一直待到深夜，台上的歌手已经换了一个，年纪看着更大。林承晖其间叫了一次餐，默默地陪着他。吴伯驹连着喝了三杯鸡尾酒，借口上厕所问到了后台化妆间的位置。

　　后台的灯光比前头闪亮得多，吴伯驹说了林承晖的名字后，便没人阻拦他。刚一推门，他就瞧见坐在化妆台边的那个女人，见她正卸着妆，脸上雪白的粉底已经被洗去，露出一张肉色的脸来。

　　女人透过镜子发现了他，转头来却一丝害怕也无，大大方方地问道："请问有什么事吗？"

　　吴伯驹被这一问问得愣住，半晌，只说了一句："你唱得真好。"

　　女人听了，露出浅浅的一笑。

　　吴伯驹看清了她卸妆后的样子，脖子上的颈纹和眼角的鱼尾纹都证明了她年纪不小，但是方才那一笑却叫人觉得她看起来很年轻。尤其是嘴角浅浅的酒窝，更是触到了吴伯驹某根不知名的弦，沉寂了多年的心房，忽然跟着外面歌厅的气氛一起震荡了起来。

　　"谢谢，还有什么事吗？"女人见他一直未言明来意，而周围进出的人越来越多，只得委婉地下了逐客令。

"你叫什么名字？可以一起吃个夜宵吗？"吴伯驹搓着手，只觉得五十岁的年纪做这种事颇有点难为情。

"名字？"女人像是听到了什么新奇的事情一样，被黑色眼影放大的眼睛忽然亮了起来，但很快又暗了下去，"已经很多年没有人问过我的名字了，这里的人都叫我黛西。"

"黛西？"吴伯驹听到这个名字，摇了摇头，继续说，"这是个外国名字，可你是中国女人。这不算是你的名字，我想听你的名字。"

那个说自己叫黛西的女人忽然轻笑起来，问道："我的名字就这么重要吗？"

吴伯驹认真地说："重要。"

未等黛西回答，外面有人推门提醒她该准备上场了。

"对不起先生，我很忙。"黛西坐下来，卸掉眼影，化了一个素淡的妆容，然后进了试衣间，换了一身旗袍。

吴伯驹仍然站在原地，他还等着黛西的答案。

外面的歌手已经下了台，黛西整理了一下头发，准备出去。她握上门把手的时候，忽然顿了一下，转过头来说："梦华，我的名字是蓝梦华。"

说完，化妆间的门关上了。

梦华。

梦华……

梦华！

吴伯驹的脑子里一直闪烁着这两个字，直到林承晖在服务生的带领下找到他。

二人回到位子上，台上那个不知该叫黛西还是蓝梦华的女人，看到了他们，冲他们浅浅一笑。随后，她握着话筒对台下说："今天最后一首歌《何日君再来》，送给一位先生，谢谢他让我想起了我的本名。"

211

底下的听众见她这样说，便或起哄或看戏般地鼓起了掌。

吴伯驹脸上一阵青一阵红，目光追随着台上缓步放声的女人。向来迟钝的林承晖都觉出了他的不对劲，顺着他的目光望去，瞧见台上的人，心里一下子明白过来。

一首歌的时间实在太短，台上的人唱完后朝着台下鞠了一躬。

灯灭，人散，歌厅也宣布打烊了。

林承晖累了一天，此刻只觉得困倦，想拉着吴伯驹开车回去。可是吴伯驹却坚持要再等一等，硬是拉着他站在歌厅门口等人，林承晖只好跟他一起。

夜风吹起这两个年纪加起来超过一百岁的老头的风衣，一直到客人都走光了，他们才见到穿着白衬衫和西装裤的蓝梦华。

看见吴伯驹等在门口，蓝梦华捋了捋微卷的头发，朝他浅浅地鞠了一躬，算是打招呼，之后便站到了马路边拦车。

吴伯驹推推林承晖，让他过去开车。林承晖轻叹一声，只好照做。

吴伯驹走到蓝梦华的身边，再次搭话："梦华，我叫吴伯驹，是个退伍军官。这会儿怕是没有车子了，我送你回去吧。"

蓝梦华本不想理会他，但见他这般执着，只好道："吴先生，谢谢你。但我不是那种女人，我只在这唱歌而已。"

吴伯驹起先还为她愿意和他说话而高兴，但是把这话回过味来才发现对方误会了他的意思，忙摆手道："不不不，我不是那个意思。我……"

"伯驹，还走不走啊！"林承晖按了按喇叭。

吴伯驹心里暗骂一声，嘴上却仍然坚持："让我送送你吧，这么晚了，你一个人不大安全。"

蓝梦华抬眼和他四目相对，想从他的眼里看出点什么，但是对方乌黑的眼眸里却带着满心的赤诚，叫她再说不出拒绝的话来。

她像是妥协般叹了口气，轻轻点了点头道："好吧。"

吴伯驹嘿嘿地笑起来，马上为蓝梦华打开后车门，等她坐进去后，自己也跟着坐进去。

汽车启动，在马路上留下一串烟尘。

# 第 十 七 章

宋珈灵浑浑噩噩地走着，她遵循着记忆中的路线，上了一个老乡的牛车，跌跌撞撞地到了一处古村落。

这儿雾气缭绕，即使是夏夜也见不着一只蚊子。走进粗糙厚重的石寨门后，目光所及乃是一座座黄泥墙黑木瓦搭成的木房子。赶牛车的老乡停在了门口，对她笑道："大妹子，你要是想投宿，可以去前头的客栈。"

她谢过了老乡，继续往前走去。这村落曲径通幽，风景如画，家家户户门口都有石台阶，路过一两户便能见着叼着烟斗的老汉坐在台阶上冲她打招呼。

这里，是丁屋岭。

很多年前，她对林承晖提起过的丁屋岭。

那还是在南京的时候了，夫妻两个人都忙着，极少有一起逛街的时候。一次好不容易两人一起出门，她走在街上，望着两边的店铺，不知为何突然想到乡村。她和林承晖说福建有一个县城叫汀州，汀州有一个世外仙境，叫丁屋岭。等到战争结束，她想和他去丁屋岭，搭个小房子，生一堆孩子，然后平平淡淡地过完这辈子。

那时的林承晖站在她身后，笑着答应了她的这个要求。月光柔和，她将这一件事记了好多年，哪怕以为林承晖葬身大海，也不曾忘记过。

她等待了那么久，有时都忘了自己是在等林承晖，还是等和他许下的诺言。

在看完那封信后，她知道林承晖的诺言永远也不可能实现了。

所以，她自己来了。

带着二十几年的夙愿，一个人来了。

"哎哟！"前头一个挑着扁担的老乡忽然倒在了路边，把宋珈灵从回忆里拉了回来。

周围台阶上的老乡把目光都投向了那人。

宋珈灵循声望去，只见一个和她年纪差不多大的男人正捂着脚嗷嗷直叫。她忙跑过去，问了几句情况后便蹲下来握住那男人的脚踝，双手一用力，随着男人的哀嚎声，林子里的鸟扑啦啦惊走一片。

"咦？好了。"男人本因这突然出现的女人而感到震惊，但是此刻见她治好了自己的脚，顿时连声道谢，末了问了一句，"大妹子，你不是本地人吧？"

宋珈灵笑着摇了摇头，把他扶起来后说："这位大哥可知道这里可有屋子能给人住的？"

男人想了半天还没开口，台阶上一个摇着蒲扇的大妈忽然走下来说："姑娘这接骨的手法很娴熟嘛，我老婆子腿脚不好，不如住我家帮我看看吧？"

"对对对，妹子，这是张大妈，你要是觉得方便，可以住她那。"男人重新挑起了扁担，一瘸一拐地朝着石寨门口走去。

张大妈等着宋珈灵的回答，也不多说，像是笃定她会答应一般。

宋珈灵思前想后，又打量了一遍这位老太太，没有立即答应，而是问道："大妈，我也许会住很久，您把房钱算一算，我给您结吧。"

张大妈见她这般固执，心里存的那点心思这会儿倒是冒出来了："姑娘，其实大妈家里有个和你差不多大的孩子，只是她下不了床，大妈想着你能不能帮忙看看，若是能治就治，不能治就帮大妈照顾照顾她。"

宋珈灵见人家抖出了真实目的，这才放心地跟着她进屋。

屋里很暗，一张四四方方的榻子上躺着一个人，那人眉眼和张大妈毫无相似之处，一瞧就知道不是她的孩子。宋珈灵凑近看了看，只见躺着的人和她年纪相仿,这倒是和大妈说的不差。只是这人双目紧闭,脸色发青,虚汗阵阵,身子很是不好。

"这孩子命苦,被人害成了这样。姑娘,你能看出她这是什么问题吗?"张大妈在她身后瞧着床上躺着的人,只觉得一阵哽咽。

"这只怕是被人喂了什么毒药,我还得仔细看看。"宋珈灵从自己的包袱里拿出了听诊器,像过去一样熟练地戴上,听诊后又掀开她的眼皮瞧了瞧,"她这样多久了?"

张大妈原本在一旁看着,听宋珈灵发问,忙答道:"是昨日的事,外面闹得那样厉害,这孩子被当成了靶子,等她跑到我儿的时候,脸都发青了。"

"她这应该是被喂了药。"宋珈灵收起听诊器,向张大妈借了纸笔,刷刷地开出一张药方,然后递给她说,"按着这方子去抓药,得叫她把肚子里的东西都吐出来才行。"

张大妈听闻立即接过那张纸,奔出去找人进城买药。

等到药买回来,天已经黑了。黄泥墙外搭起来的小土堆上,烧着药罐,药香飘到了屋子里。屋里躺着的那个女人忽然剧烈咳嗽了起来,呕出了一摊的血。

宋珈灵蹙眉看着她的情况,只觉背后蹊跷。可那张大妈说话又不清不楚,只叫她听了个大概。躺着的这人应该是张大妈的养女或亲戚一类,如果不是自杀,而是被人强行喂了毒,那可就不是件小事了。她心头有点担忧,害怕自己救错了人。

"明儿,明儿……"床上的人还在呕血,擦也擦不干净。宋珈灵俯下身替她擦嘴角的时候,隐约听到她在喊一个名字。

张大妈把煎好的药倒入陶碗拿进来。

宋珈灵一手拿着碗,一手把女人扶起来,将那汤药递到她的嘴边,一咕噜给她灌下去。因为昏迷不醒,有一部分汤药顺着女人两边嘴角流了出来。

女人喝完了药,张大妈出去洗药罐和碗。宋珈灵要来了一盆清水和一块干毛巾，预备着一会儿派上用场。

大约过了十分钟，床上的女人忽然剧烈地咳嗽起来。惹得外面的张大妈忙奔进来问："怎么了？怎么了？她怎么样了？"

女人有了反应，咳着咳着忽然呕出一口黑血。那黑血落在衣襟上，像是烙上去的一样。紧接着她咳得从床上弹起来，喉咙里像是有什么东西要冲破阻碍似的，随着一声雄浑的用尽全力的"呕"，她又吐出了一摊黑血，溅在了石砌的床边。

"蕙兰，蕙兰。"张大妈满脸心疼地喊着，上前去抱着她，轻轻地拍她后背。

宋珈灵把干毛巾弄湿，拧掉多余的水，拭去李蕙兰嘴角的血迹，再拍了拍她的后背，叫她把余下的淤血吐出来。

"好了，这些东西都吐出来了。大妈，麻烦您去烧点热水给她喝。接下来这几日要用米粥养着。"宋珈灵吩咐完，就在床边坐下来，瞧着床上女人的反应。

第二日，女人终于醒过来，带着一脸陌生的神情看着趴在床头睡着的宋珈灵。

张大妈端着两碗小米粥从外面进来，瞧见床上的李蕙兰，一脸惊喜："你醒啦！太好了！"

李蕙兰见着张大妈，似乎很高兴，喊了一声："张妈妈。"

张大妈被这声"妈"弄得流了泪，连连应声。母女俩的对话让宋珈灵从梦里醒来，她揉了揉眼睛，瞧着张大妈和昨晚救活的女人，终于放下提了一晚上的心。"醒了以后要吃三天流食，你的胃壁现在很脆弱。"

"蕙兰，这是你的恩人，要不是她，只怕你现在已经去阎王爷那儿报到了。"张大妈拉着她的手道。

"谢谢你。"李蕙兰的脸色依然苍白，但却没有昨夜吐了一地黑血那般可怕。

"不必客气，大妈让我住下也是帮了我大忙。"宋珈灵摆摆手。

喝完了张大妈熬的粥，李蕙兰又躺了下去。

宋珈灵在外面走了一圈，大致了解了这个村子的格局。她留意到了村尾后面的小庙，边走边想自己以后怎么生存。这一溜达又叫她救了个因贪食寒凉而导致腹痛的女子。

这儿山清水秀，民风淳朴，但是大家的医疗知识却很落后。念及此，宋珈灵想如果自己出家去庙里，然后顺便当个医生，能帮帮大家治个小病也是好的。

等回到张大妈家，李蕙兰已经下床了。

宋珈灵这一次是彻底看清楚了她的模样，她长得的确不像张大妈，个头比自己矮了一些，走路时刻意地把步子拉大，手脚倒显得有些不协调。

"我能问你一个问题吗？"宋珈灵忍不住说。

李蕙兰正准备劈柴烧水，见她忽然这样问，愣了一下，继而答道："您说。"

"他们为什么要喂你吃老鼠药？"宋珈灵看着她的眼睛。

被问及此，那人只觉喉咙隐隐作痛，像是回忆起什么痛苦的事似的，手中劈柴的动作也停了下来。

宋珈灵没有见过别人这样，还以为自己问错了话，忙道："若是不方便的话，不说也可以。你别去想了。"

"估计是前些天上课的时候我说了什么不该说的话吧。"李蕙兰继续劈柴，语气里怎么也联想不到她是刚被喂了毒的人。

宋珈灵像是被钉在了原地，不可置信地转过头，从上到下将李蕙兰看了很多遍。她以为苦难只发生在像她这样的人身上，原来和她一样的人还有很多。她走到李蕙兰的身边，找了块地方坐下，不敢多说什么，生怕给自己招来什么祸事。好不容易跑了出来，再连累林家就不好了。

只是可怜自己的儿子，她没办法带在身边。

只希望，那老人可以将建国平安带回去。

劈柴的声音有序地响起，李蕙兰看着发呆的宋珈灵，问："你呢？"

宋珈灵愣了一下，很快又回过神来："我的父母去世了，在家里伤心，便想换个新的环境生活。"

"对不起，我不知道。"李蕙兰看着她的脸，除了平静什么都没有，她虽然望着自己，却总觉得她的眼睛很空洞。大概，她也是有什么难言之隐吧。

李蕙兰想问下去，又想起自己的身世，便将自己的好奇收了回去。

宋珈灵淡淡地道："没关系。不过我看你，好像也不是本地人啊，你是怎么来这里的？"

"我是从东北逃难来的，那会儿还在和日本打仗。"李蕙兰看着宋珈灵的反应，见她那般震惊的模样，忽然觉得有些难过，却仍然说了下去，"我很小的时候就被抓起来了，和我一起的还有很多人，他们逼着我们做不愿意做的事情，我们不做就要挨打。那时候我们每天都在想着逃跑，终于有一天找到机会了，可还是被发现了，我们当中很多人不是死了就是被抓回去了，只有我逃了出来。我也不知道我要去哪里，我只想一直逃，一直逃……"

宋珈灵的情绪随着她的叙述而慢慢变化着，她又一次想起自己在重庆时遇到的那些病患。她仍记得有个女人，跪在地上求她帮自己打掉肚子里的孩子——那个魔鬼留下来的孩子。

每一场战争，都是毁天灭地的灾难，都伴随着成千上万的无辜百姓的牺牲。日本侵略时是这样，现在也是这样，她和眼前的这个女人便是最好的例子。

宋珈灵的眼泪忍不住流了下来，她刚想开口安慰蕙兰，却听蕙兰提到了林承曔一家，宋珈灵决定暂隐下自己的过去。

"后来，林大哥一家走了，我留了下来。再后来，我遇见了苏亦辉，他是个退伍军官。他说我书教得好，觉得和我有很多话说。于是在张妈妈的安排下，我们结婚了。张妈妈曾经有过一个女儿，但是很小的时候夭折了，所以她把我收为女儿，我后来也生了一个女儿。她现在，现在……"说到女儿的时候，李蕙兰忽然忍不住掩面痛哭起来。

"是'明儿'？"宋珈灵想起了林建国，被她扔在林家的林建国。李蕙兰哭泣的声音让她的心也揪在一起。她抬头瞧着天空，夜空中月亮依然皎白，不食烟火。

"是，我的明儿，她长得那么好，那么聪明，可他们却不让她上大学。我气不过去找他们理论，他们，他们……"李蕙兰抬起头来，一双眼睛哭得红肿，"他们说亦辉在国民党那边服过役，是间谍，要杀了我们。他们每个人都围着我，亦辉不在我身边，我就那样喊啊，呼救啊，可是没有一个人来帮我，他们给我灌了老鼠药。他们怎么能这样呢？他们怎么能这样呢……"

宋珈灵听着李蕙兰的叙述，大致明白了政治斗争已波及县城。她走之前也曾想过，厦门接下来必是一场腥风血雨。林承曝早早地辞职，加入无产阶级的行列，林建国也被送去农场改造，林觉和林敏今年过后也得下放。但这般小心翼翼，也挡不住某一天被有心之人揭发。即使远在山村，还是无法逃离。

"别怕，别怕，总会过去的……"宋珈灵抱着李蕙兰轻叹道。

李蕙兰也抱着宋珈灵，不知怎么想起了钟婉莹。很久以前，钟婉莹也是这样抱着自己安慰自己。她抹了抹眼角的泪，忍不住问："还不知道你叫什么名字呢。"

宋珈灵愣了一下，嘴里蹦出来两个字："陈思。"

待李蕙兰身体恢复得差不多，宋珈灵就说要离开，张大妈和李蕙兰一直要求她留下来做伴——生逢乱世，碰到苦命人就会想着抱团取暖。但是宋珈灵没答应，她害怕——如果她被发现是国民党军官留在大陆的太太，那真是死无葬身之地。她决意要找个最安静的去处——果然被她找到了，出了村水口三里地有个小寺庙，她住下来，在后园里种上青菜，过起了清净的日子——倒是张大妈怕她寂寞，也怕她不安全，给她送来一只土狗。

自打那夜接送完蓝梦华后，吴伯驹便日日去歌厅候场。林承晖忙着生意，也懒得管他了。

吴伯驹坐在底下的位置上，听她唱歌，看她表演，不知不觉成了他生活的一部分。面对吴伯驹的穷追不舍，蓝梦华一开始颇为抗拒，到了后来知道拒绝无用后，便听之任之。久而久之，歌厅的酒保们都和吴伯驹混熟了，调酒的时候都会侃上那么一两句。

随着日子变长，"退伍军官爱上歌厅女王"的消息便在整个西门町慢慢传开。蓝梦华下了台卸妆的时候，还被年轻的小姑娘笑话。

这日唱完了两首歌，她觉得非常疲惫，便和经理申请提前下班。其实她心里还存了别的心思，想着早点走也许能避开吴伯驹。可经理早就受过林承晖的关照，对吴伯驹更是知无不言言无不尽。没等她走到外面拦车，吴伯驹已经在外面等着了。

"梦华，我送你吧。"吴伯驹还是那句老话。

蓝梦华无奈道："吴先生，您到底想做什么？"

"想认识你，想和你做朋友。"吴伯驹不知道，此刻他趴在车窗上说话的样子，有点像前阵子电影院刚刚引进的美国战争片《乱世佳人》的男主角白瑞德。可蓝梦华却不是斯佳丽，完全不吃他这一套。

"时间还早着，你若是有空的话，到附近的咖啡馆喝一杯吧。"蓝梦华瞧了瞧远处的钟楼，知道自己再躲下去也是无用，只好换了口气。

听见她这句话，吴伯驹像是在连日阴雨的天气里突逢放晴，眼睛一下子亮了起来，连连点头道："好，好，你带路。"

说完，他从车上下来，二人步行到附近一家装修颇为欧式的咖啡馆。这几年经济的发展带动了服务业，台北街头类似咖啡馆这样的场所也渐渐增多。他们来得也凑巧，没有遇上高峰期，一进去就找了个好位置。

吴伯驹过去在大陆的时候喝过咖啡，来了台湾这些年一直在军营里，比起咖啡他更喜欢茶。这会儿看到服务员递给他的菜单，他一下子还真挑不出来。各种品类的咖啡取着奇奇怪怪的洋名，他看得眼花缭乱。

"两杯焦糖拿铁，谢谢。"蓝梦华见吴伯驹看了那么久都没点单，便明白了过来，自行向服务员说了要求。

吴伯驹听她说了"两杯"二字后，就放下了菜单看着她。直到服务生走远，他才有点不好意思道："我不常喝咖啡，让你见笑了。"

"我还以为吴长官您什么都知道呢。"蓝梦华一笑。

"我就是个军营里面的人。"吴伯驹摇摇头，说完便盯着她的双眼，目光炯炯，"蓝小姐是哪里人？"

蓝梦华把散到前面的头发拢到耳后，回答道："听我父亲说，我家祖籍是福建龙岩。"

"你姓蓝，那你……"吴伯驹像是想到了什么似的，有点激动。

"我是畲族人。"蓝梦华说起来历，很是云淡风轻，仿佛那是上个世纪的别人家的事一般，"我父亲是上杭庐丰畲族乡的农民，民国二十五年因为国军征兵而入伍，那时候我妈刚生了弟弟，而我不过六七岁。民国三十八年，我们全家跟着父亲一块儿来了台湾。那会儿日子还不错，一家人住在眷村里，每日领着军属福利。父亲本将我许了一户人家，但是还没等我成婚，他就在两岸的炮击中丧生了。我们一家迁出了眷村，为了养活母亲和弟弟，我只得出来做歌女。一唱，就是这么多年。"说到后来，她叹了口气。一番话轻描淡写，但背后的艰辛依旧让吴伯驹看出有多么不容易。

"如今弟弟已经成家立业，母亲也故去了，我除了唱歌什么也不会。这儿的经理对我很好，所以我就留到了现在。"她摸了摸手腕上戴着的玉镯子，小心擦拭了一番，然后抬头对吴伯驹道，"您瞧，其实我的故事很无趣，我没你想的那么神秘。我的前半生不过三言两语就能说完了。吴长官，何必执着于一个歌女的故事呢。"

"同是天涯沦落人，相逢何必曾相识。"吴伯驹坐在位子上，忽然说了一句诗，"我也好不到哪里去。"

服务生端着两杯焦糖拿铁走过来，小心地放在二人面前，然后又轻轻走开。咖啡厅这会儿只有他们一桌客人。方才角落里的钢琴师还在奏着《月光曲》，他们还没觉得有多安静；等到钢琴师下班后，他们说话的声音像是没了遮蔽的轻纱一般，在空旷的馆子里显得寂寞又孤独。

蓝梦华见他这样说，那颗沉寂了多年的心，像是枯木逢春一般忽然剧烈地跳动了一下。

"梦华，实不相瞒，我喜欢你。"吴伯驹抿了一口咖啡，把这些天来在脑子里排练了数遍的话，倒了出来，"从我见到你的第一眼就喜欢上你了。你别笑话，我虽是这把年纪的人了，可能叫我入眼的却不多。过去我心气高，总觉得没人值得让我放弃自己的生活去和她过一辈子，可是直到遇见你。只有你，才让我发现原来一个人生活这么没意思，就算能走遍大千世界，可若是不能和喜欢的人在一起，那点乐趣又有什么意义？"

蓝梦华抿了口咖啡，笑着点点头。

吴伯驹和蓝梦华越走越近，连林承晖都没料到他这么顺利。韩福生和杜欣妍却是打心底里为吴伯驹感到高兴。找了个时间，韩福生夫妇也跟着约见了蓝梦华，对这个一直未嫁却维持着绰约风姿的女人，印象相当不错。

这日，吴伯驹坐上了驾驶座，系上安全带后，从怀里掏出了一个红色方盒。

林承晖瞧了一眼："你拿的是什么？"

"这都不知道？"吴伯驹一脸惊讶地看着他，"珈灵当初真是瞎了眼，怎么会嫁给你的呢。"

林承晖见他打开盒子，发现里面是一枚闪闪发光的钻石戒指。

吴伯驹继续道："这你就不懂了吧，珠宝大王戴比尔斯说过一句话'钻石恒久远，一颗永流传'。这年头，钻石象征着爱情。"吴伯驹合上盖子，说得一脸幸福。

"行吧，那我也祝你们两个长长久久！"

车子启动，朝着人生的新阶段前进。

1972年初，春节过后，求婚成功的吴伯驹和蓝梦华在林承晖的台北别墅后院举行了一场老年婚礼。韩福生做证婚人，林承晖还是伴郎。

婚礼上来了一群在花莲基地退伍的老兵，在与他们觥筹交错间，林承晖恍惚想着二十几年的时光，竟然就这样过去了。

韩福生成家了，吴伯驹也成家了，只有他，还在等待着，等待着最后的重逢。以后他会越来越老的，身体也会渐渐变得不好，若是不能和家人再见，恐怕只剩下等死这条路了。

会再见的吧？哪怕是在另一个世界？

# 第 十 八 章

林承曝抬头看了看天，蔚蓝被天空定格，白云慢悠悠地飘着。

重新见到太阳的时候，他觉得眼睛很疼，却舍不得伸手去挡。过去陆晓浓常常说英国的阳光比金子还贵，他还不以为然，现在他才知道原来这是真的。

他离开家，整整六年。

刚开始的日子里，每天一睁眼，他就被押去审问，可是反反复复也交代不出什么。审他的人估计拿他也没什么办法，便将他下放到了渔场去劳动改造。

倒也不干什么重活，只是每天晚上回到那个阴冷潮湿的房间里，便觉得浑身难受。这六年里，他渐渐生出了白发，五十多岁的人，头发竟已像古稀之年的老头子。

"爸！爸！"老远的，他听见了两声喊，顺着声音瞧见了站在不远处的林觉和林敏。

六年过去了，这两个孩子抽条一般地长大，成了强壮的青年和美丽的姑娘。林承曒的目光有些呆滞，瞧着面前有些陌生的儿子女儿，他狠狠抽了自己一巴掌。那一掌打得自己很疼，甚至都疼出了眼泪来，可他心里却是高兴的。

"阿觉？"他瞧了一眼儿子，唤了一声。

听到父亲这声唤，林觉忙跟着应声："哎。"

"小敏？"他又看向女儿。

这六年，他几乎没和他们见过面。在农村的时候，他每日只是干自己的活，还是有一日无意间和村里的干部聊起来才有了唯一可以说话的人。在村干部的帮助下，自己也和林觉林敏通过几次信，信里说他们也去了农村劳动。说到底，还是自己这个做父亲的没用，才害得他们跟着自己过苦日子。

林敏搀扶着他，摸到父亲手臂上没有几两肉的骨头时，鼻头一酸，忍着泪道："爸，咱回家。"

"上次写信，你们跟我说见到建国了，是怎么回事？"林承曒脑海里浮现出墙角那几只湿漉漉的鞋子。

"爸，建国哥回家来了。婶婶就……还没回来……建国哥说，婶婶不见了……"林觉解释道。

"哎！走，我们回去！"

林觉拦了人力三轮车，林敏带着老父亲坐上去。车子摇摇晃晃地往前走，把身后的村子甩得远远的，像甩下在那里度过的痛苦日子一般。林承曒没有回头，他再也不愿想起在那里发生的一切。

车子一路前进，沿路的墙上还涂着白漆刷出来的宣传标语，白漆上面盖着一层红漆，昭示着荒唐年代即将过去。

1977年的春天，58岁的林承曔终于度过了此生最大的危机，从那个魔窟般的监牢里活了下来。

可等他回到自己的家，却没能见到妻子。堂上放着新刻好的牌位，上面写着"先慈钟氏老孺人之灵位"。他睁大了眼睛瞧了好几遍，依然不敢相信。"怎么回事？"心里的那个答案呼之欲出，但他仍然不放弃。

林觉和林敏互相看了一眼，身为哥哥的林觉走到父亲身边，道："爸，当时妈妈追了上去，和你一起被抓。没多久，她也被下放到农村。当初家里没粮食吃，再加上小妹没了，妈的身体就一直不大好。下放之后，天天日晒雨淋的，就病倒了……"林觉不敢再往下说，虽然已经过去这么多年了，但他仍然不能接受母亲去世的事实。

在他心里，母亲一直是很强大的存在，她站在前面为他们遮风挡雨，就算伤痕累累也绝对不会喊一声疼——母亲在捍卫家庭上面，可以不惜一切，比父亲还果敢。他有时候甚至觉得，相比之下，父亲是软弱的。母亲为了家可以奋不顾身，和全世界对抗。但父亲能做到吗？

在兄妹的直觉里，能支撑父亲活下去的信念也是母亲——一个要强的人总是能给弱者力量的，就像他们在母亲身上汲取的力量一样。他们不约而同地选择了向父亲隐瞒母亲故去的真相。

"爸，妈已经去了，您可得保重身体啊。我们以后只有您了。"林敏原本就憋着情绪，这会儿被林觉的一番话刺激得道出了心里所想，眼泪滚落下来，叫林承曔看着更加深了一层悲伤。

"大伯！"林建国的声音忽然从外面传了进来，不多时，一个大二十几岁的小伙子出现在了门口，手里提着几只螃蟹和一捆白菜。但他还没走进来，就发觉屋里气氛不对。

"建国哥，你回来啦。"林敏抹了把泪，转头来应答着。

林建国是聪明的，只环顾了一遍屋内的景象，便明白过来。放下螃蟹和菜，他走上前来安慰了林承曔几句，便马上把话头扯到自己这些年的生活上了。自从被那个老人送回家里，听说林承曝被扣上"反革命分子"的帽子以后，他就知道了母亲为什么要拉着他离家出走。

林建国害怕自己回来以后又会招来红卫兵，便听从了老人的建议，去农场继续工作，后来还转去了龙岩当知青，虽然这一路下来他过得战战兢兢，但好歹没出什么大乱子。只是，时不时还是会想起母亲对自己说的话，心中对父亲的憎恨又多了几分。

"四人帮"粉碎以后，他终于可以光明正大地在家过日子了。

"送你回来的那个老人呢？"林承曝问。

"去世了。他儿女去插队，没赶得上见最后一面。"

晚饭的时候，林承曝在自己的位子旁边放了一副碗筷，当是钟婉莹还活着一般，给她夹菜夹肉，最后把一杯米酒往地上一倒，当作祭奠。

"婉莹，这辈子跟了我，真是苦了你了……"

林觉和林敏担心父亲伤心过度，都不敢再多言。这顿饭本是为了庆祝父亲的冤屈得以平反，但却因为父亲对母亲的思念而显得没滋没味。

林建国面如常色，其实心里面也不好受。当时他回到生产队虽然没耽误几天工夫，但还是被扣了工分，心里很是气闷，就和生产队队长起了争执。队长说不过他，于是便公报私仇把他调去挑大粪、睡牛棚，每天折磨得痛苦不堪，也不敢回家，这一躲就躲了很长时间。

后来回家发现大伯母没了，心里又后悔自己没早点回来看看。小时候因为调皮，他常常被宋珈灵教训，那时候除了李佩瑶，只有钟婉莹会出来保护他。在他心里，钟婉莹就像是他第二个妈。宋珈灵已经离开自己了，他曾以为钟婉莹始终会陪在他们身边，却不承想，她也离他们而去了。他心里的哀痛并不比林觉林敏兄妹俩少。

"爸，我和二哥得回农场去了，我们明儿还得早起干活。您先歇着，有事可以找建国哥。"林敏洗完碗，又整理了灶台，叮嘱了林承曝几句后，便拉着林觉出了门。

屋子里只剩下林承曝和林建国两个人。

过去林家屋里屋外都是人,这会儿却空落落的,叫林承曝很不适应。他躺在床上,身上已经换了林敏给他买的新衣服,可是怎么都睡不着。过去在农村,再潮再湿的地板,铺上稻草,他都能睡过去,可这会儿躺在柔软的床上却睡不着了。

"大伯,您是不是不舒服啊?"林建国在林承曝的房间打地铺,本来都快睡着了,却好几次被林承曝翻身的声音吵醒。

"没有。"林承曝含糊着回答。

"大伯,你是不是想大哥了?"林建国忽然提到了林佑安。

听到林建国的问话,林承曝忽然一骨碌地从黑暗中坐起来,问:"建国,你知道你大哥现在过得怎么样?"

"大哥前些年刚生了一个儿子,大伯你要不要去看看大哥?"林建国想了想还是挑好的说。

其实这些年,林佑安过得很不好,本来作为知识青年下乡,就够憋屈的了,幸好遇见个好师父,两人一块儿上工。但是后来林佑安被派到了别的农场去喂猪赶鸭,一直到三十岁娶了贫下中农的女儿,入赘到农家去,学了一手木匠活儿。

自小骄傲的林佑安被命运一再地愚弄,这会儿早就没了什么少年意气。林建国想起最近一次见到他的样子,站在农田里抡锄头的林佑安看起来和周围的农民没什么两样。若不是他主动叫住自己,恐怕林建国都要认不出来了。

"算了,这会儿春种,他一定忙得很,我过阵子再去看他。"林承曝看了一会儿天花板,想想还是拒绝了。回顾这些年,他只觉得半生辛苦,却什么都没落下,心里滋味难言。如今大儿子已娶妻生子,另立门户,他可放心,余下的三个小辈,他还得提起精神来打点。"建国,你也老大不小了,该考虑成家的事儿了。"

林建国本要入睡了,冷不丁听到林承曝这一说,心里暗自叹气。他也是快三十岁的人了,要说没想娶媳妇那肯定是骗人的,但是这年头娶媳妇也不是件容易的事,又红又专,这两个条件,他还够不上。

"大伯,就我这条件,哪里会有姑娘愿意嫁给我啊。"林建国把被子往头上一盖,像是不大愿意提这事儿。

林承曔听到他拉被子的声音,便知道今晚不是适合讨论这个的时候,便按下不提了。

五月初过后,林承曔坐车去了一趟龙岩,见到了在田埂里的林佑安。他穿着一件白色的背心,蹲在田里挖萝卜,边挖边吃,一脸肮脏。林承曔一看,眼泡里就发起酸来。

过去了这么些年,父子俩再度见面,看彼此的目光都变得陌生了。

林佑安的老婆是本地人,姓罗,长得不大好看,所以拖了很多年都没嫁出去。林佑安入赘后,两人这么些年相处下来,虽是没感情,但受她照顾,林佑安也勉强生活得过去,甚至还有了个孩子。这里还有一些之前来的知青,本来都结了婚,孩子也生了一两个,"四人帮"粉碎之后竟接二连三地做了盲流,气得农场长直拍桌子。林佑安这等身份的人,入赘到罗家,有幸被场长拉出来做榜样,讲大喇叭直夸他"弃暗投明"。当时林佑安正好在地里做活,一听到这个词便抡起锄头往田埂上狠狠一砸,挖坏了一块萝卜苗。然而大喇叭是每天都要讲的,尤其是在留人的紧要关头。林佑安听着听着,也厌倦了,做榜样是做榜样,他的生活照样要过下去。有时他也会想,如果现在在此处的是自己的父亲,林承曔会怎么办,会去找场长举报跑掉的知青吗?还是跟着做盲流——他定两头都不沾,不做任何一方的恶人。猪吃得越多死得越快,长得旺的野菜更可能被掐头。

这么一想,林佑安就更加安定下来。

当年林承曔入狱,其实林觉曾来找过林佑安,但林佑安一点办法也没有,且说到深处,他对父亲心里面是有怨的。因为家庭的关系,他不能参加高考;

因为家庭的关系，他不得不委屈自己入赘到农家去。他的人生因为家里人毁了一半。年纪大了之后，虽然开始理解父亲，但还是不能接受。有了自己的小家后，渐渐地就不想再和家里扯上什么关系了。

所以这次林承曝来看他，他也没有多大的情绪，只叫妻子烧了一桌农家菜招待一番。父子俩在饭桌上随意说几句，便沉默下来。

人们常说，一对夫妻的第一个孩子是最受宠的。林承曝一直以为自己对林佑安最好，可到头来这个大儿子却最疏远他。这叫他觉得一阵挫败，饭吃了没几口，便停了筷，到院子里和姓罗的"假"孙子玩了一会儿，招呼也没打一声，就悄悄走了。

秋收时节，街头巷尾都在播报恢复高考的新闻。

林承曝觉得家里面没有准备高考的人，便没放在心上。可过了几天，家里忽然来了一帮人，抬着双目紧闭的林佑安。瞧见这景象，林承曝忽然觉得一阵天旋地转，若不是林建国及时出来扶着，只怕他当场倒地。

"林大叔，您儿子被查出心力衰竭，这是他的'病退证明'，以后他不用再回去了。"来的人掏出一张纸拿给林承曝，说了一下情况后，便走了。

林承曝觉得脑袋嗡嗡作响，都没听清楚对方说的什么，只顾着点头，眼神全放在林佑安身上，仿佛他再也醒不过来了一般。

林建国连忙拦了辆车，想要去医院。可林佑安却自己醒了过来，像没事人一样对林承曝说："爸，帮我，买高考复习书。"

没等林承曝反应过来，林建国已经开口问："大哥，这是怎么回事？"

"我在农场工作的时候，听到喇叭里说恢复高考的事，还说谁都可以考。靠着之前姊姊教的那点医学知识，装病逃了出来。"林佑安第一次听到广播的时候是犹豫了一阵的，但日日干不完的农活还是叫他最后下了决心。面朝土地背朝天，叫他原本一个知识分子怎能长久忍受下去？他觉得自己还是应当回归到更体面的生活中来，重新握着水笔，养一养虎口处那些被锄头磨烂的皮肤。再者，既是国家发的通知，说明局势已经稳定，他在农村复习和回家复习又有什么区别？——早晚都要考上城里的大学。

　　林承曔对儿子回家要求高考这件事还一时之间消化不过来。他以为林佑安接受了命运的安排，他以为横亘在父子之间的是他们背后的身份，可这一切都只是他以为。林佑安这个孩子，从未屈从过命运，他一直在试图抗争，等待机会，只要一有机会，哪怕是赌上一条命，他也要去拼一拼。如今知青返城若是没有关系，便只能办理病退。而这个傻孩子，为了回城参加高考，竟然装病，万幸的是没被查出来。

　　想到这，想到自己的无能为力，他顿时瘫软在椅子上。

　　他不仅不是个称职的丈夫，也不是个称职的父亲。

　　"大伯，大伯。"

　　耳畔是林建国焦急的呼喊，但他像是失重一般无力地垂倒下去。仿佛溺水的人，被堵住了七窍，隔离了外界的一切声响。五感紧闭，整个人浮浮沉沉，灵魂被重重抛起，又狠狠摔下，跌入一片深深的湖水之中。他瞧见了过去的自己，和钟婉莹一起抱着刚刚出生的林佑安，瞧见了在长汀度过的那段安稳岁月……紧接着视线突变，画风忽然诡谲起来，满目的大字报，他的脖子上挂着千斤重的大牌子，头戴长圆锥形的帽子，被拉到广场上被众人批斗。那些老街坊原本慈祥的面目，一瞬间化作地府的牛鬼蛇神，全一齐朝着他扑将过来，仿佛要把他撕成碎片一般。可未等他喊出声来，那些人忽而全都变成了一缕烟，几千几万缕烟汇聚成一张人脸，那人脸转过头来冲他笑了笑，叫了声"大哥"。

　　"啊——！"林承曔从幻象中清醒过来，脸上不断渗出虚汗。

　　闻讯而来的林觉林敏此刻正赶到家门口，听见他这声喊叫，都冲了进来。

　　"爸！"林觉第一个冲到他的身边，脸上满是焦急地问道，"你怎么了？"

　　林承曔深吸了几口气，等到大脑里的氧气足够了，开口第一句便是："阿觉，小敏，快，去买高考复习材料，你大哥要参加高考，你们也去。"

林觉和林敏听到这句话，一开始还当父亲糊涂了。可林承暻见他们二人不回答自己，便一次又一次地重复着说。他的坚持，叫兄妹二人不得不信。他们早在几天前就在生产队里听别人说了恢复高考的事。据说时间就定在年底，现在距离考试只剩一个多月，他们觉得家里困难，便谁都没和林承暻提起。可谁曾想到，林承暻却放在了心底，替他们谋划着。

　　安抚好父亲的情绪，又叫林佑安照顾好父亲，林觉拉着林敏与林建国三人走到外面的新华书店，拿出身上所有的钱抢走了最后两套《数理化自学丛书》。

　　林觉和林敏拿走了其中一套，回到生产队里，准备白天干活，晚上复习。剩下那一套，交给了林建国，让他带回去和林佑安一起看。

　　恢复高考就像是一剂灵丹妙药，让林佑安的精神恢复得很快，仿佛他现在还是过去那个少年一般。等林建国把那套自学丛书给他之后，他就在床上支一张小桌，日日研读，捧着书不撒手，草稿纸都用掉了好几本。

　　林承暻瞧着几个孩子认真的模样，咬咬牙从墙缝里拿出了父亲当年留下的最后一件玉扳指给卖了，买了几只鸡和鸽子在屋后养着。鸡和鸽子生的蛋，他都拿来给孩子们补身体。随着高考的日子一天天临近，他觉得未来也像是有了盼头一般，身体竟因为养鸡养鸽而好了不少。

　　厦门入冬的那天，他宰了一只鸡，炖了锅鸡汤当作考前大补汤。林佑安坐在饭桌边没吃几口，还抱着书思考着什么。林觉和林敏吃饱了以后也停了筷。倒是最吊儿郎当的林建国吃得欢快，连皮带骨都嚼碎了。

　　外面天色微亮，街上拉起了横幅，几个孩子带好了学具，奔赴考场。

　　看着孩子们的身影消失在街角，林承暻渐渐静下心来。这场考试是新中国成立后最为特殊的一次考试，参与人数达到了历史之最，相对的录取比例也变得非常低。但他心里已存了打算，无论这四个孩子谁考上了大学，他就算砸锅卖铁也要叫他们去读。他受的那些苦，实在是不愿意孩子们再受一次了。

"妈，婉莹，你们若是在天有灵，一定要保佑孩子们金榜题名。"

他点了一炷香，对着灵堂上的牌位拜了拜，嘴里祈祷着。

鸡鸣声响，山寨小村又开始一天的劳作。

宋珈灵背着背篓上山去挖药材，路过张大妈家，李蕙兰从屋里走出来给她递了一包干粮和水壶，嘴里笑道："陈姐姐路上小心。"

这些年来，宋珈灵都在庙里修行，隔上一两个月才下山一趟。当时她因为提前知道了李蕙兰与林承暻一家的关系，所以在李蕙兰问起的时候，没有道出真名，只随口胡诌了"陈思"这个名字。时间隔了这么久，除了来找她看病的人偶尔会问及她的过去，其他人倒也不关注她的身份。

待她走后，李蕙兰便在窗边坐下，手里拿着木槌捣药，目光时不时地往外瞧。

张大妈刚从镇上赶完集，这会儿正提着一斤猪肉和大包小包的东西朝这儿赶。可李蕙兰没瞧见的，是张大妈身后还跟着的两个人。

"蕙兰，你看，谁来了？"张大妈进屋放下赶集所得，脸上堆满了笑意冲李蕙兰道。

李蕙兰不明所以，朝外面看去，只见一个一瘸一拐的老头和一个二十岁出头的姑娘站在门口看着她。

时光像是一面镜子，照着过去和未来。李蕙兰看着这两个人，像是回到了很久以前的过去。她忍不住摸着自己的脸颊，原本光洁的肌肤，如今已蔓延出了条条沟壑。她老了，瞧见外面的姑娘，她才发现自己真的老了。

"蕙兰。"那个瘸腿的男人开口道。

"阿辉。"李蕙兰慢慢从屋里走出来，伸出双手和面前这个老头相握。

"妈。"老头身后的姑娘嘴角抽动，眼含泪花，叫了一声。

李蕙兰偏过头来看着她，走到她跟前，伸手摸了摸她的脸道："明儿，你是我的明儿？你已经长这么大了？"

"蕙兰，明莉现在做了老师了。这几年，她在生产队表现好，被推荐上了工农兵大学。如今做了老师，也算继承了你的衣钵。"苏亦辉把手放在妻子的肩膀上，"外面太平下来了，这些年张大妈一直有告诉我你的消息，但我怕外面那些人会再次对你下毒手，所以没敢来接你。如今，咱们一家人终于可以团圆了。"

这些年来，苏亦辉一直对家庭心存愧疚。娶了妻子没多久就到了钢铁厂去干活，再过没多久，就因为之前在国民党卧底的事情被抓去批斗，甚至还连累到了妻子。

听到丈夫的这番话，李蕙兰忍不住哭了，她等这天太久了。就算遇到了林承曝一家，嫁给了苏亦辉，生了女儿，她还是会梦见过去的不堪。她无时无刻不在担忧这样的幸福只是幻象，等到太阳升起便破灭了。所以，她要将自己的事情永永远远地埋在心里。

但现在，太阳已经挂在天上了，她的未来好像开始值得期待了。

等他们一家人叙旧完，张大妈已烧好了一桌菜。四个人都坐了下来，说着这几年外面和村里发生的事。苏明莉给几个长辈倒了酒，自己率先端起来敬了在座的几个人，一饮而尽后开口道："妈，接下来我就要被教育局调到厦门去批改这次的高考试卷了，我想让您跟我一起去。您的经验比我足，懂的知识也比我多，我想您更能帮上忙。"

李蕙兰本打算推掉，但是女儿诚恳的目光叫她的拒绝说不出口。

吃完饭，张大妈替蕙兰把行李都收拾好了。蕙兰本想和宋珈灵说一声，但晚上山路难行，为全家人考虑，她只得托张大妈带话给宋珈灵。

# 第 十 九 章

高考结束后，因为中央高度重视，成绩出来得很快。

林家四个孩子，只有林觉和林敏过了分数线。林建国，不仅没过线，所有分数加起来还不到分数线的一半。林佑安尽管时刻把读大学放在心上，不知是不是因为年纪大了，学习起来力不从心，也没考过。自拿到分数的那天起，他就更加沉默地一个人待在一边，不知道心里在想什么，林觉林敏两个也不好多问他。

林承曔是又喜又忧，一是愁给几个孩子上学的钱，二是愁林佑安和林建国落榜的心情该如何安抚。

可是林建国满不在乎地笑道："我留在家里陪着大伯好好过日子挺好的。"

这话虽然听着舒心，但林承曔到底替他遗憾，林承晖和宋珈灵都不在，他就得照顾好这个孩子："一次考不上无妨，明年还有机会，大伯给你找老师补补课，你加把劲再考一次？"不仅是他，林佑安也是。

林建国知道自己不是读书的料，听到林承曔这么说，一下有点急了，忙道："大伯您还是别费那钱了，我，我不想上大学。"

"为什么啊？"林承曔受林佑安的影响颇深，只觉得家里的孩子应该都是想上大学的，这会儿听到林建国说不想上大学，倒是叫他觉得奇怪了。

"我就没认真读过几天书，哪儿能考得上啊。"林建国皱着眉道出实情。

"哎，你只读到初中，这高考考的是高中知识，你不会也是正常的。找个老师补补课，你这么聪明，肯定不会比阿觉小敏差。"林承曔安慰道。

林建国一脸无奈地看着林承曔固执的表情，只得认命般地接受了补课的事实。虽然有些不情愿，但他心里还是知道这个如父亲一般待他的大伯的好。想到父亲，林建国低下了头。

林承晖才不会管他们的事。

安慰好林建国，林承曔便敲响了林佑安的房门。自从成绩出来后，林佑安把自己关在里面已经两天了。林承曔何尝不知道，这是儿子的孤注一掷，可他没有赢。

林佑安仍旧不开门，林承曔只好隔着房门同他说话："佑安，我知道你心里苦。今年考不上,我们明年再考一次,有爸在,不怕。"

林佑安的声音始终没有响起,这让林承暻感到害怕,哪怕他哭也好,对自己说他恨自己也好,林承暻都可以理解。但现在,他们之间隔着一扇厚厚的门,他这个做父亲的无法进入。可说到底,还是他这个做父亲的错,便又对着门内自说自话起来:"从小你就聪明,我知道你没办法接受。我知道你恨我,是我对不起你,从小到大,什么都没给到你……"

林承暻将自己的心里话一股脑儿地全说了出来,不知过了多久,他发觉脸上流下了两行泪水。他心里的苦,不比任何一个人少,可理解他的人却一个又一个地离他而去了。

他擦干眼泪,转身想要离去,却听见屋内传来林佑安的声音:"爸,我想再考一次。"

"好,好,我这就叫建国去买资料。"林承暻应和,转身下楼去找林建国。

林佑安开门出来,看到林承暻的背影,脊背弯弯的,腿脚也没有往日利索,走起路来一瘸一拐的。不知怎么,他想起了那个被自己抛下的孩子,不禁鼻头一酸。

林觉和林敏为了方便照顾家里,也为了替父亲省钱,都填了厦门师院。

等到两个孩子都去了大学,林承暻也开始打听补课教师,多方打听下,找到了年纪轻轻口碑不错的苏明莉。定好了时间地点,他便提溜着老大不情愿的林建国去补课。本来是叫上了林佑安的,可他说他想要自己复习,便没有来。

苏明莉刚见到林建国的时候吃了一惊,她还以为是和她在学校里教的那些学生一样大的孩子,没想到是个快三十岁的成年人。林建国也没想到,林承暻给他找的这个老师竟然会比他还小。不知道的,还当是林承暻给他介绍对象呢。

总之二人的见面,颇为尴尬。

但是这补习却是一天天地进行下去了。苏明莉的专业知识很不错,林建国听着听着不但听了进去,还开始认真记起了笔记。回家吃饭的时候,还开始和林承暻絮叨苏明莉上课时候说的那些课文意思。

"大伯,我跟你说,这苏老师教书还真是不一样。过去我都不知道为啥要读书,而且还得背课文,像那些诗人写的那么长的古文都要我们背下来,我这脑袋咋会啊。但是你猜苏老师怎么说?"林建国喝了一大碗水,眉眼弯弯地冲林承暻笑道。

"怎么说?"林承暻见林建国有了动力的样子,也跟着高兴。

"苏老师说啊,没读过书的人,看到晚霞只会说真好看,但是读过书的人会说'落霞与孤鹜齐飞,秋水共长天一色'。"林建国一拍桌子,想要表达自己听到此话而感到绝妙的瞬间。

见着他这般有激情,林承暻隔日就提了一袋鸡蛋上门道谢。可来开门的却不是苏明莉,而是和女儿住一间宿舍的李蕙兰。

多年未见的两人,隔着门框,竟然一下子不知道说什么好。

"林,林大哥?"李蕙兰不敢相信地问。

"蕙兰?"林承暻连忙提拉了一下袋子,险些叫鸡蛋落到了地上。

"怎么是你!"

故人相见,自然要说好久的话。更何况是隔了这么多年的故友。

一番叙旧聊了一个下午,两人都是受过迫害的苦命人,彼此倒的苦水是一杯接一杯。也是在聊天里,林承暻发现李蕙兰的丈夫原来就是林佑安的师父苏亦辉。他不禁感慨,这个世界真小,相逢的人总会再相逢。

二人一直聊到苏明莉下班回来,听到他们说完那段过去,苏明莉这才发现自己的学生家长和母亲竟有这般渊源,从此教林建国更加尽心尽力。

等到次年高考,林承暻和苏明莉都候在考场外。

不同的是,林承暻等的人比苏明莉多了一个林佑安。

比起上一年的匆匆准备,林建国这回意气风发地走了出来,看了一眼林承暻,聊了两句,便走向了苏明莉:"苏老师,一起去吃饭吧?"

苏明莉愣了一下，羞着脸点点头答应了。

林建国慢慢地挪到了苏明莉的身边，试探性地碰了下她的手，又抽了回来，扭头看向别处。几次试探下，他才敢牵住她的手。

炽热的天晒得苏明莉的脸泛起了一圈红晕。

还在考场上等待的林承晖没多久也看到了林佑安的身影，他想上去问问他考得怎么样，可走到他面前，看着他的脸，到了嘴边的话又咽了回去，只说了句："我们回家。"

入夜，林承晖坐在书房的沙发上泡茶。

窗外的风吹起帘子，烟花一个接一个炸响。今天是元旦，是公历新年的第一天。韩福生和杜欣妍离台度假去了，吴伯驹也带着蓝梦华出去吃晚餐，林乡被他送去了英国读书。这偌大的别墅，只有他一个孤家寡人在翻看着今年的财报。

几年前，他托那个香港老K帮他找人往家里传信，老K信誓旦旦地跟他说绝对能办到。结果那封信和送信人一起石沉大海，就连一向自信的老K也摸不着头脑。对于两岸统一这件事，他渐渐地都不抱希望了。

桌上的收音机一直开着，这会儿忽然嗞嗞作响，过了会儿里面传来一个从未听过的声音："亲爱的台湾同胞：今天是1979年元旦。我们代表祖国大陆的各族人民，向诸位同胞致以亲切的问候和衷心的祝贺。"

"昔人有言：'每逢佳节倍思亲。'在这欢度新年的时刻，我们更加想念自己的亲骨肉——台湾的父老兄弟姐妹。我们知道，你们也无限怀念祖国和大陆上的亲人……我们希望双方尽快实现通航通邮，以利双方同胞直接接触，互通讯息，探亲访友，旅游参观，进行学术文化体育工艺观摩……"

林承晖哭了出来，他丢掉手中的报纸，从椅子上站起来，嘴里喃喃："福生，伯驹，你们听到了吗？我们可以回去了！"

偌大的房间里，却只有收音机的声音持续响起。

林承晖灵魂深处的那团火焰又燃烧了起来,此刻这屋子很冷,可他却觉得身子很热。一把抓了放在沙发上的外套穿上,他就走了出去。

从寂静的别墅区一路走到街上,他步伐不快,但仍仿佛一匹脱缰的野马,内心充满狂热。

三十年了,他等了三十年!

外面商铺里的收音机还在持续地放着那段讲话,他一路走,一路听,觉得心中从未如此畅快过。这种快意,比他当上上尉要强,比他面馆开张要强,比他投资赚钱要强,比他盖了别墅要强,那是他期盼了三十年的讯息!

整整三十年,足以令一个婴孩变成成家立业的男人,也足以令一个有志青年变得白发苍苍。他奔走了几条街巷,终于在一家杂货铺门口停了下来。

老板奇怪地盯着他,问他要做什么。

"老板,有没有中国地图?"他喘着气,擦了把额头的汗水,问道。

老板在柜台后面找了找,找出了一张老旧的地图,递给他,说了价钱。

林承晖随手扔下一张大面额的钞票,说了声不用找了,便拿着地图往回走。

林承晖在上面找到福建的位置,又发现了鹰厦铁路早就通车,他忽然笑了起来,笑着笑着,走回了家门口。

吴伯驹正等在他的家门口,像是也知道了一般看着他。

"伯驹,"他抬头见到老战友,忽然落下泪来,"你看,通了铁路了,以后回家可就方便多了。"

"阿晖,进去吧。"吴伯驹瞧他这副样子,不禁有点担心,开了门,把他拉到客厅里坐下。

林承晖坐下后仍然抱着那地图不撒手,一遍遍地看着厦门的位置。

"来,喝吧。"吴伯驹从酒柜里拿出两瓶酒,用桌上的开瓶器打开,倒在了玻璃酒杯里。过去他喝酒向来是直接对着瓶子灌的,这几年叫蓝梦华教得斯文多了。

林承晖拿起酒杯一饮而尽。

这一夜闹到很晚,林承晖和吴伯驹都喝得烂醉如泥。梦里,出现了一道彩虹桥,架在台湾与大陆之间,而一架火车正载着他们从桥上缓缓开过。

林建国考上了大学,和苏明莉的感情也日渐升温,两个人虽然谁也没道破,但都掏心窝子地对对方好。林承曔是过来人,他是看得明白的,加上苏明莉也是个好姑娘,索性顺其自然了。

只是,林佑安,他的大儿子,又一次落榜了。从考场上见到他的那一刻,林承曔心里便隐隐感觉到会是这个结果。为了读书,为了改变命运,佑安做了太多的牺牲,可即便他赌上了半条命都换不来他想要的生活。

林承曔以为佑安还会像上次一样把自己关进房里好几天,可他只是平静地接受了这一切,告诉父亲他放弃了,这就是他的命。

可他越是这样说,越是表现得平静,越叫林承曔心里难受。佑安从小就跟着家里颠沛流离,即便是后面定居下来了,上了学,也极少见他带过什么朋友回家,整日就待在院子外的那棵树下拿着木头敲敲打打。明明儿子上的小学就是自己工作的地方,可是自己却从来没有和他一同走过那段路。甚至就连儿子的人生,仿佛都是在不知道什么时候生出来了另一条路,和自己渐行渐远。

一个下午,林承曔煮了点鸽子蛋,叫来了林佑安一起吃。桌子上只有他们两个人,想着之前一家好几口人热热闹闹的样子,林承曔叹了口气,夹了个鸽子蛋到林佑安碗里,说:"佑安,试试。"

林佑安点了点头,自顾自地吃着,也不说话。

林承曔又剥了几只,放到他的碗里,说:"佑安,爸没用,没能让你自由选择自己的生活。现在,你想要做什么就去做吧,再考一次,爸也支持你。你想考,爸就给你找个老师,替建国补课的那个老师就不错,还是蕙兰阿姨的女儿,学费的事情不用担心。"

林佑安放下手中的鸽子蛋,双眼直盯着门外的那棵树:"爸,我不考了。从考场出来的那一刻,我就明白我考不上了。不是你没用,是我自己没用。最困难的时候,我却只想着我自己,我恨你给了我这样的出身,却从来没想过你们也有自己的难处。"

"我一直以为只要我努力,上大学不过早晚的事。可我发现我读不进去书了——不是我不愿努力,是我觉得自己再努力,也还是错过了时机——爸,我也不小了。"林佑安还是一直盯着院子外的树,脑海里是林觉林敏的脸。他早已不像两人那样年轻,有活力。在家的日子是好的,好到让他忘记了自己还有个孩子在乡下,忘记了种地的艰辛。读书这件事,似乎变成了遥远的过去,他怎么都找不回上学时候的感觉了。

林承暻静静地听着,放在腿上的手有一丝木然。他怎不知儿子被这个家拖累如此,他的弥补,终究来得太晚。

半响,林佑安站起来,问:"爸,你还吃吗?不吃我收拾了。"

林承暻点点头,站起来往后院走去。他打量着儿子收拾碗筷的背影,竟发觉有些像从前的自己——是他没有操持好整个家,导致了下一代的悲剧。林承暻从鸽笼里抓了两只鸽子绑起来,然后又从厨房的坛子里拿出了这些天存下的鸽子蛋,一个个地装进袋子里。

他就这样一手鸽子一手蛋地出了门。

走到外面,瞧着太阳就快落山,市集也快关门了,林承暻赶紧提了口气,朝前头快步走去。可走了没几步路,就叫两个巡逻的警察拦住。

警察一前一后地围着他,上下看了他几眼,问道:"手里这是什么,预备着去哪儿啊?"

"长官,这是我家养的鸽子,准备拿到市集上去卖了换点钱。"林承暻见这几个人来者不善,忙弯着腰回答道。

"这个点去市集?"其中一个胖警察低下头来看着他,一脸威严地说,"哼,我看你是犯了投机倒把罪!这个鸽子和蛋全都收归国有!"

林承暻一下慌了，忙捂着手里的鸽子和蛋，连连答道："不不不，不是的长官，这是我要拿去换钱给家里几个孩子凑学费的。"

　　可几个警察根本不听林承暻的解释，直接掏出了手铐，把他双手给铐了起来，顺带着把他的鸽子和蛋从手里夺走。

　　等到林佑安接到消息赶到区派出所的时候，只闻到派出所里飘着一股炖鸽子的香味。

　　那几个警察围着一盆鸽子汤，垂涎欲滴，其中一个见到林佑安，连站起来都懒得，说道："你来找那老头？他犯了投机倒把罪，得判刑。回去叫你们家人凑点钱再过来。"

　　林佑安往那警察指的方向一看，只觉气血上涌。林承暻被他们铐在角落里，衣服被撕得破烂。

　　"你刚刚说叫谁凑钱？"一个声音从林佑安的身后响起。

　　胖警察正准备着再说一遍方才的话，却见外面进来一个戴着警帽，身上两杠一花的老警察，一脸威严庄重地看着他们。

　　几个警察都慌了神，谁也顾不上鸽子汤了，全都站起来敬军礼道："吴，吴局。"

　　"瞧瞧你们办的是什么事！"姓吴的局长进来后，一脚踢翻了那个正冒着热气的鸽子汤盆，转头就冲胖警察吼道，"你们就是这么对待老百姓的吗？"

　　警察们战战兢兢，等着上司的处罚。

　　"还不快把人放了！"吴局长见他们唯唯诺诺，一个都不敢动的样子，便气不打一处来。

　　胖警察眼疾手快地从桌子上拿出钥匙来解开林承暻的手铐。

　　月光下，林佑安看着身上没有几两肉的父亲，只觉得心里面难受得紧，忙说："爸，你以后也别出来卖这些东西了，我怕……"

　　没等他把话说完，林承暻便接过了话茬："弟弟妹妹们还小，我再不挣点钱，他们还怎么上学。"说罢，他顿了一会儿，"我不希望，他们变成第三个我了。"

林佑安的脚步停了下来,搭着林承暻臂膀的手也放下来紧紧握着:"爸,我去工作吧。"

"这怎么行,你是要读书的。"林承暻转过头去看他,月光落在佑安身上,显得他异常冷静。

"下午我已经和你说过了,我不考了。既然不读书了,那我总得要做点什么吧?"说完,林佑安拉着林承暻继续往前走了。

林承暻确认过他不是一时冲动后才放了心,整个人放松下来后,忽然小声说:"我有点疼。你走慢点。"

林佑安终于没忍住眼泪,晶莹的液体一滴接一滴地落到地上,他的喉头动了动,忍着哽咽应和道:"好。"

这条路,不长不短,像是一剂膏药,轻轻贴在父子间多年来产生的隔阂上。


"爸,我到了,您放心,钱够用。"林乡站在楼下的电话机前连连应答,但电话那头的林承晖怎么都不相信,这令他感到颇为无奈。

林乡在英国读了三年高中,先是考入了圣安德鲁斯大学读本科,之后又进了剑桥大学读研究生。算起来也算个英国通了,可是他的两个爸,都觉得他背井离乡颇为可怜,隔三差五地就往他的卡里打钱。

"嘿,Lin."路过的两个外国同学和他打了声招呼,他一边和林承晖说着话,一边和同学招手。

"您放心,今年春节我一定回去,到时候给您和我老爹带礼物。我一会儿还得去注册,先不和您聊了哈。拜。"林乡挂完电话,像是完成了一场战役一般,长舒了一口气。

林觉和林敏凭着自己的努力,也获得了英国留学签证,就碰到挂了电话的林乡,看到黄皮肤的面孔,觉得亲切极了。二人都上前一步发问道:

"Excuse me?"

"干吗？"林乡刚挂完电话，就见这两人朝他冲过来，一时没反应过来，说了国语。

"你是中国人？可以帮个忙吗？"林觉见他说了中文，虽然口音听着别扭，但到底是同胞，便不在意。

"OK，什么事？"林乡面对同龄人，且是陌生人，还是很有耐心的，特别是其中一位还是女士的情况下。

林觉和林敏简单说了一下自己的情况，林乡便明白了这是刚到英国，人生地不熟，准备着注册但不熟悉流程的两个新人。本着自小的良好教育和开朗个性，他带着他们上上下下跑了一趟，不仅解决了注册问题，还发现他们的宿舍竟然被安排到了同栋楼。

"原来你是台湾人啊。"一起到食堂吃饭的时候，听到林乡说了自己的籍贯，林觉感慨了一句。

"台湾人也是中国人啊。"林乡舀了一勺土豆泥放嘴里，"我爸也是从大陆过去的，算起来我和你们同源。"

"哎，对了，我们还不知道你叫什么呢。"林敏看了眼自己盘子里的炸鸡炸薯条，一时有点难以下口，喝了口橙汁又被过分甜腻的口感吓退，便换了个话题问。

"我姓林，单名一个乡字。"林乡见他们半天没动筷，心里了然，想起自己第一次到英国的时候，也觉得饮食不大适应。

听到他姓林，林觉和林敏对他的好感度又提升了不少，开心道："你也姓林啊，算起来我们五百年前是一家呢。"

林乡啜了一口可乐，听见他们俩这样说，一时也觉得今日真是奇了。

之后的日子，三个人即使上的课不一样，却常常相约泡图书馆。林觉和林敏虽然拿到了全额奖学金，但是为了补贴家用，还是会抽空去勤工俭学。

林觉和林敏与林乡接触了一阵子之后就发现林乡财力不俗。两人先前还一直以为台湾人民生活在水深火热之中，可是瞧着林乡的穿戴，两人只叹终归不是一个世界里的人。

林乡渐渐感觉出来林觉和林敏有意无意地在疏远他，但具体是什么原因，他又实在不知道。本来在国外他就难遇见什么同胞朋友，当初和林承晖打电话说起来的时候，林承晖还为他感到高兴，叫他好好和人家相处。现在相处了这么一段时间，关系却越来越凉薄。

为了挽回友谊，他在自己的宿舍开了一瓶香槟，又做了几道中国菜，把林觉和林敏叫过来敞开心扉聊了聊。

林觉和林敏对他本身其实没什么意见，只是觉得双方财力悬殊，怕日后落人话柄。几句交心下来，林乡知道了其中的原因。

"我跟你们说，其实我有两个爸爸。"林乡喝了酒，脸色泛红，忽然说出了这不为人道的秘密："我亲爹姓韩，他当年是我爸的部下，受过我爸的恩德。我爸是厦门人，去台湾以后一直没结婚，所以就没有孩子。我亲爹为了报恩，就让我认我爸为义父，让我跟我爸姓。我爸对我很好，什么都给我。小时候我亲爹亲妈打我的时候，我爸就护着我。只不过后来，他为了我能接受更好的教育，在我十几岁的时候就把我送到英国来了。"

"你爸是厦门的啊？"林觉从他这段话里，抓住了话头。

"是啊，不然你看我怎么会做这厦门菜。"林乡指着桌上那道蚵仔煎，继续道，"不过这不是跟我爸学的，是我爸的朋友吴叔叔。我爸这么些年一旦想吃家乡菜了，就会给吴叔叔打电话。后来吴叔叔老了，手脚不大好了，我就自告奋勇地管吴叔叔要了菜谱，自己学着做给我爸吃。"

"你真孝顺。"林觉尝了一口那道蚵仔煎，味道不错，"我还挺羡慕你的，一家子人都宠着你一个。我们在家的时候，要去农场干活，干完活才有饭吃。"

"是啊，我听我爸说，他们刚到台湾那会儿，吃不饱饭。他就带着一帮士兵开荒种地，那时候也得天天劳动，劳动光荣。"林乡应和着，举起了酒杯，和他们碰了碰。

林敏尝了尝桌上的厦门菜，觉得颇为正宗，又想到厦门林氏没几户，觉得林乡说的爸很有可能是他们的某个远方亲戚，便问道："我们家也是厦门的，你知道你爸爸是哪一系的不？没准算起来，咱是亲戚呢？"

林乡听她这样说，只觉得天底下哪里会有这么巧的事，摇了摇头道："这我还真不知道。"

"那就可惜了，还以为今晚能攀龙附凤呢，哈哈哈。"林觉见他这样说，便开了个玩笑。

"哎，也不知道叔叔在台湾过得怎么样。爸这些年虽然嘴上不说，但我知道他心里一直惦记着。一是替奶奶惦记，二是替建国哥惦记。"林觉被勾起了思绪，忽然说起了旁的事，直到林敏给她使了个眼色，才停了下来。

"你们有亲戚在台湾啊？"林乡却听出来了。

"嗯，我亲叔叔。当年跟着部队一块儿过去了。有一年给家里送了信，但是送信人被抓了，所以爸也联系不上他。"林敏戳了戳碗里的肉片，提起林承晖的时候，心里其实是带着些许怨怼的。若不是他那封信，家里也不会发生那么多事。

"你等等，"林乡却越听眉头越发地紧皱，"你那个叔叔，叫什么？"

"嗯？"林觉抬头看着他，不知道他这句话是什么意思。

林乡又重复了一遍问话。

"林承晖。"林敏替林觉答道，"继承的承，报得三春晖的晖。"

林乡的瞳孔一下子放大，忽然翻箱倒柜地找东西，直到他翻出了一本相册，指着上面的人说："是他吗？"

照片是近几年照的，林承晖已白了头发，林觉和林敏从小就没见过他，根本认不出来是不是，只得摇了摇头说不知道。

"你爸叫什么？"林乡别无他法，只好问了另一个问题。

"承曍，我爸叫林承曍。"林觉也渐渐发现了林乡的意图，开始严肃地回答道。

林乡听完便跑了出去，拿起宿舍楼下的电话机拨了一个越洋电话。

此刻台湾正是白天，林承晖接了起来，一个"喂"字正堵在嗓子眼。

"爸，你在大陆的哥哥是不是叫林承暻！"

# 第 二 十 章

听到电话那头林乡焦急的声音，林承晖只觉得大脑一片混沌。上一次听到林承暻这个名字是什么时候？已经过去好多年了吧？具体的年份，比他在台湾待的时间还要长。

林乡在电话里说了很多，林承晖扶着桌子，连连回答。

"爸，我在这儿遇见了两个同学，他们是大陆来的。和您一样，都是厦门人，我在和他们聊天的过程中，知道他们有一个叔叔去了台湾，十几年前给他们家送过一次信。我觉得这和您的经历好像，所以问了他们父亲的名字，他们说，叫林承暻。"林乡跟林承晖说了事情的始末，又交代了许多其他的小事和信息，一时间止也止不住。

林承晖捂着话筒愣了好久，一直到电话那头林乡因为上课挂了电话，他都没有放下来。

窗外阳光明媚，一如他此刻的心情。

虽然《告台湾同胞书》已经发布好几年了，虽然两岸的炮击也停止了，但是通邮通航却迟迟没有实现。他盼啊盼哪，生怕又要等个三十年。谁知道他这把年纪了还能不能等到下一个三十年。而林乡的这个电话，叫他重新燃起了希望。

隔日下午，一架自台北飞往英国伦敦的班机，呼啸着穿过云海。

林乡带着林觉和林敏一起来接林承晖，隔了几十年的林家人，在另一个国度，迎来了久违的重逢。等到过了海关，拿了行李，面对两个素未谋面的子侄辈，林承晖还颇为局促。

　　"二叔好。"林觉和林敏察觉出林承晖的不自然，出于礼貌先开口喊了人。听到这声二叔，林承晖愣了好久，手伸进公文包里掏了半天，拿出两个红包来塞给他们，嘴里连声应答着好。

　　林乡早早地在唐人街的中餐馆为大家订了一桌酒席，几个人坐上叫来的汽车，过去吃了一顿家宴。

　　席上，林承晖听林觉和林敏说了很多家里的事，这才知道李佩瑶已去世多年，他的妻子宋珈灵曾来林家找过他还住了很多年，后来因为他的那封家书去世了。而最为叫他震惊的便是他和宋珈灵竟然有一个儿子，这着实出乎他的意料。

　　一顿饭下来，林承晖感慨万千，只觉造化弄人，原本的骨肉至亲，如今却过着这般截然不同的生活。但是看着林觉和林敏这般聪明有礼，他又打心底里为林承暻感到高兴。他从行李箱里拿出了很多从台湾带来的特产，请他们代为转交家里。临走时，还叮嘱林乡，要好好照顾堂哥堂姐。顺道还留下了一笔钱，供他们英国求学应急用。

　　因为来得仓促，甚至还没来得及和吴伯驹他们说，为了不让他们担心，他只得先行飞回。


　　从英国回到台湾，林承晖翻来覆去地睡不着。他爬起来，从杂物间里拿出了木匠留下的工具，敲敲打打一晚上，做了一副灵牌，在上面刻上母亲的名字，然后摆在了客厅的正中央。

　　之后的日子，他日日烧香，企求能弥补这些年来对母亲的亏欠。

　　韩福生和杜欣妍夫妇带着女儿韩娜从国外回来后，见林承晖这副魂不守舍的模样，还以为他犯了老年痴呆。询问之下，发现背后有这样奇妙的故事，夫妇俩都不知道该说点什么了。

韩娜自小生活在台湾，不懂什么是思乡之情。杜欣妍又是土生土长的台湾人，这会儿也插不上嘴，便拉着女儿去厨房做饭。

韩福生和她们不一样，他是能设身处地理解林承晖的想法的人。林承晖多年未回，骤然得知母亲已逝，而自己还有一个儿子，这一悲一喜之间，实在令人难以招架。

"福生，若是现在能回家，你还想回去吗？"林承晖拿着手帕一遍遍地擦拭香案上的灰尘，忽然开口问道。

韩福生听着厨房里乒乒乓乓的声音，低头思考了一会儿，说："想啊，怎么不想，这么久过去了，我妈怕是不在了。但要是能带着欣妍和孩子们回去，在她坟前献上一炷香，也是好的。"

"说得好！"林承晖忽然转过头来，双手拍了韩福生的双肩，"接下来，有一件事需要你去做。"

这语气，叫韩福生想起过去无数个训练的日子，他瞬间站得笔直，行了个军礼："中士韩福生到！"

"我要你去联系一下促进会的老兵，咱们集体上街、请愿！"林承晖的话说得铿锵有力，掷地有声，一下子就能鼓舞到别人。

韩福生收到命令后，立刻转身着手去办。

而第一个得知这个消息的老兵，便是在外结束环岛旅行的吴伯驹。他一下火车便直冲林承晖的别墅而来，开门的时候带着一丝豪气，直言道："这种事，怎么能少了我！"

"放心吧，少不了你的！"林承晖坐在客厅里泡着茶，桌上放着他统计的愿意参加请愿的老兵名单。

吴伯驹翻了翻那本花名册，问道："你们打算怎么请愿？"

"举着大字报，在市区游行。"韩福生说出了林承晖的想法。

"我看这样不成，还不够能煽动民意。"吴伯驹摇了摇头否决。

"那你说说看，有什么法子？"林承晖一脸悉听尊便的表情。

吴伯驹转了转眼珠，他虽然老了，但是大脑没老，跟着蓝梦华到处玩的这些年，他倒觉得自己越变越年轻了。过了半晌，他忽然像是想到了什么似的，拿起桌上的派克钢笔，在那本花名册的空白处刷刷刷地写下了自己的计划。

林觉和林敏在外求学的时候，林建国读完了大学，并成功分配到了龙岩的政府部门，成为一名受人尊敬的公务员。同时，他也履行了当年对苏明莉的承诺，在考上大学后，和苏明莉谈起了恋爱。这段感情一直持续到他大学毕业，终于修成正果。

在获得林承曝的同意后，林建国带着礼品去拜访了未来的老丈人苏亦辉和丈母娘李蕙兰。苏氏夫妇对他这个女婿很满意，他们都是受过林家兄弟恩惠的人，即使听闻林建国的母亲的事情，而父亲又有"海外"关系，但一点也不嫌弃他。

特别是苏亦辉，他对于建国是林承晖的儿子一事感到惊喜，当年他对林承晖的人品便颇为赞赏，一直想找机会报答他的救命之恩。如今虽然没见到林承晖，但林承晖的儿子却亲自上门来求娶他的女儿，总觉得这像是一个轮回。

定礼，下聘，迎娶，一切都这么顺理成章。

迎亲的那日，林建国还收到了林觉林敏兄妹俩寄回来的东西与一封家书，兄妹俩送上了新婚祝福。

林承曝坐在堂上一边接受新人的敬茶，一边看着时隔十几年的又一封家书，忽然觉得几十年来的恩怨，都不如一家人团团圆圆来得重要。

等到林建国和苏明莉给他敬完茶，他便从林承晖寄回来的东西里拿出了那副纯金打造的戒指，给两个新人戴上。现在这个家里，林承晖不在，他便是他们唯一的家长。林承曝将两个新人的手交叠在一起，语重心长地对两人说道:"建国,明莉,以后啊,你们就是夫妻了。这副戒指是你爸送给你们俩的,是对你们俩的认可与祝福。虽然你们现在见不着他,但是我相信他这份心意你们一定感受到了。以后,你们要好好的,大伯年纪大了,只盼着大家都能好好的。"

听着这个历经沧桑的老人对自己的祝福,苏明莉感动地点了点头,林建国多年前强迫自己埋起来的那点恨意却在听到父亲的名字后开始萌芽。

林承暻没有在酒席中吃到最后,他拄着拐杖颤颤巍巍地走了出去,腿上的伤还是当年为了给孩子们凑路费而落下的。他一瘸一拐地走到了母亲的坟头,手里端出一碗酒,这是林建国和苏明莉的喜酒,他举起来,将这碗孙子孙媳的喜酒倒在李佩瑶的坟上。

"妈,阿晖又来信了,他说他很快就能回来了。阿晖的儿子建国,如今也成家了,您知道他的媳妇儿是谁的女儿吗?说来也巧了,是我们当年救的蕙兰,和在战场上阿晖放走的苏亦辉。这也许就是姻缘天注定吧。妈,如今家里一切都好,阿觉和小敏都考到英国去了,佑安也找到了好工作,您和阿莹,在那边都可以放心了。"

这长达半个世纪的等待,本以为盼得曙光的刹那,他会兴奋得跳起来,却未曾料到,自己会如现在这般平静。也许一直以来笃定的事情成真,本就该平静。

他的内心,其实一直都坚信,一家人是不会散的。

就像头顶的那轮明月一般,阴晴圆缺,变化莫测。

但,无论怎样,总会有圆的时候。

请愿在吴伯驹的策划下,定在了母亲节。

林承晖在自己家的别墅里召集了所有能找到的老兵促进会的战友,他给每个人发了一件衣服,上面写着两个字"想家"。然后根据吴伯驹的安排,他们集结成队,开始朝着台北的大街小巷奔去,宛如过江之鲫。

杜欣妍和韩娜留在了家里，看着这群人，韩娜穿着一身昂贵的小洋装，靠在门口端着精致的瓷杯抿了口咖啡问道："妈，为什么这些叔叔伯伯们都这么激动？"

"若是有一天，叫你离开我，去一个很远很远的地方，并且不知道什么时候能回来，你怎么办？"杜欣妍看着女儿，慈爱地问道。

韩娜歪头想了想，说："女孩子若是嫁到婆家去不就是这样吗？"

杜欣妍笑道："婆家若是近一点，妈还能看到。若是远了，又没有船和飞机的话，妈可就看不到了。何况婆家会有疼爱你的丈夫，可你去的那个地方，却不一定会有。"

"我不要去那种地方，我要一辈子陪着你和爸。"韩娜闪着大眼睛，一脸笃定地说。

"傻孩子，都快三十岁的人了，怎么还这么天真呐。"杜欣妍嗔怪道，却不再说下去了。

前辈们的过去，说的再多，这些没有参与过的小辈，始终是不懂的。哪怕是换了她，没有长久离开过故土的她，也是不能完全设身处地地替韩福生换位思考的。如今瞧着他们这样有规模有组织的游行请愿，她觉得震撼，却无法将情感置身其中。

　　雁阵儿飞来飞去，
　　白云里经过那万里。
　　可曾看仔细雁儿呀，
　　我想问你，
　　我的母亲可有消息？
　　秋风哪吹得枫叶乱飘荡，
　　嘘寒呀问暖缺少那亲妈？
　　母亲呀我要问你，

251

天涯茫茫你在何方？

明知那黄泉难归，

我们仍在痴心等待温暖永远难忘记……

母亲呀我真想你……恨不能够时光倒移……

远远的，有阵阵歌声传过来，是那首 30 年代的老歌《母亲你在何方》。

杜欣妍给自己和女儿空了的杯子里续上咖啡，听着歌声越来越远，心里祈祷着他们能得到一个好的结果。

促进会的老兵根据吴伯驹的指示，占据了台北街头巷尾最繁华的地方。他们唱着歌，举着牌子，向所有街上的人表明身份，展示自己的苦衷。

"我是 1949 年被抓的壮丁，那一年我才 19 岁，出门给我妈买药。如今已经过去三十几年了，我想回家，我不知道我的妈是生是死。若是生，让我给她敬一杯茶；若是死，让我为她上一炷香。我请求'政府'能开放回大陆探亲！"促进会里的一个老兵在歌声停止后，走到人群中去讲述自己的故事。

等他说完以后，一个接一个的老兵上台。

吴伯驹和韩福生在底下发着传单，一份传单上的宣传语是"我们已经沉默了 40 年"，底下小字写的和那个老兵说的大同小异："我们已经沉默了 40 年，我们的父母是生是死不得而知。我们要求，如果是生，让我们回去献上一杯茶；如果是死，让我们回去献上一炷香。"还有一份传单是"条条大路通故乡"，上面印有回各省的路线。

越来越多的人聚集过来，听着老兵的故事，收着他们的传单，甚至有人主动为他们发声，举起了自己的右手喊道："求'政府'让他们回家！"

这一次的游行请愿效果，大大超出了林承晖的意料。吴伯驹出的点子，不仅最大限度赢得了民心，还引起了当局和社会各界人士的关注。不断的有报社和电台的人要求来采访这些老兵，有关老兵的故事在报纸上刊载了一期又一期，简直快要成为一个专栏了。

而游行结束之后不久，台湾红十字会就发起了一个"少小离家老大回"的活动，十万份表格不到半个月就被"荣民"们索取一空。

林承晖和吴伯驹等人时刻关注着当局的消息，生怕错过什么重要信息。

但没想到的是，在请愿过去一个月后，他们收到调任台北任陆军少将的周正的邀请。面对这个有些陌生的名字，林承晖和吴伯驹开车抵达了市里给周正安排的别墅。

别墅门口站了两排警卫，周正站在门口微笑地看着他们。

"好久不见。"已两鬓斑白的他，瞧见林承晖和吴伯驹，招了招手道。

别墅的女佣已在花园里开好了席面，二人跟着周正落座。

"这是什么？"周正打开盒子，只见一精美的琉璃盏躺在里面。

"据说是清代的琉璃盏，我从香港的古玩店里淘回来的，颇费了一番口舌，希望您能笑纳。"这些年赋闲的林承晖慢慢养成了收藏古玩的爱好。

"恐怕不只是费了口舌吧。"周正拿起那琉璃盏放在手中仔细看了看。

"当年您对我这么好，这点算不了什么。"林承晖举起自己面前的那杯酒，一饮而尽后，说道。

吴伯驹从未见过这样的林承晖，过去对他的印象皆来自军营和学校，他一直以为林承晖是不懂圆滑世故的人，可没想到他世故起来，竟能这般得心应手。

"哈哈。"周正不是不明白林承晖这是在恭维他，但是这话说得如此贴心，叫他一点错处也挑不出来。况且，算起来他也算是自己的救命恩人。反正今日把他们叫来，也不是为了要为难他们，这个琉璃盏索性收下，当作顺水推舟的人情。

"上次你们搞的那个大型请愿，'政府'已经收到了，我也是大陆过来的老兵，大家想家的心情，我都能理解。这次叫你们来，肯定不只是叙旧这么简单，你们想要的结果，可能再过几个月就能实现了。"周正挥手叫女佣下去上菜，继续道，"但是老兵这么多，'政府'也有自己的考量，肯定不能一下

253

子全面开放。这种事，还是得慢慢来的。"

林承晖原本听得好好的，但是这句"慢慢来"叫他一下子控制不住情绪了，问道："慢慢来是什么意思？"

"你别着急，先听我说完。"周正仿佛见到了过去的那个林承晖，连忙安抚道，"我们几十万的老兵，如果同期回乡，恐怕会叫大陆那边造成什么误会。所以上面商量的结果，是希望大家都能提交一个申请，然后分批回去。"

听到周正这样的回答，林承晖和吴伯驹才算放下心来。

吃完这顿饭，二人又陪周正下了一会儿棋，然后满怀希望地离去。

请愿过去5个月后，大陆欢庆完国庆38周年。台湾当局终于通过了《台湾地区民众赴大陆探亲办法》，并表示将于12月1日正式实施。

得知这个消息的时候，林承晖连鞋都没顾得上穿，光着脚跑遍了周围的眷村，告诉给他认识的每一个老兵。这个顶着一头白发的老人，比任何一个人都要兴奋，一直到回到家，才发现脚底满是被石子划破的伤痕。

他自己拿酒精消了消毒，扯下绷带简单包扎了起来。耳边还夹着电话，嘴里絮絮叨叨着说："乡儿，爸很快就可以回到大陆了。你一定要告诉你的堂哥堂姐，爸很快就可以和你大伯，还有你哥，见上面了。"

电话那头的林乡看了一眼时间，发现才凌晨五点，他揉了揉自己乱糟糟的头发，想着措辞说："恭喜啊爸，您这些年来的心愿终于可以实现了。哦，爸，我还得告诉你一个消息，堂哥下个月就结婚了！"

"这么快？！要不我下个月来一趟？"林承晖的激动情绪一时半会儿下不去，一口痰卡在喉咙，咳了好久也咳不出来。

"哎，爸你这是生病了？英国还是不要来了，折腾太久了！他们之前寄了照片回去，听说大伯同意了，要是你想看，我再让他们寄一张过来给你！"电话这头的林乡打了个哈欠。

"行……哎，你也是，这个事情怎么现在才告诉我，我一点准备也没有。

还有，你要是真的担心我生病、折腾，你毕业就快点回家，你回来我也轻松点。"

林乡没想到林承晖又扯到这件事情上去，顿时一阵无力。之后回答起林承晖的话，越来越敷衍，然而林承晖还是一板一眼地说下去，直到最后林乡挂了电话。

吴伯驹伸手把他按在沙发上，嘴里连着叫他消停会儿："你快歇歇吧，都多大岁数的人了，还跟二十几岁的年轻人比精力？"林乡的话他都听到了。

林承晖道："多好的事啊，咱们可以回去了！我当然要督促督促他。"

韩福生递了一杯水，道："你别激动，咱们坐下来说。我知道你高兴，吴大哥也高兴，我也很高兴。盼了这么久的事终于等到了能不高兴吗？但咱不是明天就启程，这不是还有一个多月呢，要不先想想给家里人带点什么好？"

"对对对！"林承晖说着从沙发上站了起来，脚一着地，一阵刺痛便传来，他不得不坐回沙发上。

"还知道疼啊，"吴伯驹又把他按了回去，问道，"要找什么，我帮你拿。"

"书房柜子的第三层，我放了要送给我家里人的一些东西，你帮我拿一下。还有，"林承晖吩咐完吴伯驹，转头对韩福生道，"福生，你帮我拿一下纸和笔。"

"拿什么纸笔啊？"吴伯驹走到一半又停了下来。

"我要给家里人写信。"林承晖急吼吼道。

"你都快回去了，还写什么信啊？"吴伯驹一脸不解。

"不是，我今天去问了，说是要当局审核通过了才能走。还不定什么时候才会审核通过呢。我想着若是不过，让先去的人帮我捎上。"林承晖满脸憧憬，知道这次开放是板上钉钉的事儿了，倒是也不急着一时半会儿的了。

"那你干吗非得今天写啊，过两天写不也行吗？"吴伯驹继续反对。

"你不懂你不懂，过了会忘记。快去拿……"林承晖推推两个人，再次催道，"快去！"

韩福生和吴伯驹觉得说不过他,又见他脚上有伤,便谁都不跟他计较了,各自去拿要拿的东西。

林承晖接过吴伯驹递给他的铁盒,先是从里面拿出一块小金锁。

韩福生认得那小金锁,问道:"咦,这不是你给阿乡买的吗?"

林承晖笑道:"只是款式一样,不是同一块。那天从我的侄子侄女口中得知我有一个亲儿子,所以我又打了一个,这是给我亲儿子的,我想补上我没能给他的满月礼。"

"那这个呢?"吴伯驹瞧那盒子里还放着一对玉镯子,拿起来看了看,发现纯色质地非常不错。

"这个是给珈灵的。"林承晖从他手上拿过来,放到自己的手里抚摸了一会儿,仿佛那玉镯已经戴到了宋珈灵手上。

"珈灵还没有消息吗?"吴伯驹听了,脱口而出,末了才发现自己失言。

林承晖这会儿心情好,淡定又平顺地说:"我会找着她的。我一定会找到她的。"

将礼物一件件地拿出来,又一件件地放回去,吴伯驹和韩福生都看不出来林承晖到底想干啥,只发现他似乎觉得这样做很有意思。

等着一切做完,吴伯驹又从柜子里拿出一瓶葡萄酒,倒在容器里醒一会儿,然后往每个人的高脚杯里倒了一点儿。

"来,今晚呢,我就陪兄弟们来个通宵达旦,不醉不归。"吴伯驹举起酒杯,和林承晖、韩福生二人碰了碰。

林承晖开玩笑道:"嗯?梦华允许你了?"

被他这么一问,吴伯驹顿时像一只漏气的气球。

林承晖干了杯子里的酒,给吴伯驹下了个逐客令:"行了行了,回去吧。我明天还得去'政府'提交申请呢。"

吴伯驹和韩福生只好和他告别。他们都明白,林承晖等这一天等得太久了。在林承晖与亲人分离的数不清的日夜里,他们是彼此的希望,曾经互相支撑着走过最艰难的时光。

如今，终于苦尽甘来。

"走吧。"韩福生打开了别墅的大门，送吴伯驹上了车，自己则拐弯回了自己和杜欣妍的家。

一切都过去了，近 40 年风霜雪雨，辛酸苦楚。在训练场流下的血与泪，在苦难中摸爬滚打遭受的欺骗与困难，都过去了。明天，林承晖就要去递交回乡申请书了。

当年如同洪水一般浩浩荡荡过来的老兵，明日过后，便会如潮涌般，奔赴大陆。

1987 年，台湾地区领导人蒋经国在他离世前几个月宣布开放"党禁"。

1987 年 10 月 15 日，台湾当局终于通过了《台湾地区民众赴大陆探亲办法》，并于当年 12 月 1 日起正式实施。

洪水开闸，大势所趋。

# 第 二 十 一 章

这几天，细雨中的曾厝垵总是有一种沉默的躁动。

漫天的雨丝从天空中洋洋洒洒地下着，几只灰突突的海鸟穿行在霜白的天里，街上推着小板车卖杂货的人在这样的天气里愈发紧张，机动车道是危险的，上人行道也不讨好——被妇女牵着的孩子老伸手想掀开塑料布看一看，这是人的好奇心。对孩子而言，雨天的杂货车更具吸引力。

骑三轮车拉菜卖的人穿皂色的布衫，戴草帽，肩上搭一块塑料布，然而全身上下只有头顶是干的。

挎着菜篮子的少妇，给完钱后提起脚，看脚后跟上的泥水。

林佑安爬上梯子，往屋顶上一看，潮湿的屋檐上新长的几簇小小的稗草冒了头。屋顶的瓦裂了条缝，雨水渗下来，滋润了屋檐下的种子——可能是燕子带来的，也可能是风吹来的。就在石缝中间一点点的空隙，就可以看见生命的奇迹。林承曝在下面抬头望着，忽然想起一句戏词："我是个蒸不熟、煮不烂、捶不扁、炒不爆，响当当一粒铜豌豆。"可忽然又有些自惭——自己一辈子到现在，可从没有"响当当"过，倒是寂寂无声，活得像石缝里的稗草一般，谨小慎微地，在恶劣的环境里生长——眼见着，屋顶破了，这环境就更恶劣了。

林佑安回头朝下面的老人挥挥手："爸，你回去吧！淋雨了不好！"

"哎呀，没事没事，你快上去找找哪里要补的。等下建国买着石灰回来调好了补补。"

"这天也补不了啊……"其实这两年政府本来已经有新房可以供他们搬走，然而林承曝非要守着这处老房子。房子一老，屋瓦就容易出毛病，特别在接连的阴雨天，毛毛雨一下，屋内墙壁长霉斑，杂物间更是渗得厉害，里面的东西全部掏出来摆着，往客厅一放就是一堆。一顶生锈的铁锅被拣出来放到一旁晾着，锅底破了个洞。

正检查着，一个大肚子的女人推开了院子门。

"明莉？建国没跟你一起？"

女人收起伞，把装满的菜篮子放地上："建国还没买到石灰——伯伯你快进房快进房。大哥，屋顶先别管了，等雨停了再弄吧！"拉着老人进房坐下，女人卷起袖子把家里的半导体打开。

"这里是中央人民广播电台，现在播报厦门口岸的流通情况，自上个月以来，福建厦门口岸的货物流通数目再攀高峰，勇追上海。全厦门人民在邓小平同志的号召下，在新时代积极行动起来……"

"咚咚咚咚——"

女人掐着一块老姜，紧凑地剁起来。身为林家的儿媳妇，听半导体已经成为她的习惯。现如今一家人的生活稍有起色，可不能脱离了时代。

什么是"时代"？半导体里说的时代就是时代。

她要把这时代剁进菜里，让全家人都吃下。

不一会儿，苏明莉风风火火地煮出两碗姜汤，给父子俩灌进肚里。

小铁门一响，林建国拎着一小袋石灰进来。他披着一件雨衣，脱下，头发也湿了。林承暻去厨房，叫苏明莉再舀了一碗姜汤出来给建国。

"哥，干脆叫大伯随我和明莉去龙岩住一阵算了。房子太潮，住着总归不好——你工作的事有消息吗？"如果林佑安能找到个好单位上班，那分到福利房的机会还是有的。这边的老房子，空着也就空着了。

"哎，还在等消息。妈走了这么多年，爸他是舍不得这个房子。"林佑安望着客厅角落里的那堆东西道。他找工作已经找了几年。之前也不是没有合适的单位，就是大都离家比较远，去码头做工也不是没想过，可每天工作时间太长，家里就剩林承暻一个，不好照应。

十年的风雨洗刷，将他们人人都变成一粒粒螺丝钉，在滚得飞快的时代齿轮中，他们耗尽血泪找到一个个凹槽，把自己狠狠钻进去，一旦跌下来，就是粉身碎骨。林承暻失去了自己的妻子，但他保住了剩下的儿女们——以他和钟婉莹的血肉，像蚌保住了包在肉里的珍珠。

林觉、林敏和林建国三人都先后参加了高考，但对于林佑安来说，这个机会还是来得太晚了些。他本是相信知识文化的人，然而插队的日子也是苦难又真切的，砍坝、搭棚、喂猪……他的手掌心因为劳动长出了茧子，心上也蒙了一层灰。靠劳动分饭吃的日子，他完全没必要再动用脑子里的精力。与其想这么多，不如多砍几根柴。

在接连两次高考落榜之后，林佑安就放弃了，重新拿起了上山下乡时的本事，学得一手木工活，勉强维持生计。

一桌饭菜很快就端上了桌。林建国又在饭桌上提了一回搬家的事，还是被林承暻拒绝了。现在家里还有两个孩子在外面上学，不能轻易搬家。且不说，这是他和婉莹的最后一丝记忆。买房虽也是有补助的，但补助总归是补助，还能免费送一套房来？龙岩那边他也不会去的，他一个老的，跑到夫妻俩家里去算个什么事。他们俩愿意周末来看看他就算好的。

"爸，建国他们也是怕你太孤单，"林佑安道，"虽然叔叔在台湾寄了信说会过来这边，但具体什么时候过来还是个未知数。你一个人……"

"不碍事不碍事。我挺好。"林承曌挥挥手，他知道林佑安话里是什么意思。他今年六十九岁，半个身子早已进了土，孤不孤单有什么要紧？自送走母亲和妻子离开这个世界，家里的孩子开始自己发展起来之后，他突然发现自己的使命好像快完成了——纵使有些遗憾，他也没精力了。"我住在这里周围都有人，大家在一起说说话挺好的。"

眼下，这个地方虽然院子也不大，但贵在安静，离码头也不远，林家一住就是近40年。这个巴掌大的地方，见证了他们近40年来的磨难与喜悦。

下午，毛毛雨还在淅淅沥沥地下着，林承曌躺在床上阖着眼，可以听见林佑安在屋檐下刨木头的声音。木头大概是一块新的，刨起来不顺畅，一节一节地卡。

收废品的人骑着三轮车拐进来。

"收废品——磨剪刀——！"

林佑安扔下刨刀，起身来到杂物间整理东西。

"佑安，你做什么呢？"林承曌起床看着儿子。他的房间挨着杂物间，什么响动都能听见。

"外面来人收废品了。爸，我们把这些都卖了吧。"

"不要急着卖，再整理一下，有的可以留的……"林承曌越过儿子在木架子前蹲下。木架子已经空得差不多了，就是长时间被湿气泡着，有股烂木头的气味。林佑安从最顶层揪下一包东西，打开一看却是小孩子的衣服。

"这些都是你们小时候穿的。"

"爸，这个不要了吧？布都脆了，穿不上。"

"哎呀，布脆不脆有什么事？——它在这里又不要饭吃。里面有几件还是你妈做的。"林承曝把这包东西拿过来，重新收好。

这些以前的东西是无关紧要的，他就是想不出今后这个儿子要靠什么来维持生活。要是找不到工作就刨一辈子的木头到老么？佑安也是个中年之人了。大概是年龄的缘故，林承曝已经不能在儿子身上看到一点挣扎的痕迹了。他还记得林佑安被安排去插队的前一夜，家里也如此刻一般，十分安静。

父子俩把拣出来的几样东西拿出去。收废品的一看只有这么点，偏头看看后面。

"老伯，那口锅也给我了吧？"

"你出多少钱？"

"锈成这样——一分一斤。"

林承曝挥挥手："不卖。"

"老伯，我这个是最好的价了。你留着也没有用是不是？"收废品的人称着纸板，"4斤3。你那个锅给我了，我给你一共算6分。"

"全部一块。你不要就算了，那个锅也不吃我的。"这口锅是他以前捡的，一放也放了许多年了。

几番交涉下，收废品的勉强答应。临走时还骂骂咧咧的，觉得白耗了这么长时间。林承曝把一块钱揣好，跟着大儿子进了屋。

"大伯，你睡了吗？"

"没有，你进来吧。"

林建国打开房门："大伯，我和明莉得回龙岩了。办公室主任刚刚打电话过来，说下午要开会。"

"去吧去吧。你们两个人小心点，路滑，不要太急了。"老人叮嘱道，"你得闲了也不要老来这边，也去明莉家看看。"

林建国应了。夫妻俩麻利地收拾好东西出了门。现在夫妻俩都是在单位上班，比不得搞个体户的自由。

改革开放的大潮当然也波及了林家住的这条小巷，显而易见的是巷口旁边开了一家"刘凤英小卖部"。小卖部开张的时候还不见得货架上有许多货物，现在一看倒是有几分"麻雀虽小五脏俱全"的味道。守店的刘家儿媳本来也是个纱厂里的职工，后来纱厂不要她了，便自己辞职出来盘个小店铺，平日里不光供着一条巷子里的酱醋油，小孩的零嘴儿，老婆婆的针线，更热衷于向妇女们提供闲聊服务——店门口一张小木桌摆着，地上嗑一地瓜子皮。也有看不惯她尽吃闲饭的家属，明里暗里地说几句——说到底，还是嫉妒的缘故。

挨近晚饭时分，毛毛雨终于停了下来。

小小的巷道里，渐渐飘出了烟火的味道。

夜晚，在大海的彼岸，一个老人裹紧睡衣按开灯。

客厅里空无一人。

打开收音机，把一盘磁带放进去。

"鼓浪屿海波在日夜唱，唱不尽骨肉情长。

舀不干海峡的思乡水，思乡水鼓动波浪。

思乡思乡啊思乡，鼓浪鼓浪啊鼓浪……"

白色的窗檐，渗着紫的黑蓝一倾而下，半城的星光，稀稀拉拉地拢在一团烟雾中。

林承晖趿着拖鞋走到窗前，海浪拍打礁石的声音一阵盖过一阵，蕴藏着力量和沉寂。在这样的深夜里，海浪声特别容易被听见。

风吹眯了他的眼睛，林承晖关上窗户，把一切隔绝在外。

海浪声会蛊惑人。

抵达台湾的那年，在基隆海岸上，星星并不像现在这么多，海水在月亮下变成了一湾黑色的油，森亮的月光碎成一绺一绺的银发，在海面上漂动。对他们来说，海妖塞壬之歌的魅惑是难以想象的，海浪声却真真切切地召唤着一个又一个想要游海的人。

尤其被蚊虫叮咬得无法入眠的夏夜,海浪的拍击声更加响亮。

在发生士兵游海逃离失败被击毙的事件后,海边轮流值岗的制度让普通士兵再也靠近不得海岸。

林承晖这些年其实很少听这样的歌——尤其是两岸未"三通"之前。

半年前,远在英国修学的林乡遇到了一对同样姓林的双胞胎,这才让林承晖知道了海那边的消息。从林乡寄回来的信看来,林觉和林敏两人在此前生活得很不好。他和林乡一样,尽管听说了一些故事,但还是无法想象在他离开家的这将近四十年时间里,家里到底发生了什么。

林承晖关掉收音机坐回沙发上,看着桌上的那张获批的回乡申请书一动不动。去年12月开始实施以后,他已经听说有人买了船票去大陆。但于他来说,在林乡还未回家之前,他是放不下心去大陆的。这个孩子生在台湾,要是让他跟自己一起回去一趟……

以前总想着要回去,现在真的能回去了,林承晖又退缩了,他常常想过的、那些相见的场面,正在变得让他感到不真实。

正出神,旁边的电话铃响了。

"喂?爸,是我。"

一听是林乡的声音,林承晖问道:"阿乡,你什么时候放假?"按照时间应该是差不多了的。

电话那头的林乡告诉他要到月底才能回,目前大家都在准备考试。

"你好好读书。"

"知道啦知道啦。"

林承晖从林乡的话里得知林觉和林敏两兄妹还有四门课没有结束,目前还不能和林乡一起回来。不过无妨,他对这两个孩子目前的状况还是有些了解的,两个人虽然在英国日子过得艰苦,但身上始终有拼搏的精神。实际上,就算他俩真的要依靠他这个叔叔上学也不是不可以——他留给林乡的钱供他们三个人读书生活也勉强能行。不过林乡说他俩还是拒绝了，坚持要在餐馆里打工，勤工俭学。

一个人在椅子上又坐了一阵，将近10点，林承晖站起来走到墙边去按灭电灯。这时，一阵清脆的门铃声响起。

快步走过去打开门，一看是穿着职业装的韩娜。

韩娜手里提着一只袋子，耷拉着站在门口。

林承晖轻叹，这个时间点来找他，怕是又有什么事要求他。她的性子林承晖也知道——跟韩福生的老实肯干正好相反，大学毕业之后一直没找到合适的工作，就想着创业，一创就是两年，周而复始。

"伯伯，我有点事儿想找您——您先别打电话给我爸，我说完就回去了。"韩娜坐下后从纸袋子里拿出一沓材料。

她今天刚和一家国外的餐具公司谈拢签下合同，她打算在林承晖投资的西餐厅里开一家咖啡馆试试看。她之前想过，和自己一样年轻的一代人大多是在洋文化里长大的孩子，但现在台湾这片土地上咖啡馆的发展还比较慢，咖啡豆的种植环境台湾是适合的，但时至今日，本土的咖啡豆种植规模也算不得很大。

"咖啡豆？台湾这里怕是不行。"林承晖道。西餐厅是当初韩福生花光了身家搭进去的，他盼着韩娜能过去帮忙，可没想着她要隔出一块地方开咖啡厅。林承晖在台湾这么些年，正经的咖啡厅没见过几家。

"伯伯，您别急，先听我说。我知道原料在台湾这不好解决，我们一开始可以从国外进口，然后一边在台湾找地方种咖啡豆。"

林承晖当然知道现在可以依赖进口，但是这样一来初期的投资就很大。

"好吧。改日我和你爸爸说一说。"

按照韩娜说的预期成本，倒是也能和西餐厅搭配到一个档次上，复合型经营也很新鲜。目前韩福生和他一共开了几家西餐厅的连锁店，其中一家在商场。商场的年轻人比较多，年轻人比较喜欢喝咖啡。

"伯伯，我哥是不是要回来了?"她之前和林乡通信，知道他学分这个学期一结束就修够了。正好，她这忙得不可开交，林乡回来，她多少把担子分给林乡点儿，省得父亲在家一天就说她跟着母亲出去到处跑，家里事儿都不管，餐厅也不去看看。现在她想开辟一块自己的领域，又是一个头两个大。林乡是她的亲哥，在英国待这么久，本科三年上的金融，研究生又转到通信工程专业，再怎么说都能帮她一把。

"嗯，他月底就回来了——你这丫头，找他有什么事？"韩福生之前就让林承晖盯着点这个鬼灵精怪的丫头。韩娜平常也不生什么是非，但就是不着调，按韩福生的话来说，杜欣妍这些年来就惯着她了，由着韩娜跟着她到处去，上了大学以后也没有什么改变。

韩娜耸耸肩："嘿嘿，哪能啊……他是我哥，我能把他怎么着不成？"

"你呀，算了算了……"韩福生和他都希望林乡回来之后就去西餐厅帮忙。韩娜靠不住，这个儿子可得看住了。

到时候，等林乡回来再把这边的事情处理一下，他就可以去大陆了。从大陆寄来的信中，他已经知道自己即将是一个孩子的爷爷了。

"伯伯，那我回去啦，爸爸还等我呢。哥哥今天给我寄的咖啡也到了，嘿嘿……"林乡从英国寄回来的那些咖啡都堆满了酒柜，以前每次她一泡，韩福生总说家里有股药苦味。近几年流行起来，他也逐渐不再管她这些闲事。

"嗯，要是你难跟你爸说，就让他来找我。"林承晖已经料到韩福生那关韩娜过不去，不然也不会签完合同就先过来知会自己了。

送走韩娜，林承晖翻开她留下的那本进口餐具的图样看着，上面有一张照片，拍的是一套苔绿底的咖啡瓷杯，整个口开成花瓣状，边缘镶着两圈金色细边。很久不看这些喝咖啡的杯具，他倒是有些新鲜这些用具模样了。林家还没有败落之前，林继泽和外国人做生意总能给他和哥哥捎来些"好东西"，咖啡自然也在其中。外国咖啡那个时候贵得很，哥哥会喝，母亲就专门拣一套泡咖啡的杯子来给他泡。那个时候的杯子不如现在这套精细，只是通体糯白的瓷杯，上面勾出黑色的细线而已。

岁数越大，落叶归根的心思就越发在心里起哄——在新闻里，他多多少少知道，因为自己的缘故，给大哥家里添了不少麻烦；也因为大哥的缘故，自己也在这里被不少人怀疑。身边血脉亲情被政治立场连累的事情还少么？写了一封信去大陆寻亲，就被诬陷"通匪"，这样的事情太多了。他的顾虑是免不了的。但是架不住无线电台的狂轰滥炸——总是说欢迎台商台胞回乡投资，回乡认亲。这大概是错不了的。

12月底，林乡果真乘飞机回到了台湾，林承晖想去接他，但他和韩福生又忙着布置西餐厅年底的活动，韩娜去搞咖啡馆落地的事情。韩福生出门后，杜欣妍一大早起来就把煲好的鸡汤装进保温桶里带着上了车，从桃园到台北来来回回几个小时的车程，反正是自家人开车，路上喝点汤吃些东西也方便。

当天晚上，吴伯驹和杜欣妍把林乡接回吴家。吴家距离林韩两家算不上远，开车十多分钟就能到。

吴伯驹下车，一个中年女人迎出来。蓝梦华在家早就做好了一桌饭菜等着，林乡坐了很久的飞机再坐车本已经有些疲倦，但看到这一桌子菜又打起了精神——自上一次回家来吃饭，已经过去了一年的时间了。

"蓝姨，还是你做的饭好吃。"林乡吃了一口卤鸭舌。

"不要尽吃卤的，先喝点汤。"

林承晖和韩福生之前交代了今晚要在家里吃，大家上了饭桌，只剩韩娜一个人还没回来。

杜欣妍跑到客厅打韩娜办公室的座机，接的人是她的一个助理，说韩娜今天去勘察店铺的布置，应该就快下班了。

"妈，我回来啦！"

"哎呀，怎么搞这么晚，快快快，你哥回来了，都上桌了，就等你一个了。"杜欣妍拉着女儿来到饭桌坐下，一桌子的人互相接着话，手上的筷子也动起来，席间谈得最多的还是林乡的问题。林承晖之前已经把自己的想法直接告诉过林乡,虽然在电话里林乡似乎不太愿意回来管餐厅这摊子事。

"爸,我想自己开个电子公司——我们一帮人都是学这个的。"

"哎,阿乡,我没想到你也跟你妹一样……"韩福生感叹。他和林承晖开这个餐厅本来就很不容易,眼下他们都老了,要是没人来接手,以后怎么办?

韩娜一看又绕到自己身上,连忙打圆场:"行了行了,好好的一顿饭搞得像开工作总结大会一样,蓝姨做了这么多菜呢——哥,你说是不?你连一口饭都没吃上吧?"说着夹了一块红烧鱼放到林乡的碗里,示意他赶紧吃饭。林乡笑着啐了一声,骂她没大没小。

韩娜夹了口菜放进嘴里。"我觉着还可以去买买股票。今天我看了新闻,'新奇毛纺'又涨了,'幸运数字'的力量果然大得很。"她现在就是没钱,要是有钱,她早就去买了。

林乡在英国学经济的时候,也炒过股,听韩娜说"幸运数字",笑着摇摇头。

"嘿,哥,你还别不信。台湾和英国那当然不一样啦,英国那肯定都是大盘蹭蹭蹭地涨,价钱还卖得超级贵。台湾的经济比不上英国那些大鳄,不过小盘也很不错啊,比大盘涨得厉害多了,它的一只只股卖得还便宜,这么多人都去买,错不了。就算是买来在手上放三个月再卖出去,中间的差价也很吃香了。"

林乡还是对韩娜的看法不以为然。小盘跑过大盘,而且一只只又卖得如此便宜,这其中赚得多,危险性也大得多。其实小股跑赢大股的事情林承晖也知道,他们的西餐厅有几家是入股商场搞进去的,这段时间市场上有很多小企业出来放股,这些小企业之前从未听说,他和韩福生还想再研究研究。吴伯驹之前已经买了一些,据他说也不多,没告诉韩娜。

林乡知道韩娜现在心里发痒:"你要是想试试看就试试看吧,我不加入也不拦你。不过劝你别买太多——天上掉馅饼,不是那么容易的。"她没炒过股,就当是给她点新鲜感。这次他回来,就是想和几个同学成立一个电子公司,把自己学到的东西运用起来。

韩娜听他这么一说,脆脆地"嗳"了一声。

"你啊,算了,懒得说你。"韩福生摇摇头,也端着碗吃起来。

韩娜一听这句话就不乐意了,小声咕哝道:"那我这段时间也在忙了呀。我今天跟那个搞装潢的讲了一下午呢……"韩福生始终没同意把西餐厅隔一块地方出来给她,而是叫她另立门户,自己单独开一家。韩娜为了和其他的咖啡馆相区别开,和搞室内设计的人一直在沟通。今天铺面的装修做到一半,发现有色玻璃装上以后会影响店铺的采光效果,她又赶过去和设计师讨论了一下午的解决方案,口水都讲干了。

杜欣妍不愿意父女俩在饭桌上闹矛盾,抢着说些别的事把这段揭过去。

吃完饭已临近晚上九点,林乡临走前把从英国带来的几盒茶点还有首饰送给吴伯驹和蓝梦华,夫妇俩把两家人送上汽车,就此别过。

韩娜坐在车上一路都很兴奋,因为林乡告诉她还带了她一定会喜欢的礼物。

不一会儿,汽车开进了院子大门,林乡一看时间也晚了,便一进屋就把自己带来的东西给三个老人都分了。韩娜拿到的是一个封着火漆的信封,轻飘飘的,她撇撇嘴,不免露出一丝失望的表情。她还以为林乡起码会送她一件礼服什么的。

她正要当着他的面拆开信封,林乡却握着她的手阻止了,偏让她回家以后再看。

"什么东西搞得这么神秘……好吧,我还以为你已经习惯别人当着你的面拆礼物了。"韩娜把浅绿色的信封对着灯光看了看,里面就是一张小纸片而已。

"你又不是外国人,这么着急干吗?"林乡笑着拍了拍妹妹的头,替林承晖把一家人送走。关上门,家里顿时就安静了下来。

林承晖也十分劳累,感觉自己的身体已经远不如林乡这样 30 岁的时候,父子俩回到各自的房间洗漱一通，早早地熄灯休息。

林乡一觉睡到了第二天上午，醒来拉开窗帘，院子里的草地上有一层薄薄的水雾。林乡缩了缩脖子，从衣柜里找出一件厚毛衣套上，台湾的冬天虽然不下雪，但遇到霜冻的天气还是很冷。

林承晖难得今天也休息，不过他一大早就醒了，只待在书房里泡茶看报。他发觉客厅里有走动的声音，头也不抬地喊林乡去厨房里舀稀饭吃。林乡应了一声，心里生出一种柔软。他10岁被韩家过继给林承晖，一个家光是父子俩。那时候林承晖虽然把面馆丢给韩福生管了，却还是住在面馆，林乡也跟着住进去。早上天还没亮，林乡就跟着林承晖去市场买菜。凌晨的天，林承晖骑着三轮车，冷风在耳边呼啸，林乡靠近他的脊背坐着，嘴里嚼着饼。

饶是一个人养孩子，林承晖却从来不会让他在同学面前因为没有母亲照顾而被人耻笑。在林乡的记忆里，林承晖永远是一个让他感到有传奇色彩的人，不是因为林承晖和宋珈灵两个人之间那段短暂的生活，而是因为林承晖在部队服役的那段时光。在他的宣传下，班上有不少人都知道林乡有两个爸爸，而且有一个爸爸是开过飞机打死很多日本人的军人。班里的同学却不信，开始还是嘲笑，后来却是连名带姓地嘲笑他，严重的时候还会打起来，甚至有些时候连他的妹妹也一起欺负。为了这，林乡也没少和班里那些孩子打架。林承晖看他被欺负，天天接送他们兄妹俩上学，有时候还会给班里的孩子们讲讲以前在部队的事情。久而久之，同学们才真的相信他没有说假话，都吵着要到他的家去看看。可真到了他家，发现只是开面馆的，又都失落地离去。林承晖对他们的失望略能理解——脱下军装之后，任谁都是普通人一个。

慢慢地，林乡和那些同学也疏远了。林承晖告诉他，真正的朋友是不在意这些的，他们在意的是他这个人。

吃过早饭，父子俩又在书房里谈了一阵。林承晖最近也听说了一两句台湾这边电子产业的事情，只是都很不成熟。林乡强调想把自己学的知识用在该用的地方，林承晖听了也同意他的想法。至于资金方面的问题，等他和韩福生商量之后再说。一个人长大了，就应该被允许多尝试，尝试了才知道这条路到底能不能走，否则下一辈就只能走上一辈的老路——林家的破败，林承曒年少时的无奈，皆因如此。林承晖不希望林乡因为家庭而被迫放弃自己独立成长的机会。

看到林承晖的态度，林乡欣慰之余决定当天下午就出门一趟，去生产芯片的工厂里实地看看。他已经知道了林承晖想要在来年过农历春节的时候去大陆的想法，既然决定要跟着林承晖离开，那么这边成立公司的事情就要尽快行动起来才是。对于做生意的人来说，时间就是金钱，他必须要抓住现在这个机遇。

中午，林承晖回到自己的卧室午休，林乡吃过饭就打算出门去，他正穿鞋，门铃又响了。

一开门，韩娜笑容满面地站在门口，林乡把她叫到院子里，心中已经对她的到来有几分了然。

"哥，你拿到了戴安·莱恩的签名照，你好厉害！对于这件礼物，你亲爱的妹妹我很满意！"韩娜昨晚回到卧室就把信封拆了，一看正是自己最喜欢的美国明星。韩娜用一个小相框把照片装起来，放在房间里最显眼的柜子上。

"那是，你也不看看是谁出手。"一开始他也想过送她一套礼服，毕竟学校里经常办 party，女孩们穿的礼服款式和这边比起来，从某种意义上说也算是极有特色的，但说实在话，林乡并不觉得亚洲人适合穿那种礼服，她的洋装本身也够多了，再送也就是那个样子。思来想去，不如投其所好，想尽办法托去美国旅游的同学弄了一张戴安·莱恩的签名照来。

林乡不和她多说，拉着她先去证券交易所买了股票，又直奔工厂。

来到那些生产芯片的地方借着找工作了解了一圈，林乡发现果真如父亲所说，这些公司的规模其实也不是很大，大多是帮着外国人加工一些零件还有芯片，效益其实非常低，要这么发展下去，未来的路将会举步维艰。要想把台湾的集成电路做起来，就必须要有更多的人愿意在这里研发。林乡的一颗心是热的，但他也非常清楚，新公司开始起步的这几年也许他们会很困难，所有的阻碍都必须自己去面对，他总相信路是越走越宽的。只是，他不知道身边的同伴能和自己走多久。

两周之后，林乡成立了"福通集成电路股份有限公司"，林承晖和韩福生、吴伯驹三人以入股的形式为他注入一笔资金，几个同学也相继获得了家里的支持。林乡发现，台湾从70年代开始其实就已经有发展集成电路的势头，1986年的时候第一座6吋集成电路实验工厂已经正式完工，为发挥实验工厂的经济效益，又衍生成立了中国台湾集成电路制造公司，将VLSI计划的设备与人才移转给台积电，并首创专业晶圆代工模式。现在他们有了技术人员，他认为要想办法去台积电了解一下生产线的情况，只要齐心协力，就一定能干出一点成果。这头，韩娜的咖啡馆也正式开始营业，训练出来的后厨们都干得不错，至少开业的第一天，咖啡馆的销售额已经达到了预期。韩娜下班的时候打开电脑看了当天的股市，那条曲线正在上涨。

一个多月过去后，林乡一鼓作气把福通的资金链重新厘清运转，把更多的资金投入从加工转移到研发上。现在真的接手公司，他才庆幸自己当初带了几个同学一起过来创业，不然他一边要管理，一边又要搞技术研发，难免有时候就不能兼顾。这一个多月来，林乡发现在研发上有一个人是值得关注的，这个人就是秦彬。

秦彬是林乡的一个同学介绍来的，据说是同校同专业上两届的优秀毕业生，留学归来后在台湾一直都没能找到合适的工作把自己的本事发挥出来，这下林乡成立公司旨在搞电子技术研发，秦彬毫不犹豫就提出要来加入他们。林乡发现，秦彬虽然已经毕业两年，但对之前学习的东西还是非常熟悉，上手得也很快，当林乡为公司的管理操心时，他已经逐渐成为研发部这个小团体的第二根支柱了。公司创立的这段时间，他们尽管还是依靠给别人加工来赚取利润，但研发部这块地方俨然已经成为这家公司的核心，一间办公室即使到了晚上也灯火通明，地上桌上常常铺满几个年轻人画的手稿。他们的心血和进步，让他们年轻的脸庞熠熠生辉。

林承晖也不太爱管年轻人的事儿，当年自己一心折腾，虽然过得狼狈不堪，也谈不上有大的后悔——坎坷归坎坷，但总归是自己竭尽全力之后的结果，也只能认命。孩子有孩子的世界，有他们自己的使命，就跟当年的自己一样。

转眼就要到农历新年，林乡定好了两张船票，再过一个星期，他们就可以出发去大陆。林承晖问过吴伯驹要不要跟他一起去，吴伯驹觉得自己过去以后也没个能长期落脚的地，和蓝梦华在一起这些年，对吴家的感情早就随着时间的流逝而淡去，唯一还有挂念的只是曾玉一个人而已。

"阿晖，大陆我是不去了，梦华在那人生地不熟的，住着也不适应。你就帮我打听打听曾玉在什么地方……这么多年我没回去，说实话，是我对不起她。"想起那个捏着一粒子弹壳的女人，吴伯驹脸上划过一丝愧疚，"如果方便的话，替我去她家乡看一趟，有什么消息再告诉我吧？"吴伯驹犹豫着说。"近乡情更怯，不敢问来人。"林承晖想起来这句古诗，可不是么，人总是因为这些情感所累，无法自拔。

在战争年代结的婚，能撑到最后的人实在少之又少，吴伯驹与曾玉之间的情谊，比起夫妻之情，倒更像是朋友。当年原本一桌好好的庆功宴，吃着吃着就扯到了他身上，在他还未想清楚自己对曾玉到底是什么感觉的时候，他们已经拜了堂结婚了。

蓝梦华却不同。吴伯驹比她大了不少，两个人的相识也属偶然。蓝梦华以前在西门町的一家老兵歌厅唱歌，原也是许了人家的，但还没成婚那人便在炮击中丧生了。他愧对曾玉，但知道自己不能离开梦华，即使有一天曾玉真的来到台湾，他也不会和蓝梦华分开。自己对曾玉的感情其实并不是爱，更多的是感激和亏欠。

林承晖知道他心中所想，也就不愿意再逼他回去。曾玉这个人他没有见过，但他大概能想来吴伯驹和她之间的感情。"你知道吗，你来我们宿舍的时候就说自己结婚了，家陆背后还跟我一直念叨，说你这个一窍不通的木头都结婚了，他参加这么多家族宴会，连个女朋友的影都没见着。"林承晖仿佛还能见到沈家陆那张挫败又嫉妒的脸。究竟老天也有不睁眼的时候，沈家陆和卢少博没能活到抗日战争结束的那天。

　　说起来，曾经一起上战场的人，这么多年以来比自己先行一步的人多了去，就是剩下的也早已向四处奔离。吴伯驹和他在一起当了40年的战友，40年来，他的痛苦、他的挣扎、他的喜悦，现在想起来，似乎都回归到了平静的原点——对回家的期望，短暂的兴奋后不再表现出激烈，而是化作了他灵魂深处的一隅，伴随着他，直到他步入黄土的那一日。

　　拍拍老朋友的肩膀，吴伯驹只道往事如烟。


　　林乡这一个星期越发的忙，有时候晚上加班到十一点，干脆就睡在公司里不回家了。林承晖知道他现在正准备把公司的事务进行一次交接，毕竟这次去大陆还要打听曾玉和宋珈灵的下落，一时半会儿可能都回不来台湾，好在这段时间福通已经逐渐走上正轨，台湾半导体行业的产业链也开始在逐步完善中。

　　又逢加班日，林乡在办公室隔壁的休息室里睡了一晚。他收拾完打开门一看，韩娜坐在办公室的沙发上翻着一本集成电路设计图。

　　"咦？今天不去倒腾你的咖啡馆了？"睡了六个小时，林乡现在精神好多了，但眼睛里还是有几条红血丝。

　　"还说呢，你连续两个多星期都加班加班的，爸妈和伯伯都担心你，他们过来又怕打扰你工作。这不，我今天稍微闲了点，伯伯就让家里的阿姨做了饭叫我带过来给你。这边还有妈给你煲的汤，你趁热喝点儿。"韩娜把菜和饭从保温桶里拿出来，示意林乡坐下吃饭。事实上，在她来之前，林乡吃饭就很不规律，前晚胃已经有些不舒服，还好秦彬也在，让他跑了一趟药店买了胃药来。

林乡吃着家里热腾腾的饭菜，身心都放松了不少。再过一周他就去大陆了，他们现在规模小，又是新成立的，难免有很多事情要做好准备。去趟大陆就当给自己放个假，休息休息。

韩娜看着那些电路板百无聊赖，有一搭没一搭地跟林乡说着话，尽管林乡收拾了一番，但仔细看还是能看出他憔悴不少。韩娜想起下午下班之后她还约了陈珝一起去看演唱会，哪比得林乡这个工作狂人，整天泡在办公室里。以前在家和林乡打电话，时不时就能听见电话中传来酒吧里的蓝调，她满以为他去了英国，也是个混迹各种娱乐场所的公子哥儿，没想到现在回来做起事也是不要命的。

"爸只给我这一次机会。"林乡说，"为了这个公司，他们投入了很多，没有资本再来一次的。"不管怎样他都应该拼尽全力。

等林乡把饭吃完，韩娜收拾着饭盒准备走。这时，一个人拿着一堆模型进来，微微朝她一点头就径直走向林乡。

"你看，这些是新做出来的成品。造型上是和我们预想的差不多，但我们看了效果，感觉还是不太行。台积电那边说不定会比我们要快很多，我想抽空过去和他们谈谈，摸摸情况。正好里面有个人比较熟。"这两天正是瓶颈的时候，只要能找到突破的办法，秦彬都愿意去试一试。

林乡迟疑了一会儿，"他们好像走的路子和我们有点不一样……不过你觉得需要跑的话你就去吧——对了，跟你介绍一下，这是我妹妹，韩娜——这是我的项目总监，秦彬。"

两人对视一眼，握了握手，算是正式打了招呼。

"行了，哥，那你俩忙吧，我还得去一趟店里。今天晚上你回家吗？"

"应该能回去——我尽量吧。"

林乡晚上回到家已经将近七点，林承晖请的阿姨做了饭之后就回家了，

274

他一个人听着收音机一直等着林乡回来。听见门响，林承晖起身把吃的从锅里端出来。一个多星期了，父子俩终于能在家里一起吃上一顿饭。

林乡把自己接下来的安排给林承晖讲了一遍，他决定把福通交给秦彬管一阵子。秦彬在英国的时候也辅修过经济学，让他管上一阵应该不是问题。就算到时候出了什么事情，打电话来也可以解决。

又风风火火地忙了几天，林乡的交接工作也接近尾声，现在该为回大陆的事情做准备了。他回到台湾至今都还没有好好逛过，林承晖又想让他多准备些礼品到时候带回大陆，所以他决定还是去找韩娜。韩娜现在天天都往外面跑，台北的大街小巷都被她基本走了个遍。拣了个休息的日子，韩娜拉着陈珝来约林乡一起去街上买东西。林乡之前没见过陈珝，但从韩娜口里倒是听了关于她的不少事情。

"哥，她就是陈珝，人家可是个珠宝设计师，今天你要去买东西，让她跟着参谋参谋！"韩娜背着手道。她认识陈珝也是一年前的事情，那时商场有不少老板来竞标，陈家也是竞标者之一，她们是在招标会上认识的。现在，陈家的铂玉珠宝已经进驻了商场，陈珝在法国的时候就学了珠宝设计，回到台湾后再逐渐接手父亲的珠宝公司。

陈珝穿着一件蕾丝花边的黑绒布连衣裙，洋式的方领，颈上戴一条珍珠项链，随意盘起的卷发让她在规整中又有一丝摩登的风味。

三个人在台北的几条商业街上穿行了一天，直到太阳下山，两个女人依然兴高采烈地打算去时装店里再逛逛。韩娜仗着今天记的是林乡的账，买东西的时候简直潇洒得过分，一天下来，林乡跟在两个人后面只充当了一台会蹦钱的机器，陈珝注意到他越来越难看的脸色，让韩娜收敛一点。

"韩娜，跟你逛街是欺负老实人啊！"林乡放下手里大包小包的东西，端起水杯来猛喝一口。虽然林承晖给他买东西的钱是足够的，但是也不能像韩娜这么花呀……他在英国的时候都不敢一天花这么多钱。

"唉，别说这些伤感情的话，我这跑了一天买的东西可不是为了我自己

275

啊。不信你回去点点看今天买的这些东西，包你满意！一句话，没有你想不到的，只有台湾买不到的！也不看看带你买东西的是谁……"

陈珝喝了一口果汁，听韩娜这么说忍不住咯咯笑起来。今天为了买这么多东西，韩娜也确实使出了浑身解数，开在拐角的小店她都要进去转转，从送老人到小孩子的礼物全部被她安排了一遍。

晚上回到家，林乡见客厅里放的都是商家送来的买下的东西。这些七七八八的礼物，到时候要怎么拿到大伯家里呢？

林乡把买来的东西打包了整整两天，韩娜带着陈珝来家里玩，有时候也会帮着一起收拾。陈珝这个人话虽不多，做起事来倒是比韩娜更认真，不仅帮着包礼物，而且还在上面贴了标签以防送错人，三个人粗粗一算，就林家他们知道的这些亲戚来说，每个人都准备了大大小小七八样东西，其余的是林承晖打算送给林家旁边的街坊邻居的，不知道和林家有交往的这些邻居具体有多少户，总之礼物宜多不宜少，全部封好带过去，以备到时候不够出手。

"哥，你这些东西，到时候恐怕要用卡车拉着回去啊！"韩娜咂咂嘴。她没去过大陆，那边的新闻也很少关注，但大陆消费水平低，环境脏乱差，城市里面一眼看去都是小楼房的说法电视上还是经常有的。那种地方，只要在外面待上一会儿就是灰头土脸。

"我看还真得到时候找一辆车拉着回去。不然我们爷俩就两个人，不好拿……你大伯家要是有个电话联系还好些，这样总能接接我们。"林承晖之前还想着这次回去先不让林觉和林敏两个孩子告诉林承暻。这下好了，瞒住这件事情还苦了他爷俩。

"没事的爸，到时候我在船上问问有没有什么人可以借到车的，就算载我们一程也可以。"林乡接过陈珝包好的礼物放进箱子里。

"哎，错了，应该放这边。"陈珝指指林乡背后的箱子，"这是送给邻居的。"

林乡看了她一眼，把礼物拿出来放到那个箱子里去。

陈翔这段时间也来了几趟这边，林承晖对这个姑娘的印象还是很不错的。韩娜做事毛毛躁躁，主意是多，但就是缺乏坚持，点子一会儿一个，做起来三下两下就扔到一边去。陈翔比韩娜稳重得多，做事说话也大方，不管是韩福生还是他，都愿意韩娜交她这个朋友。

林承晖对铂玉珠宝的领头人也有点印象，一年前他们入驻了附近的一个大型商场，为了宣传还特意在商场里搞了活动，陈翔和她父亲也有出席。她父亲人长得精瘦，戴着一副金丝边的老式眼镜，老实说一开始林承晖没想到他们最后能入驻，在他看来，铂玉珠宝除了年代会比其他珠宝公司久远一些，其他地方也和同行没有多大差别。不过，近期铂玉推出了几款新设计的珠宝，前不久还开了一个小型的发布会，他没去看，但听其他人说这些款式都很特别。

他猜这些款式应该是陈翔设计的。

"别弄了，都过来休息会儿吧。"林承晖把泡好的一壶茶拿出来，和三个年轻人边说话边喝起来。

聊了一阵，林承晖放他们出门去休息，自己和来做饭的阿姨一起，把这些七七八八的东西拣到角落里堆成一堆。即将出门的这几天，林承晖精神仿佛好了些，就是晚上晚些休息也无妨。他把宋珈灵的一张照片夹在一本小相册里，晚上安静下来的时候翻看。上了彩的照片上，女人依旧笑靥如花，但他却老了。

林承晖很难想象她老了的样子。

三个年轻人出门吃了晚饭，去韩娜开的咖啡馆里坐着闲聊。韩娜把这几天股市的消息告诉林乡，她去过证券交易所，里面的"内行人"都说她买的股票还会涨。

"听我的，我去大陆之后，你最多到今年的六七月份，一定要把手里的这些全部抛出去——即使还在涨，也要抛出去。"成倍的泡沫增长，一旦破裂，那惨状不是一时半会儿能解决的。

韩娜听他语气严肃，也不敢多说，只是点点头。

陈珝被韩娜塞了一杯酒，这是这几天才研究出的新口味——说新不过是它混杂了好几种酒。陈珝新奇着，一喝就是一大口，起初还能和林乡讲几句话，后来逐渐安静下来，两只手撑着腮，望着对面的墙，打了个小小的含着酒气的嗝。

林乡隐隐闻到她身上飘来酒香味，正要出手去拿她的杯子，韩娜伸手阻止了他。

"哎呀，你就当让她放松放松行不行？她为了对付发布会，最近也没少忙活……反正一会儿不是你开车就是我开车，把她拉到家还给她爸就完事儿！"

林乡没理韩娜，扭头过去喊了几声陈珝，陈珝转头过来看他，她白净的脸上染了两丝绯红，在暖黄的灯光下倒是有了几分和平日里不同的风情。林乡微微一愣，马上别开眼睛。两个人坐得近，她呼吸时散发的酒香飘到他的脸上，这让林乡耳根也热起来。韩娜眼珠在两人身上转了一圈，不知在揣摩些什么。

"你看，这都喝成什么样了？"

陈珝脑子有点迷糊，跟林乡反反复复地说自己没事。陈珝也不是没喝过酒，但这样杂好多种还是第一次，爽口是挺爽口的，就是上脑有点快。韩娜说的没错，这样偶尔喝一喝也挺有意思。

陈珝趴在桌子上，闭上了眼睛。林乡看不过去，把自己的外套脱下来给她披着。他也知道给陈珝的酒是什么样的，但没想到她这么不能喝。

"哟。"韩娜望着林乡，挑挑眉。

林乡仿佛被针刺了一下，马上还嘴："哟什么哟，还不是你干的好事！"

韩娜吸吸鼻子，把话题转移到林乡回大陆这件事情上，她问林乡什么时候回台湾，林乡说自己也不确定。林承晖此番回去势必要找到宋珈灵，寻人这件事肯定是落到他头上的，估计什么时候找到了，什么时候才能回台湾。韩娜对大陆的认知仅限于地图，她知道大陆是台湾的几十倍大，要是一处一处地找，还不知道林乡要找到猴年马月去。

"问你个问题，先说好，这个问题仅仅只能从你的角度来答啊——你真的愿意去大陆这么长时间吗？"

林乡没想到韩娜会问这个问题，"不愿意……"这么多年来，他从来不在林承晖面前透露自己对于大陆的看法，即使猜到林承晖去大陆要花去他几个月的时间。林觉兄妹不止一次说过宋珈灵很可能已经不在人世了，但林承晖总是不愿意相信。他从未相信过命运安排，这一生总是按照自己的意愿做着想做的事，但好像上天对此也很眷顾，总能让他得到妥善的安排——他的执拗让林乡无可奈何。

想起林承晖书房里放的那个相簿，林乡眼神暗了暗。"爸一个人挺了这么多年，让他高兴，也是我的愿望之一……所以，你就祝我快点找到人吧，找到人我就回来了！"林乡只想着帮助林承晖了却一桩心愿，他根本不相信，有什么情感可以经历那么多年，相隔四十年，往事早已如烟——即使回去厦门，也可能一无所获。只不过，要让老人死了这份心罢了。

两天后的早晨，几个人把父子俩的全部东西搬上了轮船，韩家和吴家在码头上和他们道别。韩娜把陈珝交给她的外套送到林乡手里，特地说明外套陈珝已经洗过了。林乡听了一愣，也没有太在意——他只想着赶快结束行程，早点回来搞自己的电子事业。

上午9时，回大陆探亲的轮船驶离金门港口，缓缓朝海峡的另一边驶去。台湾春意已至，青蓝的天空中划过几只海鸟，风儿蘸了微咸的海水扑在脸上，透着点春的柔情。林承晖站在甲板上，手握栏杆和岸上的人作别，他想起多年前从厦门码头坐船到台湾的那天，也是站在这个位置，然而岸上却没有一张他熟悉的脸……